소백산맥 ⑪

거인의 퇴장

소백산맥 ⑪ 거인의 퇴장

발행일	2025년 8월 12일

지은이	이서빈		
펴낸이	손형국		
펴낸곳	(주)북랩		
편집인	선일영	편집	김현아, 배진용, 김다빈, 김부경
디자인	이현수, 김민하, 임진형, 안유경	제작	박기성, 구성우, 이창영, 배상진
마케팅	김회란, 박진관		
출판등록	2004. 12. 1(제2012-000051호)		
주소	서울특별시 금천구 가산디지털 1로 168, 우림라이온스밸리 B동 B111호, B113~115호		
홈페이지	www.book.co.kr		
전화번호	(02)2026-5777	팩스	(02)3159-9637
ISBN	979-11-7224-783-6 03810 (종이책)		979-11-7224-784-3 05810 (전자책)

잘못된 책은 구입한 곳에서 교환해드립니다.
이 책은 저작권법에 따라 보호받는 저작물이므로 무단 전재와 복제를 금합니다.
이 책은 (주)북랩이 보유한 리코 장비로 인쇄되었습니다.

(주)북랩 성공출판의 파트너
북랩 홈페이지와 패밀리 사이트에서 다양한 출판 솔루션을 만나 보세요!
홈페이지 book.co.kr • 블로그 blog.naver.com/essaybook • 출판문의 book@book.co.kr

작가 연락처 문의 ▶ ask.book.co.kr
작가 연락처는 개인정보이므로 북랩에서 알려드릴 수 없습니다.

이서빈 대하소설

소백산맥

⑪

거인의 퇴장

북랩

머리말

왜 사람은 살아야만 할까?

　이 시소설은 외지고 황량한 시대를 외나무다리 건너듯 건너온 선조들과 우리의 이야기다. 선조들은 조선 5백 년이 일본에 어이없이 무너지고 대혼란을 겪으면서 그 참담하고 암울한 상실의 시대를 살아내기 위해 시시각각 밀려오는 죽음의 공포와 싸웠다. 천신만고 끝에 나라의 주권을 되찾기까지 반쪽짜리 나라에서 당해야 했던 그 많은 수모는 형언하기 어려울 정도다.

　숨을 쉬는 것이 신기할 만큼 내일을 보장할 수 없던 참혹한 시대. 숨 속에도 죽음과 불안이 섞여 드나들던 시대의 이야기를 시작(詩作)의 키보다 더 높은 자료들을 모아 적어 내려갔다. 아직 세상에 태어나지 못해 역사에 묻혀 있는 말들을 시말서를 쓰듯 내 청춘의 기나긴 시간을 하얗게 지우면서 머릿속을 탈탈 털어 시적인 언어로 썼기에 시소설이라 이름 붙였다.

〈소백산맥〉은 4·3 사건을 비롯해 건국이 되기까지, 그리고 오늘날 경제 강국이 되기까지 살아온, 그럼에도 불구하고 살아내야만 했던 격변기(激變期)로부터 세계 모든 사람이 우리나라에 살고 싶어 하는 순간까지를 그려낸 소설 같은 이야기이다.

　35년 전통 '영주신문'에 연재 중 독자의 요청이 많아 총 17권 중 연재가 끝난 5권을 출간했고, 그 후속으로 6~11권을 미리 출판한다. 이 지면을 통해 영주신문에 깊은 감사를 드린다. 나머지도 연재가 끝나는 대로 출간 예정이다.

　입으로 다 말할 수 없는 일들을 유교 사상이 에워싸고 있는 영남의 명산 소백산 자락 영주 지방을 무대로 삼아 펼쳐내었다. 소설 속 사라져가는 우리나라의 미풍양속과 문화, 구전 이야기에 많은 관심을 가져주신 독자분들께 깊은 감사 말씀을 전한다.

2025년 8월
이서빈

목차

머리말 • 4

거인의 퇴장1 ················· 9
거인의 퇴장2 ················· 27
거인의 퇴장3 ················· 45
거인의 퇴장4 ················· 64
거인의 퇴장5 ················· 82
거인의 퇴장6 ················· 101
거인의 퇴장7 ················· 117
거인의 퇴장8 ················· 133
거인의 퇴장9 ················· 151
거인의 퇴장10 ················ 168
거인의 퇴장11 ················ 185
거인의 퇴장12 ················ 204
거인의 퇴장13 ················ 221
거인의 퇴장14 ················ 238

거인의 퇴장

1

초록문 열어놓고 기다리는 문장

배설물 치우는 시간이 조금만 늦으면 사람들까지 같이 토하는 바람에 배설물을 누기가 바쁘게 치워야 했다. 그렇게 젖소, 황소, 돼지, 염소 등 가축 5천여 마리를 한국으로 실어 보냈다. 가축을 실은 수송선에는 원양항해 목동 60여 명이 탔고, 소를 돌보기 위한 목동이 총 600여 명에 이르렀다. *헤퍼 인터내셔널*을 통해 한국에 보내진 가축은 6.25전쟁으로 땅과 마음과 몸이 폐허가 된 대한민국의 축산업 기반을 세우는 데 일익을 담당했다. 또한, 사람들에게 희망 꽃을 피우는 데 톡톡한 역할을 해냈다. 이 단체에서 보낸 것은 그뿐만이 아니었다. 병아리로 부화할 수 있는 종란 80만여 개를 항공편으로 보내주기도 했다. 전쟁으로 황폐해진 한국에 희망이 되기도 하고 또한 농촌에서는 이로 인해 자립 기반을 마련해 주는 계기가 되었다. 또 미국 캘리포니아주 오클랜드 공항에는 1954년 4월, 한국으로 출발하는 비행기 한 대가 기다리고 있었다. 앵앵거리며 바글바글 뭉쳐 있는 귀한 손님을 태우기 위해서였다. 천만 마리의 벌들이 천 개의 벌통에 나눠 타고 한국으로 이민을 가고 있었다. 꿀벌 옆에는 염소 600마리, 토끼 천 마리도 함께 탑승했다. 이들은 모두 한국에 이민을 가는 중이었다. 전쟁으로 폐허가 된 대한민국으로 이민을 가는 벌들과 염소 그리고 소들은 인간보다 더 낫다는 생각이 든다. 인간은 동족끼리도 침범하고 욕심을 부리는데 저 가축이나 곤충들은 폐허가 된 나라에 위로와 희망을 주기 위해 비행기에 몸을 실은 것이다. 여왕벌이 말했다. 한국 벌들은 전쟁 중에 살충제를 마구 뿌려서 식량을 생산할 작물의 꽃가루를 운반하는 곤충들이 거의 다 멸종되다시피 해 우리가 한국인들을 도와서 작물의 수분을 날라주며 재배할 수 있도록 도와주러 가는 길이야. 염소야 너희는 풀에 모두 살충제가 묻어서 못 먹게 되었는데 어쩌려고 한국에 가?라고 묻자 염소는 우리도 너희와 같은 마음이야. 올해는 못 먹고 굶더라도 내년에 새로 싹튼 풀들을 먹으면서라도 한국에 도움을 줄까 해? 그렇구나. 토끼 너희들은? 우리도 그렇게 어려운 나라에 가서 아기토끼를 낳아 기르면서 깡총깡총 뛰면서 폐허가 된 나라에 희망을 주고 싶어서 가는 거야. 그렇구나! 우리 모두 한국이란 나라에 가서 그 나라에 희망이 되

자. 그래야지. 우리들의 안전한 수송을 위해 별도의 비행기에 별도의 환경을 조성하면서 각별한 대우를 해 주잖아. 일반적인 비행기의 비행 고도는 8,000~9,000피트지만, 우리 꿀벌의 몸 상태를 최상으로 유지하기 위해 그보다 절반 이하인 약 4,000피트 정도에서 비행하고 또 비행거리 2,000~3,000km의 중형 프로펠러기를 이용해 주니 고마운 일이지. 물론 시간이야 미국에서 한국까지 가다가 쉬고 가다가 쉬고 하면서 3박 4일 정도 비행해야 하겠지. 악천후 때 특히 눈, 비, 얼음 등 조종사의 시야를 가리는 악천후를 뚫으며 우리를 안전하게 데리고 가기 위해 운행에 온 힘을 다하니 우리도 한국을 도와주자. 한국이 미국처럼 빛나게 도와주자. 가축들과 벌들은 서로 정답게 이야기를 하며 한국에 도착했다. 염소야 토끼야 재밌는 이야기 하나 해줄까? 무슨 이야기인데? 우리를 한국으로 수송하는 프로젝트를 무어라고 하는지 알아? 아니 몰라. 그건 '한국을 위한 노아의 방주 작전'이라고 이름 붙였대. 왜? 그건 노아의 방주에는 새로운 세상을 만들어 갈 모든 생물이 들어갔을 뿐만 아니라 하나님의 약속과 꿈이 담겨 있었던 것처럼, 한국을 위한 노아의 방주 작전에도 가축들뿐만 아니라 새로운 세상을 향한 약속과 꿈이 담겨 있다나 봐. 성경에 노아의 방주는 노아가 하느님의 계시로 만든 네모진 잣나무 배에 그의 가족과 가축들을 태워 모두 대홍수를 피할 수 있게 했다고 했잖아. 그랬지. 그러니 그 말이 딱 맞네. 그렇지? 응 이 폐허가 된 나라에 누가 가려고 하겠어. 그런

데도 그 나라를 돕기 위해 미국이 위험을 무릅쓰고 가니까 그 이름이 너무 잘 어울리는 것 같아. 그래 한국을 위해 이 머나먼 나라 미국에서 아무 조건도 없이 우리를 한국에 지원병으로 보내니 딱 맞는 말이지. 그러네. 우리 한국에 선택되어 가는 만큼 우리가 한국의 농촌뿐 아니라 산업과 축산업 분야까지 눈부신 성장을 거듭할 수 있게 있는 힘을 다해 돕자. 그러면 한국은 금방 다시 일어나서 빈곤국을 벗어날 거야. 우리가 거기에 힘이 되고 큰 도움을 주어 한국의 중요한 자산이 되자. 벌과 염소와 토끼는 서로 굳은 약속을 하고 한국을 돕기로 했다. 이승만 대통령은 이들의 모습에 저절로 눈물이 났다. 그리고 또 돌아보니 미국은 수많은 군인을 전투에 참여시켰고 그중에서 이루 헤아릴 수 없는 군인들이 부모와 형제를 두고 다시는 돌아오지 못할 곳으로 가고 말았다. 피 한 방울도 안 섞인 사람들인데 가슴이 조여오고 아팠다. 부상자도 엄청나게 많았으며 생사를 알 수 없는 사람도 5천여 명이며 4천 5백여 명이 포로가 되는 아픔을 겪었다. 그리고 휴전 후 미국은 피란민과 전쟁고아, 전쟁미망인, 장애인, 굶어 죽고 병들어 죽는 이들을 위해 식량과 의복, 의약품 지원 등 각종 구호 사업을 전개하였을 뿐 아니라, 전후 복구 사업을 위한 원조를 계속하였기에 전쟁에 엄마 잃은 아이들에게 우유를 먹이고 고기와 달걀을 먹여 영양분을 섭취케 할 수 있으니 이 모두가 하나님의 은혜라고 생각했다. 동물 무리에서 어미가 아님에도 불구하고 다른 개체의 새끼에게 먹이를 주거나 외적으로부터 지켜 주는 따위의 이타적인 행동을 하는 동물이란 뜻의 헬퍼라는 단어가 참으로 따뜻하게 생각되었다. 또 미국 인터네셜에서는 한국에 농업 선교사를 파견해 주었다. 선교사들은 공수된 가축의 보급 및 관리 업무를 실시하면서 한국을 정성껏 도왔다. 또한, 농촌에서 가축을 무상 증여받은 축산인들에게는 대전 기독교 농민 교육원에서 교육을 시행했다. 그리고 진정한 나눔이 어떤 나비효과를 불러오는지 가르쳤다. 이승만 대통령은 참으로 고맙다는 생각을 했다. 내 나라 국민이지만 무지하기 짝이 없는 저들에게 이들 선교사는 패싱 온 더 기프트(Passing on the Gift) 철학을 이행토록 교육까지 시켜 주었다. 그 교육은 가축을 무상으로 증여 받아 키워서 그 가축이 새끼를 낳으면 반드시 암컷 1마리를 이웃에게 무상으로 나누어 주게 하여 각종 축산 농장이 빠르게 보급되도록 해주는 교육이었다. 이승만 대통령은 자신이 미국에서 선교사들과 연분을 쌓을 때 이미 예상은 했지만, 이 정도로 눈물겹게 도와주리란 생각까진 못했다. 고맙다. 하나님께 감사 기도를 올린다. 이승만 대통령은 이 나라를 최대한 100년 앞을 내다보고 선진국의 좋은 정치를 따라야 하기에 어떤 상황에서라도, 한 치 앞도 못 보는 사람들에게 몰매를 맞아 죽거나 늘 죽이기 위해 혈안이 되어 있는 국내외 모든 사람에게 암살을 당하더라도 지금 5천 년 만에 국민 직선 대통령이 탄생하여 앞으로 이 나라가 국민 직선 대통령제가 되어야 한다는 각오로 싸웠다. 혼자 세계와 맞서 싸우며 야당을 얼레고 달래고 싸워서 자유민주 직선 대통령이 되었다. 이승만 대통령의 일생은 대한민국을 살리기 위한 투쟁의 역사였다. 진리와 대의가 승리한다고 믿고 20대부터 꿈꿨던 미국보다 더 진전된 자유민주주의를 만들겠다는 자신과의 약속을 지키기 위해 몸부림쳤다. 외국이나 한국 언론이 아무리 떠들어대도 하늘을 우러러 떳떳하기에 이승만 대통령은 국가만을 보면서 뛰었다. 건국 이후 *자유 정신과 100년 앞을 내다보는 혜안*을 사람들이 몰라주어도 괜찮다. 나라만 잘된다면 자유를 지킬 수만 있다면 말이다. 강대국들과 싸우고 동맹국과도 싸우고 공산주의와 싸우고 사대주의와 싸우고 당파싸움과 싸우고 암살 협박과 싸웠다. 대중주의, 인민주의 사회가 궁극적으로 동질적인 두 진영으로, 나누었지만 싸우고 싸워서 조국을 지켜냈다. 순수한 민중과 부패한 엘리트로 나누어 싸우는 싸움과도 싸웠다. 정치란 민중의 일반의지 표현이어야 한다고 주장하는 이데올로기 포퓰리즘과 싸우고 독재자 비난도 감수하며 자유를 목숨처럼 지켜낼 것을 다짐하며 싸웠다. 공산 독재와 대화는 거짓 평화에 속아 넘어가는 일이다. 이번에 겪었다. 나라를 지키는 것은 반공정신이다. 그리고 조선을 거쳐 일제 저항기를 거치며 여성참정권은 이야기는커녕 아무도 상상조차 못 하고 있었다. 이 한심한 일을 해나가려면 대통령인 내가 총알받이가 되어야만 할 수 있는 것이다. 힘이 없어 불쌍하고 약한 여성을 위해 총알받이가 된들 어떠랴! 역사가 뒤로 후퇴해서는 안 된다. 우리 선조들은 신라 때 이미 선덕여왕도 있었고 진덕여왕도 있었고 진성여왕도 있어 찬란한 신라를 꽃피웠다. 신라가 너무 찬란하게 빛나니 그때도 당 태종이 시비를 걸었다. 김유신과 김춘추 같은 위대한 장군이 태어난 것도 여왕이 그들을 적극적으로 믿고 후원해 주었기에 삼국통일이란 거대한 일을 해낸 것이다. 그런 민족의 후손인데 여성들을 이리 두어서는 안 된다. 여성이 잘 배우고 똑똑해져야 나라가 부강해지고 경제가 튼튼해진다. 그렇게 여성이 신뢰받도록 인권을 보장해 주기 위해 총알받이가 되면 어떠랴! 그리고 또 미국이란 큰물에 가보았더니 도랑물에는 없는 원자력이라는 것이 있었다. 그러나 우리 대한민국 지도자들은 그런 것이 있는지조차도 모르고 오직 눈앞만 보고 있으니 이를 어쩐다? 그래 아는 내가 실천하면 되는 것이다. 머리가 좋고 똑똑한 인재를 미국으로 보내는 것이다. 그러나 나라가 전쟁 후라 이렇게 가난하니 그들을 선발해서 국비 장학생으로 보내야 한다. 그러나 *지금 나라가 먹을 것도 없는데 국비 장학생은 말도 안 된다*며 모두 반대를 했다. 하지만 이승만 대통령 생각은 달랐지만 그들의 생각도 이해는 한다. 원자력이 무엇인지도 모르는 사람들이 전쟁 후에 먹을 것도 없는 판국에 미국에 원자력 공부를 시키기 위해 학생들 선발해 보낸다고 하니 나를 미친 사람 취급을 하지. 어찌 보지도 듣지도 못한 일을 이해하겠는가? 어떤 일이든 모두 세상 이치가 그런 것이다. 비행기가 생기기 전에 어떤 사람이 비행기가 사람 백여 명을 싣고 공중에 날아다닌다고 말한다면 보지도 듣지도 못한 상황에서는 미친 사람 취급을 하지. 그 비행기가 날기 1초 전까지도 사람들은 그 사람 말을 믿지 못할 것이다. 그러니 50년이나 100년 앞을 내다보고 시작하려는 일에 모두 반대를 하는 것은 너무나 당연하다. 그래도 반드시 지금 하지 않으면 기회는 영영 오지 못할지도 모른다는 절박한 생각에 이승만 대통령은 말을 꺼냈다. 대통령의 말에 당원들이나 정부 관료들까지 미친 짓으로 취급하고 *당장 밥을 굶는 판국에 제정신이냐*며 따지고 어떤 사람이 하는 충격적인 말도 들었다. *저 늙은이가 망령이 나도 단단히 났구먼. 내일 먹을 끼니도 없는데 국비 장학생이라니. 돌아도 단단히 돌았어. 저러니 야당에서도 저렇게 난리 아닌가!* 하고 자신을 보좌하는 보좌관까지 망발하는 걸 보면서 이승만 대통령은 또 밤을 하얗게 새우며 방법을 연구했다. 세상에 어둠이란 어둠이 모두 자신을 향해 오는 느낌이 들었다. 앞선 문명을 저리도 모르는 정부 관리들을 어찌해야 할까? 분명 앞으로 원자력기술이 있어야만 나라가 부강해지고 세계를 제패할 수 있는 기반이 될 것이다. 에너지란 자연이므로 그 기술이 곧 인간이 살아가는 에너지가 될 것을 미국에서 공부하면서 절실하게 느꼈다. 고민하느라 밥도 못 먹고 출근을 한다. 출근해서 자리에 앉기도 전에 비서관은 또 옹충망충 무식한 말을 지껄여댄다. 대통령 각하, 그게 무어 그리 중요하다고 조금 뒤로 미뤄서 2~3년 후 나라가 조금 안정이 되면 보내면 될 것 아닙니까? 당장 원자력기술이 필요한 것도 아닌데 무에 그리 식사도 못 하고 잠도 못 주무시며 걱정을 하십니까? 하고 말하자 이승만 대통령은 더 어처구니가 없어 천장이 무너지도록 소리를 지른다. 무식하면 입이나 다물고 있으시오. 모든 건 때가 있는 법이야. 당신이 원자력이 무언지 한번 말해봐? 잘 모릅니다. 그래 원자력이 무엇인지 알지도 못하면서 나중에 몇 년 후에 그때가 지금보다 나으리라는 보장이 있나? 모르면 가만히 입이나 닫고 있어! 화풀이를 보좌관한테 하는 것 같아서 미안했지만, 그동안 쌓여있던 울분이 터져 나온 것이다. 며칠 밤을 새우며 고민하던 어느 날 이승만 대통령은 번개처럼 스치는 생각이 있었다. 자신도 맨몸으로 가서 공부했다. 그러나 이들은 아주 맨땅은 아니다. 미국 선교사 헨리에게 연락했다. 우리 형제들이 가면 숙식만 좀 제공해 주길 바라오. 내 조금 안정이 되면 반드시 갚아줄 것이오. 그렇게 편지를 쓰고 미국 교민 단체에도 편지를 썼다. 우리나라가 지금 경각에 달린 상황인 거 알고 있으리라 믿소. 그래도 당신들이 내가 미국에 있을 때 조국을 위해 피로 도와준 덕분에 조국을 찾았고 또 전쟁에서도 나라를 반쪽이지만 자유민주주의로 만들었는데 지금 모두 굶주리고 있는 상황이라 내 그대들에게 대한민국 대통령으로서가 아니라 대한민국 조국으로서 부탁하오. 머리 좋고 똑똑한 학생들 100명을 선발해서 보낼 테니 좀 도와주오. 당신들의 모금에 전적으로 의지하지는 않을 것이오. 당신들이 얼마간의 후원금을 모아준다면 나머지는 한국에서 어떻게든 마련해 보리다. 쉽지는 않겠지만 일단 입학금만 도와주시오. 한국에서 학비를 못 보내주면 학생들에게 열심히 해서 장학생으로 공부하라고 하더라도 일단 보내야겠으니 그리 아시고 미국의 이민 사회에 모두 연락을 해서 답장을 주시길 바라오. 미안하고 고맙소. 당신들 덕에 이 대한민국은 다시 일어나 뛰고 뛰고 또 뛸 것이오. 그렇게 힘을 준 것이 당신들이란 걸 조국은 절대 잊지 않을 것이오. 자손 대대로 당신들을 기억할 것입니다. 당신들이 얼마나 힘든 삶을 살면서 조국을 위해 애썼는지 인간은 몰라주더라도 하나님은 알아주리라 믿습니다. 꼭 부탁하오. 편지를 써놓고 나니 이미 학생들을 보내기나 한 것처럼 후련하고 기대가 되었다. 그리고 전국에서 장학생을 선발했다. 찬성하는 사람 하나 없는 황량한 벌판에 혼자 비바람에 맞설 단단한 각오를 했다. 100명을 모으고 있는 사이 미국에서 답장이 왔다. 작은 힘이나마 조국에 보태겠습니다. 장학생을 보내시면 여기 한인회장단들이 모여서 돕기로 했습니다. 먼 타국에서 조국을 떠날 때 그 절박함을 아직 잊지 못하고 있어서 조국을 위한 일이라면 티끌 하나라도 보태고자 하는 것이 우리 한인회 사람들입니다. 혼자 외롭게 나라를 이끌어 가심에 면목이 없습니다. 고맙습니다. 죄송합니다. 대통령님만 믿고 여기서 최선을 다하겠습니다. 편지를 받고 이승만은 선교사를 찾아갔다. 헨리도 마침 대통령 각하를 찾아가려던 중입니다. 미국 선교회에서 숙식 제공은 불가능하고 임시로 기거하게 해

*주겠다고 합니다. 정말 죄송합니다.*라고 말했다. 이승만 대통령은 이만하면 되었다는 생각을 했다. 그리고 우선 그들이 갈 여비를 구해야겠다는 생각을 하고 수소문을 했다. 수소문 끝에 경상북도 영주에 한 부자가 산다는 소리를 듣고 무작정 찾아갔다. 그의 이름은 부자로 통했다. 그렇지만 남의 재산을 이유 없이 달라고 하면 줄까? 생각되지만, 방법이 없었다. 이승만 대통령이 도착해 대문을 두들기자 하인 두 명이 나왔다. *대통령 각하께서 오셨다고 전하라.* 하자 두 젊은 남자는 뒤도 돌아보지 않고 뛰어 들어갔다. 낮잠을 즐기고 있던 도통한은 하나의 흐트러짐도 없이 세수를 하고 느긋하게 하얀 삼베(안동포) 한복과 도포까지 걸치고 대통령을 맞이하러 나왔다. *아이! 우째 대통령 각하께서 이 누추한 곳까지 오싰니껴? 아니 이 집이 누추하다고 하면 내가 사는 곳은 뒷간이라고 하겠구려.* 하고는 안으로 들어간다. 거실이 으리으리하다. 이 전쟁통에 이렇게 멀쩡하게 잘 있는 집이 오히려 신기할 정도였다. *어찌 전쟁통에도 집이 그대로 있소? 대통령님 여게가 바로 십승지 중에 기중 첫 분제로 꼽히는 곳 아입니까? 아 그렇군요. 십승지가 좋긴 좋구요.* 이야기 도중에 고급 일제 잔에 잣이 동동 뜨는 차를 들고 열 서넛은 대어 보이는 여자가 온다. 차를 조용히 내려놓고 나가는 여자를 이승만 대통령은 측은한 눈으로 바라본다. 남의 집에서 저 꽃다운 나이를 이렇게 다 늙히고 있다고 생각하니 가슴이 또 미어진다. 그렇게 차를 반쯤 마시고 이승만 대통령은 본론으로 들어간

다. 내가 당신을 찾은 건 당신에게 부탁이 있어서요. 먼 부탁이신 지? 좀 어려운 부탁이오. 우리나라가 지금 전쟁 후라 어려운 건 잘 아시지요? 그름요 잘 알고 있습니다. 그런데 내가 미국에 장학생을 좀 선발해 보내려고 하는데 아시다시피 전쟁 후라 정부에 자금이 없어서 국비로 보내야 하는데 이거 말이 아니오. 그래서 당신께 좀 부탁을 할까 하고 왔소. 국비 장학생 말씀하시는 모양이씨더. 그른데 먼 공부길래 이릏게 급하게 보낼라고 하시니껴? 무기 만드는 공부입니다. 무기요? 그래요. 앞으로 우리나라가 싸우지 않고 살아낼 무기 말이오. 그게 머이껴? 원자력기술이오. 미국이 다른 기술은 넘겨주겠지만 원자력기술만은 절대로 알려주지 않을 것이라 우리나라 학생들이 미국에 가서 배워와야만 하오. 그러니 가장 시급한 일이고 급하지 않을 수 있소? 이승만 대통령의 말을 묵묵히 듣고 있던 도통한은 아무 말이 없었다. 이승만 대통령은 조심스럽게 입을 연다. 곤란하겠소? 아이씨더. 나라가 있어야 우리가 있제 나라가 없으믄 국민도 없는 것 아이껴? 지가 우째 도와드리믄 되겠니껴? 염치없지만 그들이 맘 놓고 공부할 자금을 좀 대주면 이다음에 나라가 안정되면 정부에서 차차 갚아주리다. 이승만 대통령이 지금까지 살면서 가장 겸손한 태도와 말을 보였다. 미국에서도 어디에서도 기가 펄펄 살았지만 내 나라 국민에게 저리도 친절하고 자신을 낮추는 모습에 비서관이 다 민망할 정도였다. 야, 운제 울매나 필요하신지 말씸만 하시이소. 지가 힘닿는 만큼 도와드리겠니더. 나라의 미래가 걸린 문제인데 도와 드레야제요. 대통령 각하께서 혼자 고독하고 외롭게 이 나라를 위해 애쓰시는데 쪼끔이래도 보탬이 된다믄 지가 전 재산이라도 못 드리겠니껴? 이승만 대통령은 도통한의 손을 덥석 잡는다. 고맙소! 고맙소! 당신은 정말 나라의 힘이고 기둥이오. 내 나라 형편이 나아지면 반드시 갚아주겠소. 아이씨더. 지도 일본에 도굴 안 당하고 전쟁통에 이 재산을 지킨 것은 언젠가 가난한 사램을 위해 쓰기 위해서였니더. 그른데 다행스럽게 나라를 일으킬 꿈나무들의 학비로 쓰인다 하이 더 이상 먼 바램이 있겠니껴? 미국에 가서 수십 년 앞선 문멩을 홀로 배우시고 나라 독립을 위해 그토록 고군분투하시고 전쟁통에 나라를 지켜내실 수 있었던 건 100년 앞을 내다보시는 지혜이기에 가능했제요. 울매나 험한 길인동 누가 감히 짐작이나 하겠니껴? 여게저게서 암살을 시도하고 심지어 같은 동족끼리도 폐허가 된 나라를 수습할라는 진정한 맴보다가 우쩨믄 정권을 잡을까 지 밥그릇만 챙기는 오늘의 현실을 보민서 지도 잠을 자지 못했니더. 대통령 각하 존경하니더. 사랑하니더. 글고 홀로 계시게 해 죄송하이더. 그릏제만 힘내셔야 하니더. 대통령 각하께서 이 나라를 구하고 지키지 않으시믄 또다시 먼 낭패를 당할지 모르니더. 힘내주소. 이제 지 재산은 전부 대통령 각하의 것이니 알아서 쓰시믄 되니더. 모쪼록 건강하시고 안죽도 이 땅엔 간첩들이 곳곳에 진을 치고 이 나라를 도륙 내서 공산화하기 위해 혈안이 되어 있으이 울매나 답답하고 힘드시겠니껴. 부디 옥체 조심하시고 국비 장학생 문제는 지가 재산이 정리되는 대로 연락을 드릴 테이 아무 염려 마시고 이 나라를 위해 부디 힘내시길 바래니더. 안죽도 태풍과 쓰나미가 수없이 몰려올 텐데 대통령 각하 혼자 이겨 내셔야 할 것을 생각하믄 가심이 미어지니더. 이릏게 소중한 쓰임이 있어 이제 여한이 없니더. 이승만은 대통령이란 지위도 잃고 그의 손을 부여잡은 손등 위로 눈물이 줄줄 빗줄기처럼 쏟아냈다. 모처럼 동지를 얻은 기분이랄까? 외롭고 힘들던 마음이 녹아내리는 기분이 들었다. 앞으로 제가 외롭거나 힘들 때 한 번씩 찾아 뵈도 되겠습니까? 이승만 대통령의 말에 도통한은 길고 하얀 속눈썹을 꿈틀거리며 여부가 있겠니껴? 국부신데 어딘들 이 나라 땅이 국부의 땅이 아이고 국부의 집이 아이고 국부의 국민이 아이겠니껴? 지치고 기력이 쇠하시믄 안 되니더. 가끔 한 분씩, 이 산골 영주에 오시서 쉬어 가민서 정무를 보시기 바라니더. 여게는 부석사도 있고 우리나라 최초의 사액 서원인 소수서원도 있고 임금의 태가 묻힌 태장도 있고 임금의 띠인 옥대도 있고 조선 건국의 주역인 삼봉 정도전도 여게서 태어났으이 아마도 심신을 달래는 데는 어느 곳보다 여게가 좋을 것이라 생각하니더. 눈보다 하얗게 포근하고 나이는 들었지만, 기개가 역발산기개세 같고 얼굴엔 글살이 올라서 번쩍번쩍 빛이 나고 위엄이 서려 있음을 이승만 대통령은 늦게서야 보았다. 신선의 풍모를 갖춘 분이었다. 하얗게 센 속눈썹 사이로는 금방이라도 학이 푸드덕거리며 날아오를 것 같고 고속도로처럼 쭉 뻗은 콧대 위로는 사슴들이 썰매를 타고 내려올 것 같고 입술은 나이가 무색하게 겨울 산수유처럼 바알갛게 빛났다. 갓 위로는 어느 대궐에서도 느끼지 못할 위엄이 서려 있었다. 이승만 대통령은 잠시 꿈을 꾸는 듯 아찔한 현기증이 일었다. 생김새며 말씨며 말의 내용까지 생전 처음 느끼는 기분이었다. **과연 영주라는 이름은 참으로 사람이 살 영주임이 틀림없구나!** 혼잣말을 하며 집으로 돌아온 이승만 대통령은 처음으로 천당 같은 잠을 푹 잤다. 그리고 일어나 시 한 수를 지었다.

초록문 열어놓고 기다리는 문장

봉황은 벽오동(碧梧桐)나무 아니면 앉지 않고
대나무 열매 아니면 먹지 않고
예천(醴泉) 아니면 마시지 않는다는 장자 말에

할머니는 앞마당에 벽오동, 뒤뜰에 대나무를 심고
장독대에 예천(醴泉)을 만들어
밤잠을 반납하고 차돌같은 믿음으로
봉황이 휘장으로 새벽 펼칠 날 기다리며
손금 다 닳도록 빌고 빌었지

벽오동은 흐르는 시간을 몸속에 가두고
대나무는 한겨울에도 푸른계절을 잣고
예천(醴泉)은 할머니 가슴만 적셨지

봉황은 오지 않고
백로울음 하얗게 내려앉는 소리에
애간장 녹여 어둠 밝히며
빗자루로 백로울음 쓸고 한숨으로 하늘 쓸었지

무언가를 쓴다는 일은 조바심이 많다는 말

조 한 포기도 키우지 않는 할머니
매일 조바심을 쓸며 적란운(積亂雲)같은 일을 했지

할머니는 봉황 찾아 서천으로 갔는데
서역 운운하던 벽오동과 대나무와 예천은 쉬지 않고 그 푸른희
망 키우며
혹시나
혹시나
목 길게 늘이며 봉황을 기다리고 있지

어느날 봉황이 찾아오면

혹시나가 역시나로 바뀌어

봉황을 손안에 넣고 호호 불겠지

저 먼 동쪽서 신성한 바람이 불어온다는 소문은

곧, 봉황이 오려는 징조지

아니

아니

봉황은 이미 날아와 살고 있었네

영주에 살고 있는 도통한이 봉황인 걸 아무도 몰랐네

 이승만 대통령은 진정한 애국자를 만났다는 생각이 들었다. 개뼈다귀같이 꽁꽁 얼어붙은 추운 겨울을 녹일 난로를 얻은 것 같은 생각에 필을 들어 그래 사람의 뇌가 알곡처럼 영글기 위해서는 비바람 천둥·번개를 모두 견뎌야만 가능하다. 그래야만 성숙한 계절을 건널 사유와 견고함을 얻을 수 있는 것이다. 모든 만물은 달빛에 자라는 것이고 그 달빛은 어둠을 갉아먹고 자라는 것이다. 이 어두운 시절에도 저렇게 나라를 위해 모든 재산을 내놓을 인재가 있다니 복 받은 나라가 아닌가! 하는 생각을 하니 모처럼 웃어졌다. 마치 구름 위를 스르르 미끄러져 천국의 꽃밭을 거니는 느낌이 들었다. 이제 이 세계를 움직일 계획을 세우고 걸어 나가야 한다. 바닷물을 혈액으로 삼고 활기차게 새로운 생명이 펄떡이며 태어나 싱싱한 웃음을 웃으며 자라나 펄떡일 푸른 나라를 만들어 놓아야 한다. 하늘을 보니 파랑새들이 공중을 날아다니며 노래를 부르고 있다. 파랑새들의 노래가 이 나라가 새로운 나라로 발돋움하기를 바라는 것 같았다. 한 번도 시도한 적 없지만 도전하고 성공하기를 기원하고 이루어지기를 간절한 마음으로 기도한다. 세상이 물과 불로 거듭나듯 우리나라 대한민국도 어둠의 터널을 견뎠으니 장하도다!

거인의 퇴장

2

나라의 운이 싱싱하게 일어나 푸르고 활기찬 영혼과 몸으로 정화하기를! 이 나라가 세상에 높고 높은 빛으로 우뚝 서기를! 행운이 풀피리 소리를 따라 춤추는 나라가 되기를! 대한민국, 이 무시무시한 나라는 얼마나 매력적인가! 아무리 밟아도 죽지 않고 일어서는 이 형형한 족속이 얼마나 찬란하고 위대한가! 세계 나라의 머리 위에 근엄한 모자처럼 앉아 있을 나라, 영주의 중심을 키우고 있는 나라! 절벽엔 맨발로라도 버티는 나라! 힘센 발악을 멈추게 하고 우뚝 선 나라! 긴 눈썹을 깜빡이며 사막을 다 읽어내는 민족! 사막을 걷다가 지쳐 봇짐을 지고 누워도 끙끙 소리도 내지 않고 다시 발딱발딱 발기 탱천하는 국민! 이승만 대통령은 경북 영주에 사는 도통한의 말을 듣고 생각이 빳빳하게 발기된다. 부풀어 올라 터질 듯하던 무기력증이 싹 사라지고 마치 이 나라가 금방 부자라도 된 듯한 착각에 일기를 썼다. 이승만 대통령이 돌아가자 도통한은 긴 한숨을 쉰다. 혼자 울매나 외로우실고! 혼자 울매나 막막하실고! 우매한 국민들은 한 치 앞도 모르고 자신의 이익을 위해 날뛰고 나라는 반동가리가 되고 공산주의의 침략을 받고도 공산주가 얼마나 악랄한지도 모르고 에고 우리 불쌍한 이승민 대통령님 힘내소! 지가 가진 전 재산으로 대통령님의 맴이라도 쪼매 편해지시길 간절하게 바래니더. 도통한은 중얼거린다. 그리고 생각한다. 대통령은 끝도 시작도 없는 아득한 외로움에 싸여 얼마나 외로울까? 무식 꽃이 이 나라 방방곡곡에 피어있다. 이 무식 꽃을 다 뽑아버리고 그 자리에 유식 꽃을 심어야 한다. 아무도 이 사실을 아는 자가 없어 혼자 저렇게 뛰고 있다. 우물 안 개구리로 살아가는 국민을 어찌 실뿌리에서 잔가지 우듬지 새순에서 꽃 열매에 이르기까지 키워낼까? 무식 종자만 끝이 없는 나라다. 나무 땅 물 바람 햇빛도 저마다 모두 무식하기만 한데 혼자 어떻게 해나갈까? 고독한 절망의 땅 위에 눈물도 더 나올 수 없고 분노도 사치가 될 만큼 아득하기만 하다. 이 깜깜한 역사의 한가운데서 어찌 헤쳐나갈지. 달빛이 가득 내려앉은 대나무 뜰을 거닐며 도통한은 대통령 걱정에 시간을 쓰고 있다. 도통한, 그는 간송 전형필 못지않은 재산을 부모에게서 물려받았다. 조선 시대 사대부로 휘날리던 할아버지였고, 외할머니는 왕족이었다. 도통한은 아버지의 권유로 일본에 유학하러 가서 일본문화를 익히며 일본을 상대로 숨은 외교를 하며 재산을 모았다. 일본의 잔인무도한 폭행에 분노하며 언젠가는 반드시 나라를 되찾을 것이라 희망을 품었다. 나라를 찾는 날 이 나라 경제를 일으키는 데 쓴다는 각오로 재물을 쓰지 않고 모아 두었다. 그리고 전쟁에 고아들 여섯을 거둬 먹이고 재워 주는 중이었다. 대통령이 머슴이나 하인으로 본 아이들은 바로 그가 거두고 있는 전쟁고아였다. 도통한은 전 재산을 정리해 국비 장학금으로 쓰든지 어다가 쓰든지 대통령께서 알아서 쓰시기 바래니더. 그 대신, 지가 거둬서 먹이고 키우던 전쟁고아들 교육은 국가에서 책임져 주시길 부탁하니더. 이승만 대통령은 하나님이 자신을 버리지는 않았다는 생각을 한다. 그 후 가끔 어려움이 닥칠 때마다 도통한에게 달려가 지혜를 빌렸다. 이승만 대통령은 그에게 말했다. 제가 날강도지요? 아이 날강도라이요? 그렇잖습니까? 대대로 내려오는 재물도 빼앗고 옹(翁)의 머릿속에 있는 지혜까지 빼앗으려 드니 말입니다. 아하, 지는 또 머라꼬요. 어차피 지가 태어날 때는 숟가락 몽뎅이 한 개도 못 가주고 왔는데 이만큼 먹고 살았으믄 됐지 더 먼 욕심이 있겠니껴? 지혜가 있다믄 그것 또한 이 몸이 흩어지믄 같이 흩어질 건데 그 어리석은 지혜라도 쓸모가 있다믄 감지덕지 아일니껴? 대통령께서는 오로지 조국만 위해 사셨는데 지는 잘 먹고 잘 쓰고 살았으이 그것만도 감사하이더. 이승만 대통령은 도통한 집에 다녀오면 너무 많은 것을 안고 온다. 머리 가득 지혜를 빌려올 수 있어 자주 가곤 했다. 그러던 어느 날 도통한 집에 가자 머리가 희끗희

끗한 중년 한 사람이 앉아 있다가 대통령이 들어가자 벌떡 몸을 일으켰다. 도통한은 정만덕을 대통령에게 인사시켰다. 이 사램은 지보다 나이는 어리제만 지가 본받고 싶은 분이씨더. 이 고을에 모범이 되는 분이제요. 이 친구 덕분에 이 고장 일대는 흉년이 들어도 큰 걱정 없니더. 이 친구가 국가에서 준다고 말하민서 동네 사람에게 먹을 식량을 나누어 주는 사람이씨더. 아니 머 그런 당치도 않는 말씸을 하시껴? 하는 정만덕에게 이승만 대통령은 그를 향해서 우리 국민 중에 이런 분이 계시다니 제가 든든합니다. 고맙습니다. 아이 지는 한 것이 없니더. 그저 저 혼자 다 먹지 못하는 것 나누어 먹는 것뿐 달리 생각하지 마시믄 좋겠니더. 어쨌거나 고맙소. 그렇게 정만덕의 소개가 끝나고 대통령이 돌아가자 정만덕은 도통한에게 조끔 전 대통령과 하든 얘기 중 국비 장학생이란 말이 나오는데 그게 먼 말이이껴? 하고 묻는다. 응 그거는 대통령께서 미국에서 공부를 하시서 미국 정세뿐 아이라 세계정세를 미리 내다보시는 분일세. 그른데 앞으로는 에너지 문제가 심각해질 거라는 생각으로 원자력 기술을 배워와야만 우리나라가 살길이라고 지하자원도 인구도 땅덩어리 머 하나 지탱할 길이 없기에 기술력을 배우는 게 이 나라가 잘 사는 길이라민서 학생들을 국비 장학생으로 미국에 보낼라고 하시네. 모든 관료가 반대하고 심지어 정당에서도 반대를 하이 기금이 없다고 하시기에 내 쪼매 보태드렸네. 내가 재산을 가지고 죽을 것도 아이고 나라를 위해 기증했네. 그 이후로 대통령께서 가끔 우리 집에 오셔서 쉬셨다 가곤 하시지. 그릏군요. 알았니더. 지는 이만 먼저 가볼라니더. 편히 쉬이소. 그렇게 정만덕은 일어서서 갔다. 정만덕은 그날로 가지고 있던 전답을 모두 팔기 위해 내놓았다. 워낙 기름진 땅이라 내놓은 지 한 달도 안 돼서 모두 팔렸다. 정만덕은 그 길로 도통한을 찾아간다. 이거 많지는 않지만 지 전 재산을 정리한 것이니 국비 장학생을 보내는 데 보탬이 되게 써주소. 나라가 있어야 국민이 있고 미래가 있제. 내가 이까짓 거 가주고 있어 봐야 뭐하니껴. 출처는 밝히지 마시고 무기명으로 해 주소. 도통한은 너무 놀라 어 어 이 사람 이거 이거! 이거! 하는 사이 정만덕은 나가버렸다. 도통한은 멍해졌다. 그렇지만 이 많은 돈을 가지고 있기도 부담스럽고 해서 한 달 후 대통령께 전달하고 오기 위해 서울로 향했다. 대통령은 도통한의 방문을 반갑게 맞이했다. 이승만 대통령은 도통한의 말을 듣고 한동안 멍하니 있었다. 자꾸만 눈물이 나서 옆에 도통한이 있는 것도 모르고 넋 나간 사람이 되어 장맛비처럼 철철 눈물을 흘렸다. 얼마를 울었을까? 한참 후에야 미안하오. 내가 너무 감격해서. 내가 참 복이 많은 사람이오. 어찌 이런 기적을 하나님께서 내게 일어나게 해 주시는지 고맙소. 그리고 내 조만간 그 정만덕을 만나러 갈 테니 내가 좀 만나게 해 주시오. 그렇게 전 재산을 전하고 도통한은 날듯이 몸이 가벼워 구름을 타고 집에 왔다. 일단 그 재산 모두를 대통령께 전했다는 말을 전하기 위해 정만덕의 집엘 가자 주인이 바뀌어 있었다. 벌써 여기서 떠났다는 것이다. 도통한은 머리를 한 대 얻어맞은 기분이 들었다. 어찌 기별도 없이 자신에게 그 많은 재산을 맡기고 아무 말도 없이 사라졌단 말인가? 멍하게 있는데 머슴인 듯한 남자가 어떤 편지 한 통을 내민다. 정만덕이 쓴 편지였다. 나는 내가 나고 자란 이 고장 영주를 떠나고자 하니더. 내가 힐 일은 다 한 것 같으이 이제 휘휘 팔도강산 구경이나 하다가 저승에서 부르믄 갈라니더. 부디 건강하시고 만수무강하길 바래니더. 그간 참으로 고마웠니더. 어디로 간다는 말도 없이 달랑 쪽지 하나 남기고 떠난 무정함에 도통한은 쓸쓸함이 밀려왔다. 무언가 다 잃어버린 듯한 생각이 들었다. 그렇게 도통한은 혹시나 바람결에라도 소식이 오려나 기다렸지만 야속하게도 기별도 없이 한 해가 거의 저물어갈 무렵 올해 송년 인사나 드릴 겸 대통령께 가야겠다고 채비를 하고 대통령을 만나러 갔다. 대통령은 차 한잔을 대접하면서 허 참 별일도 다 있습니다. 아무리 시절이 하 수상하다지만 저런 사기꾼들이 득실거리다니 나라가 걱정입니다. 하고 하소연하자 안죽 나라가 어지러우이 빌빌 사기꾼이 다 있겠잖을니껴. 하고 별스럽지 않게 생각하고 도통한이 일어선다. 바쁜 대통령께 시간을 오래 빌리면 안 되기에 인사를 하고 나오는데 어디서 많이 본 청년이 도통한 앞을 지나간다. 이보시이소? 이보시이소? 하고 부르자 청년이 뒤를 돌아다본다. 아이 자네는 정만덕 아들 정인정 아인가? 아니 어르신이 우째 여기를 오싰니껴? 이게 꿈이이껴? 생시이껴? 하고 반가워하면서 가까이 다가선다. 글쎄 아이 그른데 자네가 여게는 우쨴 일인고? 하고 묻는다. 다 말씀 드릴라믄 사연이 기이더. 하기에 도통한은 정인정을 근처 식당으로 데리고 들어간다. 정인정은 정만덕이 이웃에 큰 장마가 지던 해 부모를 모두 잃은 갓 돌 지난 정인정을 데려다가 나중에 상처받지 않게 하기 위해 자신의 성을 따서 정인정이란 이름을 지어주고 막내아들로 삼았었다. 남부럽지 않게 자란 정인정은 인성도 좋아 아버지인 정만덕과 어머니인 우아한을 친어머니인 줄 알고 따랐고 효심이 깊었다. 2년 전에 어머니 우아한이 죽자 어느 자식보다 섧게 울던 정인정이었다. 도통한은 그때 가슴 쓰리게 보았었다. 그 이후에는 정인정을 못 보았고 정만덕이 재산을 주고 떠나버려 궁금했던 차에 만나니 너무 반가웠다. 식당에 들어서자 그는 울상을 지었다. 왜 그래 울상을 짓는고? 하고 물으니 어르신 글쎄 다 말씀 드릴라믄 기이더. 어르신은 우째 여게를 오싰니겨? 나야 볼일이 있어 왔다가 가는 길이지. 그래 그 긴 얘기가 먼지 좀 해보게. 아부지께서 빚이 많어서서 재산을 다 정리하시고 지하고 둘이 서울 저 변두리에 천막을 치고 자믄서 아부지는 손수레에 양파 장사를 했니더. 꽤 잘 돼서 그날도 양파를 몇 자루 싣고 와서 파는데 우뜬 사람이 이 양파 다 사믄 울매냐고 물었는데 아부지가 거짓뿌렁으로 양팟값의 열 배를 불렀제요. 그래도 그 사람은 열 배를 다 주고 사 갔제요. 그릏게 열흘간 사람들이 열 배를 사 갔는데 문제는 아부지가 욕심을 부래서 삼일부터는 양파를 몇 손수레씩 가주고 와서 돈을 엄청나게 벌었디더. 그른데 아부지는 그 돈을 다 뭐에 쓰는지도 모르게 다 썼니더. 그른데 그들이 사기꾼이란 걸 몰랐제요. 열흘 뒤에 우뜬 낯선 사램이 또 나타나더니 이 자리는 자릿세가 있으니 그동안 번 돈을 다 내놓으라고 했니더. 아부지는 없다고 했제요. 그른데 그들은 아부지와 지를 자기네 집으로 와서 그만큼 일을 하라고 했니더. 그래 따라갔디이만 거기는 사기 집단이라민서 아부지는 내가 벌어서 갚는다고 그냥 나왔니더. 그른데 그들이 갚는다는 서약서를 써 달래서 써 주었는데 거게 똥그래미 3개를 더 붙여서 날짜도 고치고 아부지를 사기로 고소를 했니더. 그래 아부지는 억울하다민서 항의 했제만 그들은 막무가내였제요. 그래 억울해서 지가 대통령이 여게 사신다기에 문 앞에서 울민서 호소했디이만 대통령이란 분이 나왔니더. 그래서 지가 말했제요. 우리 아부지는 전 재산을 다 사기당했다 그랬디이만 해결해 줄 테이 돌아가라고 해서 돌아오는 길이씨더. 지도 아니더. 아부지가 빚진 게 아이고 나라를 위해 기부했다는 거. 그른데 너 그 재산 기부한 거 우째 알았노? 아부지가 다른 형제들한테는 비밀로 하라고 하시고 지한테만 솔직하게 말씸 해주시서 지만 알고 있으이 우리 형들한테 말씸하시믄 절대 안 되니더. 도통한은 정인정이 너무 기특하단 생각이 들었다. 그래 그르믄 내하고 해결 방법을 찾아보자. 지끔 아부지는 어데 계시노? 하자 정인정이 앞장선다. 한참을 걷자 변두리 둑방 위에 천막이 다닥다닥 붙은 집으로 들어간다. 고

개도 못 들 정도인 천막을 보고 도통한은 한숨이 절로 나왔다. 천막으로 들어가니 두 사람이 겨우 누울 자리에 홑이불을 덮고 있었다. 도통한이 들어가자 정만덕은 소스라치게 놀란다. 아이 어르신이 우째 여길? 아이 자네 도대체 이 꼴이 먼고? 이게 먼일이야? 여게서 잘 지내고 있니더. 잘 지내는 사램이 이 꼴이 머야? 고소를 당해? 그게 사실은 일이 묘하게 돌아갔니더. 지가 장사를 하는 옆에서 어린 아기를 델꼬 장사하던 사램과 다리를 저는 사램 그리고 팔이 없는 장애인이 하도 딱해서 그들한테 쪼매한 방 한 개씩이라도 마련해 줘야 한다는 절박감에 시달릴 때 돈이 없어 해 주지 못함에 늘 가슴이 아팠니더. 그르든 어느 날 어뜬 사램이 와서 양파를 전부 산다고 하기에 양팟값의 열 배를 불렀제요. 사믄 다행이고 안 사믄 그마이고. 그른데 열흘 동안 열 배를 주고 사 가더라고요. 복이 한겨울 눈맨치 쏟아져서 다행이다 싶어 그들에게 아주 쪼매한 방 한 칸씩을 장만해 줬제요. 그른데 저들한테 차용증을 써준 게 잘못이제요. 가만 생각하이 너무 심했다 싶어 갚아야겠다는 맘에 써줬는데 그걸 가주고 사기를 치는 인간들인 건 까맣게 몰랬제요. 일해서 갚았으믄 될 것을 차용서를 써준 제 불찰이시더. 차용서에 저릏게 똥그래미를 세 개나 더 붙일 거란 생각은 못 했니더. 그래이 인제 꼼짝없이 돈을 물어주거나 그들의 머슴을 살아 갚아야 하게 생깄니더. 그른데 그 집단은 사기를 쳐서 먹고 사는 깡패 집단인데 내 개인 신분으로 어데 가서 말한들 내 말을 믿지도 않을 것이이 이래 못난 꼴을 보이서 죄송하이더. 아니 자네 그 많던 재산은 다 어쨰고? 설마 한 푼도 없이 몽땅 나라에 준 거야? 나라가 너무 딱해서 몽땅 줬니더. 대통령 혼자서 이 혼란한 나라를 우째 감당할니꺼? 큰 도움은 아이래도 지가 이 재산 자식들 준다믄 자식들을 도로 망치는 길이 될 꺼고 그래 몽땅 자식들의 미래를 위해 국가에 투자했니더. 자식들이 내 맴을 이해 못 할 수도 있기에 잡음을 없애기 위해서 빚으로 전 재산이 날아갔다고 말했니더. 대통령이 일하시는 데 한강에 모래알만치래도 보탬이 됐다믄 다행이 제만 그까짓 걸로 먼 도움이 되니꺼? 자만심이제. 지송 하이더. 이른 못난 꼴을 보이드래서. 참말로 자네도 대책 없는 인사구먼. 지송 하이더. 못난 탓이씨더. 도통한은 얼릉 일어서게 내가 해결해 줌세. 하고 일어선다. 해결해 준다는 말에 정만덕도 따라 일어선다. 얼마나 안 빨아 입었는지 옷에서 양파 냄새가 역겨울 정도로 났다. 도통한은 그렇지만 속으로 대견하다는 생각을 하면서도 가슴이 아려왔다. 어찌 방 한 칸 얼을 돈도 없이 모조리 국가에 내놓았는지, 미련하다는 생각도 하다가 미련하다고 생각하는 자신은 자신이 쓸 만큼 남김에 부끄러웠다가 어찌할 바를 모르는 도통한. 어찌했건 그 절박함은 해결해 주어야기에 그를 데리고 대통령을 만났다. 정만덕의 이야기를 다 들은 대통령은 정만덕의 손을 잡고 손에 소나기가 퍼붓듯이 울었다. 이승만 대통령의 통곡 같은 울음에 그 사무실에 있던 사람들 모두가 울었다. 한참을 울고 난 대통령은 서울

변두리에라도 방 하나를 얻어 주시오. 내가 국민에게 또 못 할 짓을 했구려. 하면서 도통한에게 당부를 한다. 그러고는 그 사기꾼들을 함께 만나자고 하고 도통한과 함께 비서관들이 사기꾼들 집단이 쓰고 있는 사무실로 갔다. 사기꾼들은 눈이 휘둥그레졌다. *채무를 갚기 위해서 왔습니다.* 거지가 돈이 어디서 생겼나 보군. 가르마도 타지 않고 머리를 모두 뒤로 넘겨 반들거리게 빗어넘기고 넓적하고 뭉툭한 코에 독사 눈처럼 쭉 찢어진 눈 양 눈썹은 송충이가 꿈틀거리며 기어가고 입술은 희나리 고추 같이 푸르딩딩한데 양 귀에 귀걸이를 하고 금목걸이를 목과 팔에 두르고 양 손등에는 푸른 용 한 마리가 갇혀서 꿈틀거리고 있는 우두머리인 듯한 남자, 배는 산달처럼 부풀어 오른 남자가 말한다. 옆에 부하인 듯한 비쩍 말라 비틀어진 고구마말랭이 같은 남자가 *이리 앉아.* 하고 반말을 한다. 그러자 우두머리인 듯한 남자가 *저리 비켜 내가 상대하지.* 하고 그 남자를 밀치고 탁자로 와서 앉는다. 도통한을 쳐다보며 *이 늙은이께서 돈을 대신 갚을 모양이구먼. 어서 돈을 내놓아 보시지. 꽤 갑부신가 보지?* 하고 말을 실렁실렁 구스른다. *어데 차용서를 줘야 돈을 갚을 것 아이껴?* 하자 고개를 돌려 부하에게 *어이 어서 차용증 꺼내와라!* 하고 명령을 내리자 말라깽이 같은 남자가 차용증을 꺼내온다. *돈부터 내놓아야 줄 것 아닌가?* 하자 도통한은 *차용증 금액을 확인해야 돈을 내놓을 것 아이껴?* 하자 *여기 보시오.* 하고 차용증을 탁자 위에 내놓는다. 도통한은 차용증을 집어 들어 이거 똥그래미가 및 개야. 그새 똥그래미가 새끼를 친 모양이구먼. 그놈의 똥그래미는 새끼를 배지도 않고 마구 놓는 모양이씨더. 하자 송충이 눈썹을 꿈틀거린다. 도통한은 순간 차용서를 북북 찢어서 공중에 흩뿌려버린다. 깜짝 놀란 우두머리는 *이 늙은이가?* 하고 눈을 치켜뜬다. 도통한은 느긋하게 *이리 따라오소. 내 밖에 돈을 가지고 왔니더. 아무르믄 그냥 이 차용서를 찢기야 하겠니껴. 자 걱정하지 말고 따라오이소.* 하자 우두머리는 *참말이오?* 하고 도통한과 정만덕의 뒤를 따라나선다. *허튼수작할 생각 마시오. 우리가 누군지도 모르면서 괜한 수작 부렸다가는 당신 목숨 잘리는 건 순간이니.* 하자 도통한은 느긋하게 *걱정 마시이소. 이 서울 절반은 다 내 재산이씨더.* 하자 따라오던 우두머리가 주춤한다. 그렇게 나오자 미리 대기하고 있던 차에 우두머리와 비쩍 마른 남자 그리고 비서인 듯 주먹깨나 쓰게 생긴 남자에게 도통한은 *이 차에 돈이 있으이 올라가서 세어보고 가져가소.* 하자 아무런 의심도 없이 우두머리가 오르자 힐끗 주위를 살피고 둘이 따라 오른다. 미리 준비해둔 돈다발을 가리키며 *자 헛소리하지 말고 여게서 돈이 맞는지 올라타서 세어보고 가져가소!* 한다. 의심 없이 올라타는 순간 문을 쾅! 하고 닫고 운전사는 차를 끌고 경찰서로 향하기 위해 도로를 질주했다. 그렇게 일을 마무리했다. 그리고 이승만 대통령의 지시로 그들 부자에게 조그만 방 하나를 얻어놓았다. 정만덕 부자를 방에 안내하며 도통한은 *여게서 기거하소. 추운데 얼어 죽지 않겠소. 참*

못난 사램 하고는. 하자 그는 상황을 눈치챘는지 *예 고맙니다.* 하고 방으로 들어갔다. 도통한은 그동안 있었던 이런저런 이야기를 하다 두 부자를 두고 나오면서 눈물을 찍어냈다. 참으로 의인이구나. 그 농촌에서 어찌 이런 의롭고 장한 생각을 하며 나라를 사랑하는 마음이 이렇게 자신의 몸보다 중요하게 생각할까? 대견하기도 하고 고맙기도 하고 미안하기도 했다. 1주일 후 이승만 대통령은 *내 그 사람을 직접 만나보고 싶으니 좀 만나게 해 주시오. 만나서 고맙다는 말이라도 해야 할 것 아니오. 어찌 우리나라에 그런 사람이 있단 말이오?* 했다. 그렇게 이승만 대통령을 모시고 도통한은 그의 집에 도착했다. 그러나 그 집은 비어 있었다. 방바닥엔 쪽지 하나가 하얗게 도통한을 쳐다보고 있었다. 얼른 쪽지를 펴보니 *보살피주신 은혜 고맙니더. 그릏제만 지가 할 일은 다 했으이 이제 여게를 떠나서 전국 유람이나 하민서 시나 쓰민서 살고 싶니더. 먼 훗날 후손들이 이승만 대통령께서 우째 나라를 구했고 우째 이 나라를 세우싰는지 글로 써 놓고 죽는 게 지 소원이씨더. 고맙니더. 도통한 어른요. 은혜는 잊지 않겠니더.* 그들은 어디로 갔는지 흔적이 없었다. 아무도 그들이 어디로 떠났는지 알지 못했다. 정작 나라 관리들이란 자들은 나라가 이렇게 어려운데 꼭 이 시국에 국비로 유학을 보내야 하냐며 투덜거리기만 하는데 저런 애국심을 가진 국민을 보면서 이승만 대통령은 가슴에서 뜨거운 감동이 폭포수처럼 마구 쏟아져나왔다. 그렇게 하면 된다는 일념 하나로 국가의 50년

100년 후를 내다보며 모든 사람의 반대를 무릅쓰고 이승만 대통령은 하늘이 도와 어렵고 극빈한 상태에서 국비 장학생 100명을 원자력 기술을 배워오도록 미국에 보냈다. 이승만 대통령은 또 생각한다. 아는 만큼 보이고 보이는 만큼 발전하는 것인데 조선 시대부터 일제 저항기 전쟁, 이 어지러운 시간을 보내느라 아무것도 배우지 못하고 무지한 이 국민을 어찌 탓할 것인가? 어서 교육을 해야 한다. 남녀 모두 균등하게 공부를 시켜야 한다. 글씨를 보고도 못 읽으면 까막눈이고 글씨가 글씨인 줄조차 모르는 이 국민을 탓하기보다 가르치는 게 우선이란 생각을 한다. 그렇게 원자력 기술을 배우기 위해 100명의 국비 장학생이 미국으로 건너가 마음 놓고 공부를 할 수 있게 되자 이승만 대통령은 참으로 황홀한 생각마저 들었다. 앞으로 50년 후면 반드시 우리나라 원자력 기술이 세계 최고가 될 것이다. 이건 지금 재산 수조 원을 주는 것보다 더한 가치를 가져올 것을 확신하며 그나마 어지러운 정국에서 잠시 위안을 받는다. 그러나 다시 부정선거에 대해 떠들썩하기 시작했다. 당시 내무부 장관은 최인규였다. 자유당 의석이 더 많았지만, 이탈표가 꽤 나왔다. 그런데도 아슬아슬하게 최인규는 자리를 지킬 수 있었다. 국회에서는 문제가 없는 것이 문제인지라 이 문제로 재신임 표결까지 갔다. 야당은 어떤 방법으로든 최인규를 끌어내리려 안간힘을 썼다. 심지어 억지 주장도 갖다 붙였는데, 최인규가 내무부 장관으로 부정선거를 저질러도 문제 삼지 않고 최인규를 끝까지 기용하겠다는 의지를 이승만이 직접 보여준다며 억지 주장을 폈다. 심지어 **최인규가 대통령이고 이승만은 식물 대통령 또는 얼굴마담입니까? 최인규가 공무원을 내세워 선거운동, 부정행위를 저지르는 방법을 사용하더라도 자유당 대통령과 부통령을 당선시키려고 했습니다. 진정으로 공명선거를 할 의지가 있다면 최인규를 자르고, 부정선거가 일어나지 않도록 대통령이 직접 나서서 공무원들을 철저하게 관리, 감독했어야지 실상 최인규의 부정선거 지휘는 이승만의 뜻이었기에 아무도 막을 수가 없었습니다.** 하며 억지를 부렸다. 이승만 대통령은 억지에 어떤 말을 쓰려고 한들 검은 안경을 쓰고 보는 저들의 눈에는 백옥처럼 하얀 눈가루도 검게 보일 것임을 안다. 이리저리 국비 장학생 문제로 뛰어다니다가 나중에 국무회의 기록을 보고서야 부정선거를 알았다. 어느 대통령이 부정선거를 눈감고 넘어갈 수 있는가? 상식선으로도 자유민주주의에서 말이 안 되는 것이다. 그리고 부정선거라는 그들의 말대로 부정선거의 진상을 조사해 보기에 이른다. 이승만 대통령은 부정선거가 아니라 공산당 선동에 놀아난 어리석음이 범했음을 알아냈다. 마산시위대는 과거에 있었던 여순사건과 공산당의 패륜성처럼 공산당의 패륜이란 선을 넘어섰던 것을 기억하며 이승만 대통령은 또 한 번 진저리를 친다. 어린아이도 부모와 사상이 다르면 수류탄을 투척할 정도로 악랄했던 공산당, 그들은 똑같은 방식으로 부정선거를 조작한 것이다. 어서 이 땅에서 사라져야 할 공산당은 자유민주주의를 무너뜨리기 위해 집요하고 끈질기게 일을 벌이고 상대에게 뒤집어씌우고 나라의 질서를 파괴하고 있었다. 하긴 전쟁이 끝난 지 얼마 되지 않았으니 간첩들은 더욱 서슬푸르게 자기들끼리 지령을 내리고 지령을 받아 일을 감쪽같이 자유민주주의 국민을 괴롭히고 있다. 공산화 야욕을 성취하지 못한 북한은 남한에 간첩들을 파견해 국정을 마비시킬 방책을 계속하라는 지령을 내렸다. 그 남한 사람을 가장하고 진실화해위라는 가짜 단체를 진짜인 것처럼 교육한다. 조사 결과를 어떻게 발표해야 합네까? 이 간나새끼들 군기가 빠졌구먼. 모두 없던 일을 만드는 것이 위대한 것이니 만들면 되지 뭐가 그리 어렵나. 군기를 잡아야 정신 차리갔나? 넵 알겠습니다. 간첩단을 지령하는 최고 우두머리 지개두는 화를 벌컥벌컥 찬물 마시듯이 낸다. 화에 얼어붙은 고자식은 *알겠습니다!* 얼른 명령을 받아든다. 그리고 모두 진술했다는 거짓 서류를 작성해 발표한다. 간첩들의 교란작전을 알 리 없는 사람들은 모두 거짓에 속아 진실을 보지 못한다. 그들이 만든 진짜는 아주 치밀하고 정교했다. *신청인 20명이 당시 마산고등학교 학생으로 시위 참여 사실을 구체적이고 일관적으로 진술했다. 그리고 다른 참고인들도 이를 확인했으며 진술이 각종 사료와 정확하게 들어맞는 점 등은 3.15의거 참여자로 인정됐다. 이들 신청인은 1960년 3월 15일 이전부터 부정선거 움직임이 있었다고 했고 전무식은 1959년 10월부터 면 단위와 리 단위 조직들이 이승만과 이기붕을 찍어야 한다고 협박하는 분위기였다*

고 진술했다. 피토한은 학교 선생님이 수업에 들어와서 정권을 갈아본들 뭣 하느냐 현 정권을 그대로 연기해야 나라가 안정된다고 말씀하셔서 우리 반 모두가 분노했다고 했고, 허깨비는 마산고등학교 교사들이 학생 시위 저지를 위해 교문을 막고 구둣발로 마구 걷어차자 학생들이 분개해서 담을 뛰어넘었다고 진술했다. 1960년 3월 15일 저녁 북마산파출소 경찰의 발포 상황에 대한 구체적인 진술은 왜 빠졌어? 그건 어떻게 넣어야 합네까? 이렇게 넣어! 당시 마산시청과 진도관·무학국민학교, 오동동·남성동 등 마산 시내 각지에서 경찰이 시위대에 총격을 가했다는 진술이 나왔다고. 그걸 누가 진술했다고 해야 합네까? 이 바보 멍텅구리 간나새끼 같으니라고. 지금 남조선 간나새끼들 굶주리고 헐벗은 것이 안 보이네. 사탕 한 봉지 던져주면 진술할 남한 간나새끼들 쌔발랬다는 것도 모르네? 어서 사탕을 몇 봉지 사서 주고 진술할 간나새끼 구하라우. 넵 알겠습니다. 그렇게 또 사탕을 주고 사냥을 하러 나서자 실지로 서로 하겠다고 나서는 사람이 줄을 섰다. 간첩 명빨수는 이 정도임에 놀라웠다. 한국에 자수해서 살까 생각했던 마음을 모두 접는 순간이었다. 이 정도 국민성으로는 북한을 절대로 따라올 수 없다는 생각이 들었다. 북한은 명령에 무조건 목숨을 걸어 충성하지 저렇게 사탕 몇 개에 조국을 팔지 않는다. 서로서로 감시하며 조국에 해가 되면 혀를 깨물어 죽어 조국에 충성을 다 하지 남한처럼 사탕 한 봉지에 거짓 자백이란 상상조차 어려움을 생각하며 자수하지 않음을 천만다행이란 생각을 한다. 사탕 주기가 누워서 식은 죽 먹기로 성공한 명빨수는 국해충에게 시킨다. 남한 간나새끼들 낚는 건 식은 죽 먹기라우야. 물 반 고기 반이라우. 시간은 물고기를 낚으러 가는 길에 동행을 해 줄 것이라우. 가느다란 물줄기 굵은 물줄기 할 것 없이 가능하면 다 낚아 새끼줄처럼 꼬라우. 나는 더 깊고 푸르고 싱싱한 간나새끼들을 들이마실 것이라우. 하늘에도 땅에도 바다에도 물고기는 아주 쉽게 잡힌다우. 가능하면 달달한 사탕을 낚싯밥으로 미끼 삼아 감각과 정서를 급습하여 미적 자극을 주며 그것을 활용하여 결정적인 순간들을 잘 포착하면 그 간나새끼들은 화학작용처럼 입을 뻐끔거리며 역동적으로 모여들 것이라오. 낚싯밥을 물지 않는 파편들은 떨어져 나가게 두고 싱싱하게 퍼덕이는 것들만 골라도 충분하니 임무 수행을 잘 하라우! 명빨수의 말에 국해충은 구미가 당겼다. 전운이 감도는 지령에 국해충은 나뭇가지에 목을 걸고 죽은 꽃들을 보며 이빨을 벌겋게 적시듯 붉은 생각을 드리운다. 그래 남한 간나새끼들을 저 죽은 꽃처럼 인질로 잡기란 사탕 몇 개의 낚싯밥만 필요하단 말이지. 하고 회심의 미소를 지었다. 그리고 비 오는 창가를 내다보며 흥분해서 서성거린다. 저 비에 싱싱하게 고개를 들고 피어나는 꽃잎처럼 용기가 국해충의 핏속을 마구 헤엄치고 다녔다.

거인의 퇴장

3

 날이 어두워지고 시내가 정전되자 경찰이 총을 마구 쏘아 제 바로 앞 사람들이 끄윽 끄윽 쓰러졌다고 말하시오. 그리고 경찰 총격에 시위 군중도 많이 쓰러졌으며 그중 내 동생도 있었고 마산 상고 출신 내 친구도 있었다고 증언하시오. 그리고 누군가 총에 맞아서 쓰러지는 걸 보고 항거하다가 총부리를 겨누는 바람에 겁을 먹고 집으로 갔다고 말하시오. 이렇게 공산당들은 치밀한 계획을 성공시키고 진실규명이라는 명분을 붙이는 법까지 모두 훈련시켰다. 국가와 지자체, 경상남도교육청에 3.15 의거 참여자의 명예를 선양하고 후대에 알리기 위한 교육사업 및 기념사업 등을 권고하면서 나라를 어지럽히기 위한 교란작전을 끊임없이 해나가고 있었다. 이승만 대통령과 부통령 이기붕 의장은 3.15 선거가 부정하다고 비난하는 민주당을 물리치고 압도적 승리를 거두었다. 말도 안 되는 말을 거짓 선전했지만, 모두 거짓을 믿었다. 정부는 질서유지를 위한 경우 이외에는 선거에 전혀 손을 대지 않았다. 그렇게 당당하고 떳떳했다. 이승만 대통령은 민주당에는 간첩단이 숨어 있어 선동하고 있다는 걸 알고 있었다. 하지만 그들이 이렇게까지 할지는 몰랐다. 간첩들의 지령을 받은 일부 시위자들이 일을 저지를 때 수습을 하지 못한 것이 큰 문제였다. 만일 경찰이 야당의 정치적 활동을 방지하는 데 동원되었던들 이런 불행한 난동이 발생하지 않았을 것이지만 민주주의적 발전에 방해가 될까 주저한 것이었다. 민주당은 **폭력으로는 결코 정권을 잡지 못할 것이라**며 자신들의 폭력을 이승만 대통령 쪽으로 뒤집어씌우며 한겨울 소낙비 같은 말을 쏟아내고 있었다. 이승만 대통령은 민주당이 선거 패배를 저리 생억지로 떠들어대는 것을 보며 지금부터 야당에 저런 억지 행패를 척결할 역량을 기르지 않으면 안 된다는 생각을 했다. 민주당의 가짜 폭력행위는 정부나 자유당이 원하는 바도 아니요, 실지 행하지 않는 말이지만 민주당은 수치스럽게도 자신들의 패배를 은폐하기 위해 그런 수단을 강구하였던 것이다. 따라서 그들이 국가의 체면을 손상한 데 대해 국민에게 보답하지 않으면 안 된다는 생각이 들었다. 사실 수많은 한국 애국자들이 민주당의 전술과 공격에 대해 분개하고 보복을 원하였다. 그렇지만 그건 민주주의의 발전을 위해 맞서지 않아야 하는 일이라고 참았다. 그러나 그들의 거짓 선전에 나라가 심하게 어지러워지고 결국은 경찰 당국에 의해 질서를 유지할 수밖에 없는 위기가 닥쳤다. 간첩선의 우두머리 지개두는 다시 지령을 내려 야당을 통해 언론에 공개하며 국민들에게 선동하라고 했다. *이렇게 선동 하라우. 국민에게 부끄럽지도 않은가? 어떻게 국민에게 그렇게 할 수 있으며 또 하늘이 무섭지 아니한가? 이번 3.15 선거에 있어서 도덕과 법을 파괴하고 부정, 추잡, 폭력, 살인 등 모든 악랄한 방법을 사용하여 국민 주권을 철저히 강탈하고 민주주의를 도살하였으며 그러고도 부족하여 마산에서는 학생과 시민을 무차별 총격으로 대량학살하였음을 전 국민이 몸서리나게 체험했다고 비난하라우.* 지령을 받은 대로 언론과 민주당은 미친 듯이 날뛰며 거짓 날조의 꼭두각시가 되어 춤을 추었다. 그렇게 해 이번 기회에 공산화의 야욕을 성공시키기 위해 공산당은 희생양이 필요했다. 1960년 4월 11일 북한의 잔인한 계략으로 17살 소년의 주검이 떠올랐다. 시신이 발견되자마자 병원으로 옮겼다. 그 시신은 공산당들의 철저한 보안 유지로 계획된 오단명의 시체였다. 마산 시민들은 오단명을 보기 위해 구름처럼 모여들었다. 경찰이 저지했지만, 경찰사칭을 한 경찰관이 있었다. 공산당들이 경찰복을 구해 입고 시체를 건지고 시민들을 동요시키기 위해서 가짜가 진짜 경찰 행세를 했던 것이다. *오단명을 죽인 책임자를 처벌하라! 단명을 죽인 책임자를 처벌하라!* 외치며 많은 사람이 보도록 시체를 안치해 두고 얼굴에 수류탄이 박힌 참혹한 모습을 구경거리로 만들어 시민들을 분노하게 만들려는 계획이 한

치의 오차도 없이 맞아 들어갔다. 오단명은 곧 고등학교 입학을 앞둔 푸른 청춘이었다. 공산당은 자신들의 목적을 위해선 사람 목숨 정도는 초개처럼 버리는 사람들이었다. 간첩들은 우리나라 최초의 시민 혁명이라며 부추겼고 그것이 사회질서를 어지럽히는 도화선이 되는 사건이 되었다. 그 수류탄은 누가 보아도 일반적인 탄이 아니었다. 진짜 경찰이 이 수류탄은 전투 상황에서 군인이 작전을 수행하기 위해 사용하는 전투용 최루탄이다. 프로펠러가 달려있어 날아가서 벽을 뚫고 들어가서 적을 제압하는 데 사용하는 것이다. 우리 경찰은 이런 수류탄을 쓰지 않는데. 하자 가짜 경찰복을 입은 공산당이 옆에서 한마디 한다. 괜히 일 시끄럽게 하지 말고 조용하시오. 그렇게 진짜 경찰에게 말해놓고는 경찰들이 군사용 최루탄을 일반 시민들 시위를 진압하는 데 사용해서 오단명 열사의 눈을 뚫고 들어가 박혀 사망했다. 떠들어대며 여론을 크게 확대했다. 이것이 4.19 혁명의 도화선이 되는 사건이었다. 가짜 경찰복을 입은 공산당은 3.15 마산 시위에서 8명이 사망했고 또 다른 공산당이 투입되어 경찰복을 입고 북한의 지령을 받는다. 시위현장을 수습하는 척하면서 진짜 경찰이 옆에 오지 못하게 시신을 차지하라. 그리고 참혹한 모습을 공개해서 시민들의 반발을 더 크게 일어나게 하라. 그리고 진짜 경찰이 눈치채지 못하게 노끈으로 시신을 묶고 돌을 달아서 바다에 빠뜨려 경찰이 한 짓임을 밝히라. 하고 지령이 내려오자 경찰복 입은 공산당은 알겠습니다. 명령대로 하겠습니다. 그러고는 일부러 큰소리로 시민들이 들도록 떠들었다. 경찰이 사람을 수류탄으로 죽이고 노끈으로 시신을 묶어 돌을 달아 바다에 빠트려 사건을 은폐하려고 한다. 하고 거짓 선동을 하고 다녔다. 진짜 경찰이 다가서며 지금 뭐 하는 짓이냐 당장 멈추지 못하겠느냐!고 소리를 지르자 당신이 이 모든 사건 책임지고 옷 벗을 자신 있으면 어디 법대로 해보시든가? 하고 아무 말도 못 하게 입술에 테이프를 발라 버렸다. 3월 15일 대통령 선거 및 부통령 선거는 부정선거다. 공산당 간첩은 엄청난 부정선거를 만들면서 혼란을 부추겼다. 학생들과 시민들을 선동해 항의하며 시위를 벌이도록 했다. 오단명은 전라북도 남원 출신이었다. 그는 명문 고등학교 진학을 위해 외갓집이 있는 마산으로 와서 시험을 쳤고 합격자 발표가 3월 16일로 예정되어 있었고 발표를 하루 앞두고 실종되었다. 오단명의 시체는 온 동네 사람과 부모의 속을 태우며 장장 27일이 지나서야 발견되었다. 오단명 어머니는 실신 직전 상태로 애타게 아들을 찾았다. 마산 시민들도 저수지마다 물을 다 빼면서 오단명을 찾는 데 모두 동참했다. 시민들은 발을 동동 구르며 연못의 물을 퍼내기도 하고 어머니는 영안실을 모두 뒤지면서 미친 듯이 아들을 찾아다니다가 3시간 남겨두고 남원으로 돌아갔다. 참혹한 시체를 보면서 시민들은 독재와 폭력적인 진압에 저항하며 거리로 나와 불을 붙였다. 이승만 대통령이 대한민국의 장래를 위해 원자력기술을 배워 나라를 일으킬 국비 장학생을 만드느라 뛰어다니는 사이 공산당은 부정선거를 위해 온갖 방법을 연구하면서 부정선거를 철저하게 만들기로 했던 것이었다. 사전투표가 이루어질 때 동네에 살지 않는 사람, 살다가 이사 간 사람, 살았는데 죽은 사람을 철저하게 조사해서 표를 만들어라. 또 허위의 인물들을 다 기재해서 산 사람들 명의로 투표를 해서 투표함에 넣어두라. 한 40% 정도 그렇게 만들어 넣어두라. 그리고 그걸 적나라하게 국민들에게 공개하라. 3.15 부정선거는 그뿐 아니라 정치 깡패를 동원해서 협작하고 회유해서 자유당을 안 찍으면 큰일 난다고 이야기하고 다닌다고 퍼뜨려라. 투표소에도 인원을 풀어 깡패가 장악했다고 소문이 나도록 최대한 험상궂게 하고 투표소에서 야당 참관인을 쫓아내며 사람들이 모두 알도록 공개적으로 부정선거를 자행하게 했다고 하라. 투표에 자유당 후보를 찍었는지 안 찍었는지 확인을 하며 철저하게 수행하라고 했다고 선전하라. 한 군데서 하지 말고 여러 곳에서 반복적으로 그렇게 하도록 하라. 개표 때도 부정을 저지르는 것처럼 우리 요원들을 시켜 동요하라. 개표할 때 자유당 후보 표가 아닌 야권 후보 찬성표에는 인주를 여러 군데 일부러 묻혀서 무효표를 만들고 피아노 표라 불러라. 피아노 표는 개표 도중 손가락에 인주를 묻힌 뒤 반대표에 마치 피아노 연주하듯 문질러 무효표를 만드는 것이다. 쌍가락지 표는 반대표에 표시를 하나 더 해서 무효표로 만들어라. 그리고 샌드위치 표는 야당 표 뭉치 위아래 여당표를 한 장씩 끼워서 모두 여당 표인 것처럼 만들어라. 그렇게 해도 찬성표가 부족하면 개표를 하다가 힘든 개표 요원들을 위해서 닭죽에 수면제를 타서 준다. 닭죽 먹은 개표 요원들이 잠이 들게 해놓고 그들 표를 더 만들었다고 선전하라. 민주당 공수표 후보가 미국에서 수술을 받고 사망하면서 자유당 이승만 후보는 단독 후보였으니 공산주의자들의 이 철저한 계획은 모두 무산되고 말았다. 부통령은 자유당과 민주당 장면 후보가 경합했었다. 3.15 선거는 이승만 단독 출마였으니 득표율이 100%였다. 대통령은 86% 이기붕 부통령은 74% 투표율로 당선되었다. 투표함을 열었을 때 이승만 이기붕 표가 쏟아졌다. 야당 공산주의자들은 또 떠들어대기 시작했다. 심지어 어떤 지역에서는 유권자 명부까지 조작해서 투표하다 보니 실제 사는 유권자보다 표가 초과되기도 했다. 결국, 숫자를 다시 고쳐서 결과를 조작해서 투표율로 발표했다. 그렇게 말을 만들고 표를 만들며 대한민국을 공산화하기 위해 제2의 6.25 같은 야욕의 발톱을 드러냈다. 그때 이승만 대통령의 나이는 86세였다. 그들은 나이를 앞세워 또 다른 공격을 계획하고 이를 진짜로 둔갑시켜 퍼뜨리기 시작했다. 이승만은 86세의 고령으로 건강상의 문제로 직무를 수행하지 못할 때 부통령이 대통령직을 승계하기 위해 자유당과 이승만 정부는 부통령 이기붕을 당선시키기 위한 부정선거를 계획했다. 선거 당일, 자유당은 공무원, 경찰, 정치폭력배까지 동원하여 공개 투표, 투표함 바꿔치기, 개표 조작 등의 방법으로 대대적인 부정선거를 *자행했다*. 자신들이 모두 저질러 놓고 이승만 대통령의 부정선거라고 만든 가짜를 진짜로 알고 속아 넘어간 국민들은 명백한 선거 개입이라는 공산당의 조화(造花)로 만든 말을 생화(生花)로 착각하며 강력히 반발하였다. 마산, 광주, 서울 등 여러 지역에서 부정선거를 규탄하는 대규모 시위가 벌어졌으며 특히 마산에서는 경찰의 진압 과정에서 다수의 사망자와 부상자가 발생하여 심각한 사회적 반향을 일으켰다. 모두 공산주의에 속아 넘어가고 있는 현실 앞에 이승만 대통령은 비참함에 죽고 싶었다. 아무리 시위의 배후에 공산주의 세력이 개입되었다고 주장하면서 사태를 무마하려 했지만, 이승만 정부에 대한 국민의 불신과 저항은 더욱 격렬해지기만 했다. 갈수록 불신의 불길은 타올라 도무지 끌 방법조차 생각나지 않았다. 4월 18일에는 고려대학교에서 3천 명이 넘는 학생들이 *부정선거 다시 하라! 부정선거 다시 하라!* 거리를 메우며 시위하다 천일 백화점 앞에서 깡패들의 습격을 받는 사건이 발생했다. 간첩들은 정치 깡패 모자를 쓰고 경찰 옷을 입고 무차별 폭력을 가해 고대생들에게 부상을 입혔다. 고대생 중에는 북의 지령을 받고 학비를 지원받으며 자유민주주의 학생인 척하는 가짜가 진짜 노릇을 하는 경우가 많았다. 이때 고대생들을 습격한 깡패 단체에 대한반공청년단으로 3.15 부정선거를 위해 조직한 선거 전위대, 그러니까 간첩들이었음을 아는 이는 간첩 본인들밖에 없었으니 나라는 점점 혼란으로 빠지는 게 당연했다. 1960년 4.19일 고대생 피습

사건 사진이 신문에 대서특필 되었다. 그리고 오단명의 시신에 충격을 받은 전 국민에게 바람을 타고 전국으로 불길이 번졌다. 간첩단은 자신들의 계획대로 승리했다. 신문을 보고 간첩단들이 배치되어 있는 모든 대학교에서 학생들이 간첩들의 선동인 줄은 꿈에도 모르고 한꺼번에 쏟아져나온 것이었다. 고등학생 대학생 시민들이 곳곳에서 합류해 전국에서 20만여 명에 이르는 학생과 시민이 대규모 시위를 벌이고 거리를 메웠다. 간첩들은 좀 더 자극적으로 좀 더 자극적으로 행동하게 부추겼다. 음악을 틀어가면서 흥분시켰고 학생들은 간첩의 꼭두각시가 되어 춤을 추었다. 그렇게 계획대로 되자 그들은 다음 작전으로 돌입했다. 대통령의 집무실인 경무대로 향하기 시작했다. 그 시위대 중간마다 부추기는 자들이 모두 공산주의 간첩이었다. 그렇게 일부는 시위대에서 경무대로 향하도록 선동을 하고 일부 간첩은 경찰 옷을 입고 가짜 경찰이 되어 시위대에게 무차별 발포를 가하기 시작했다. 간첩들은 이날에만 300명이 넘는 사망자가 발생하는 참사를 일으켰다. 이승만 대통령은 전국 대도시에 비상계엄을 선포하고 군대를 동원해 시위의 확산을 막으려 했다. 그러나 간첩들은 곳곳에 스며들어 부정선거를 규탄하고 대통령의 퇴진을 요구하는 시위를 계속하며 기어이 대한민국을 공산주의로 만들 계략을 세웠다. 결국, 4.19 사건은 이승만 정부의 독재와 부정부패에 대한 국민의 저항이 정점에 다다른 사건으로 역사에 왜곡되어 기록되고 말았다. 애국자와 지혜로운 자들은 모두 은둔하고 고군분투(孤軍奮鬪)하며 일본에서 나라를 찾고 동족상잔의 비극에서 나라를 구해낸 이승만 대통령은 결국 공산당들에 의해서 좌초되고 말았다. 4.19 사건은 한국 사회의 기초 터를 닦고 자유민주주의를 위해 전생을 모두 바친 이승만 대통령을 물러나게 만들었다. 모든 게 왜곡된 사건으로 역사에 기록되는 비극을 맞았다. 이 과정은 한국 사회에 얼마나 많은 간첩이 곳곳에 진을 치고 집요하게 자유민주주의를 파괴하고 공산주의를 만들려고 하는지 반드시 알지 못하면 대한민국도 언제 이승만 대통령처럼 좌초될지 모른다는 아주 중요함을 깨닫게 하는 사건이 되었다. 전체인 숲을 보지 못하면 공산주의자들에게 어떻게 전복될지 모른다는 점을 알아야 한다. 그러나 권력에 눈먼 자들의 견제 중요성을 다시 한번 일깨우는 계기가 되기는커녕 아무것도 모르고 밥그릇 싸움에만 열중하고 있었다. 이승만 대통령은 이 나라를 자유민주주의로 만들기 위해 1949년 학도호국단을 만들었다. 간첩들이 여기저기 언론 교육 경찰 공무원 온갖 직업에 알 박기를 하고 있어 국가가 학생들을 직접 통제하기 위해 창설한 학생 조직이었다. 이승만 대통령은 학도호국단을 통해 군대식 집단 훈련과 반공 교육을 시키며 나라를 공산주의에 넘기지 않고 반드시 지켜내야만 한다는 애국심을 키워왔다. 좀 더 정확하게 말하면 공산주의 야심을 품은 간첩단들의 계략에 놀아나는 무지한 국민에게 학도호국단은 관제 데모를 하기 위한 단체다. 시민이 아닌 정부가 주체라는 점에서 문제가 되며 민주주의 사회에서 시민의 보편적 권리에 해당하는 시위에 정부가 개입한다는 것은 민주주의의 근간을 흔드는 일이 될 수 있다는 점을 일반 사람들이 말하지만, 이 나라를 공산당에 넘겨준 후에도 이런 말을 할 수 있을지? 에 물음표를 던져 보아야 한다. 선진 문화와 선진 정책을 펼치는 미국에서 배운 정치적 판단을 하는 것임을 아는 사람은 대한민국을 통틀어도 단 열 명도 되지 않았으므로 이승만은 하늘보다 높은 막막함에 자신 하나를 던져 이 나라가 공산화되지 않고 자유민주주의 나라가 되면 자신쯤은 나라를 위해 던져도 괜찮다는 결심을 하고 만든 단체였다. *정부에서 시위를 통제함으로써 여론을 분열하고 선동한다.*라고 떠들며 항의했지만 1960년은 전쟁의 후유증으로 누가 간첩이고 누가 아군인지 가리기 힘들 정도로 자유민주주의를 위협하기에 신라의 화랑도 정신 같은 개념으로 만든 호국단을 간첩들이 떠드는데 동조를 하고 나서자 이승만 대통령은 힘이 빠졌다. 그렇게 전쟁으로 야욕을 채우지 못한 공산당은 남한에 남아 선동으로 피를 부르고 있었다. 수백 명의 사망자가 나왔고 피의 화요일이 되었다. 혼란을 잠재우기 위해 계엄령을 선포했다. 그러자 이번에는 바보 멍청이 병신 쪼다 같은 교수들이 거리로 나와 *이승만 하야*를 요구하며 공산당 꼭두각시가 되어 시위를 벌였다. 정부의 계엄령을 위반해 가면서 자유민주주의의 최고 원로 지성인들이 공산주의를 위해 발 벗고 나선 꼴에 이승만 대통령은 이제 이 나라에 희망이 없다는 생각이 들었다. 시위 구호는 *부정선거 다시 하라, 폭력 진압의 책임자 처벌하라*였다. 그다음 날은 교수단들이 대통령 하야를 외치며 주민들을 부추기며 *이승만 하야하라!*고 외친다. 계엄령은 선포했지만, 군은 시민들을 향해 총을 발포하지 않고 위협도 하지 않았다. 그렇지만 공산당은 또 총을 발포하고 무작위로 무고한 시민들 목숨을 앗아갈까 대통령은 두려웠다. 간첩들은 이승만이 맞아 죽어도 할 말이 없다. 이제 우리의 목적은 이루었다. 조금만 더 힘을 내면 남북이 하나가 되어 공산주의의 찬란한 빛을 발하리라.라는 지령을 받았다. 작전 통제권을 가진 미국도 더는 상황을 악화시키지 않으려 했다. 피의 화요일 이승만 대통령은 더 이상 희망을 보지 못한다고 판단했다. 그리고 국민이 원한다면 대통령직을 사임할 것이다. 내가 할 일은 여기까지다. 일본으로부터 나라를 찾았고 공산주의가 되지 않게 미국의 힘을 빌려 자유민주주의 기틀을 만들어 놓았으니 이제 경제 성장을 이룩하는 것은 다음 세대들이 할 일이다. 하고 발표하고 저녁에 조용히 생각했다. 나라를 위해 국민을 위해 내 몸을 바쳐 희생했다. 이제 어느 정도 이루었으니 저들이 저렇게 나를 물러나라고 한다면 기꺼이 물러나 줘야지. 저들이 내가 저들을 위해 평생을 보낸 것을 몰라도 괜찮다. 나는 내가 할 일을 하늘에 한 점 부끄러움 없이 수행하고 내 몸을 던져 이 나라가 대대손손 번영할 기틀을 만들었다. 국민이 원한다면 이제 너희가 이 나라를 잘 이끌도록 내가 물러나 주마. 내가 무슨 권력에 욕심이 있겠나. 이 나라를 위해 노예가 되기로 결심했기에 지금까지 나라의 노예로서 최선을 다했다. 이제 노예를 졸업할 때가 되었다고 판단한 이승만 대통령은 다음날 국회에 사임서를 제출했다. 이승만은 사직서를 제출하면서 국회의원들에게 말했다. 인간이 개만도 못할 때가 많다. 공산주의와 개의 공통점은 미치면 세상 어디에도 약이 없다. 자유민주주의에서 아무리 짖어도 개소리다. 그러나 미친개에게 물리면 결국 죽는 것이다. 공산주의와 개가 족보는 있다고 하지만 지구상에서 사라질 족보와 개의 족보를 누가 믿는가! 모두 정신 바짝 차리고 개만도 못한 공산주의에 물리지 않도록 이 나라를 지켜주길 바란다. 무엇이든 짖어대고 물어뜯기만 하면 다 되는 줄 알지만 당장 물어 뜯겨서 피가 철철 흘러도 결국 개나 공산주의는 자유민주주의의 노예가 될 뿐이다. 개나 공산주의는 먹을 것만 주면 주인도 필요 없다. 먹을 것만 주면 먹을 것을 많이 주는 사람을 주인으로 착각한다. 개와 공산주의는 충성을 다하며 가끔 주인에게 달려들기도 하지만 결국은 토사구팽(兔死狗烹) 당하는 신세다. 아무리 가르쳐도 붉은 물과 개의 짖는 습성은 변하지 않는다. 잠시 잠잠해도 결국은 다시 본성이 나타난다. 개 새끼나 사람 새끼나 공산주의에서 필요에 따라 다양하다. 하는 일 없이 밥을 굶지 않는다고 착각하지만, 그것은 위대한 착각이다. 개와 공산주의는 자신의 밥그릇을 절대로 뺏기지 않으려는 습성이 있어 겉으로는 공산주의지만 속으로는 짐승 주의다. 내가 열심히 노력하지 않아도 공공으로 먹을 수 있다는 게으름이 개나 공산주의나 같은 습성이다. 자유민주주의들이여 공산주의 최후를 잘 보아야 할 것이다. 그리고 캄비세스의 재판을 잊지 말라! 캄비세스 왕은 불법을 자행한 재판관을 살아있는 자의 가죽을 벗겨내서 법관 의자에 깔고, 그 불법 재판관의 아들을 재반관으로 임명했다. 그리고 그 가죽 의자에 앉혀 재판하게 했다. 두려움 없이 불법 재판을 거침없이 하고 군중들을 선동하면 지금 당장은 속아 넘어가지만, 세월이 흐르면 우리나라도 세계에서 가장 위대하고 배우기 쉬운 한글을 깨우치고 공부해서 눈이 밝아지고 혜안이 밝아지면 국민이 가만히 있지 않고 반드시 정의로 심판할 것이다. 그러나 늘 살펴야 함을 잊지 마라. 집요하게 붉은 물을 들이기 위해 진을 치고 있음을 잠시라도 소홀하게 생각하면 공산주의의 악랄하고 집요함에 자유민주주의가 몰락할지도 모른다. 자유민주주의 여러분께 내가 마지막으로 할 말은 정신 바짝 차리고 자유민주주의를 지켜야만 조국의 앞날이 있음을 잠시도 잊지 말아야 할 것을 명심 또 명심하라는 말뿐이다. 남북이 갈려 있는 한 저들은 공산주의의 야욕을 절대로 버리지 않을 것임을 명심하라. 평생을 조국을 찾기 위해 잠을 반납하고 목숨이 몇 번씩 날아갈 위기를 견디며 뛰어 찾았고 공산주의는 앞으로 지구상에서 사라질 것인데 그걸 모르는 조국을 반쪽이나마 자유민주주의로 만들어 놓았다. 평생 죽을힘을 다해 조국의 기초를 다져놓고 나라를 일본에서 건지고 전쟁에서 건져놓고 큰불은 어느 정도 껐다는 생각에 이승만은 담 담했다. 마음을 가라앉히기 위해 천부경을 펼쳐 읽는다. 일시무시 일(一始無始一): 처음 시작은 무로 시작하였다. 하나(一)는 천지 만 물이 비롯된 근본이지만 무극에서 비롯한 하나다. 이 하나가 하늘 과 땅, 사람의 삼극(三極)으로 나뉘어 작용해도 그 근본은 다함이 없다. 하늘의 근원 정신(天一)은 창조 운동의 뿌리가 되어 첫째(一) 가 되고, 땅의 근원 정신(地一)은 생명의 생성 운동을 실현하여 둘 째(二)가 되고, 사람의 근원 정신(人一)은 천지 역사의 꿈과 이상을 실현하여 셋째(三)가 되니, 하나(1 태극)가 생장 운동을 하여 열(10 무극)까지 열리나 생장 성숙하는 원리는 다함이 없이 삼신의 3수 정신으로 이루어지느니라. 하늘도 음양 운동은 3수 원리로 돌아 가고, 땅도 음양 운동은 3수 원리로 변화하고, 사람도 음양 운동 은 3수 원리로 작용하니, 이 천지인 삼계의 큰 3수가 각기 합하여 6(3X2)(大三合六)이 되어 7, 8, 9(수의 변화 수)를 생하느니라. 천지 만 물과 인간은 3수와 4수를 변화의 마디로 하여 운행하고, 5수와 7 수를 변화의 조화원리로 하여 순환 운동을 이루느니라. 하나(一) 의 정신은 실로 오묘하게 순환 운동(분열, 통일)을 영원히 반복하지 만, 그 변화 작용이 아무리 무궁하여도 근원은 변하지 않느니라. 우주의 근본은 마음이니 태양에 근본을 두어 마음의 대광명은 한 없이 밝고 밝으며, 인간은 천지의 조화 정신에 적중하여 있는(中天 地) 존귀한 태일(太一)이니라! 하나(一)는 천지 만물이 변화를 끝맺는 근본이지만 무극(無極)으로 돌아가 변화가 마무리되는 하나(1 태극)이다. 그 의미는 삼신오제본기(三神五帝本紀)에 아래와 같이 설명되어 있다. 대시(大始)에, 일찍이 상하 사방에 암흑을 볼 수가 없었다. 옛날부터 지금까지 하나의 빛만이 밝았는데, 그 빛이 상계(上界)에서 물러나자 삼신(三神)이 있었다. 바로 일상제(一上帝)였다. 일상제는 주체이기 때문에 일신(一神)이며, 삼신은 각기 따로 있는 것이 아니라 작용할 때에만 삼신이 된다. 삼신은 만물을 끌어내고, 전 세계의 무량한 지능을 통치한다. 그 형체는 볼 수가 없다. 가장 높은 하늘에 앉아 있으며, 이 세상에 살지 않는 곳이 없다. 언제나 광명(光明)을 크게 쏟아내며, 신묘(神妙)를 크게 나타내며, 길상(吉祥)을 크게 내린다. 석삼극무진본(析三極無盡本): 삼극으로 나누어졌으나 일의 본은 무진하다. 그 의미는 (일) 석 삼극은 바로 그러한 일신이 삼신으로 나뉘어 작용한 것이다. (일) 석 삼극에서 일과 삼을 풀이하면, 일은 천신에 해당하고, 천일은 성, 지일은 명, 인일은 정에 해당한다. 따라서, 일석삼극무진본은 천신이 조화신, 교화신, 치화신의 삼신으로 나뉘어 작용하듯이, 일은 성, 명, 정의 삼국으로 나누어지지만, 삼신의 작용으로 만들어진 인물이 반진 하면 일신이 된다(삼일신고)고 하였으니, 일의 본은 무진한 것으로서, 삼극으로 나누어졌되 나누어지지 않았고, 짐짓 나누어진 것처럼 보인다는 뜻이다. 천일일지일이인일삼(天一一地一二人一三): 하늘은 하나이며, 땅은 둘이며, 인간은 셋이다. 한 인물이 태어나기 위해서는 천일(性:성)이 첫째, 지일(命:명)이 둘째, 인일(精:정)이 셋째로 이루어진다. 그 의미는 성과 명과 정이다. 인은 그것을 전유하고, 물은 그것을 편유한다. 진성은 선하여 악이 없으니 상철이 통하고, 진명은 청하여 탁이 없으니 중철이 알고, 진정은 후하여 박이 없으니 하철이 보한다. 반진 하면 일신이다. (삼일신고) 결국 이것은 한 인물의 출생 과정에 있어서 부모가 화합하여 수정란 형성까지의 과정을 설명한 것이다. 일적십거무궤화삼(一積十鉅無櫃化三): 하나가 쌓이면 열이 되고, 그것이 높고 존귀한 무(巫)라는 궤짝으로 변하여 삼신이 된다. 일은 천일, 지일, 인일을 총칭하며, 십은 완성을 뜻한다. 따라서, 일적십은 성·명·정이 모이고 모이고 쌓이고 쌓여서 완전한 한 생명체가 될 수 있을 정도의 충분한 조건이 이루어졌음을 뜻한다. 이렇게 충분한 조건이 이루어진 상태를 거무궤라고 표현하였고, 이런 상태의 일은 삼이 된다. 이것이 화삼이다. 즉, 그 의미는 천신이 한 인물이 되는 최초의 관문을 통과하였다, 이다. 천이삼지이삼인이삼(天二三地二三人二三): 하늘은 둘이지만 셋이고, 땅은 둘이지만 셋이고, 인간은 둘이지만 셋이다. 삼은 성·명·정이 갖추어진 수정란이다. 천이는 심, 지이는 기, 인이는 신에 해당한다. 따라서, 천이삼 지이삼 인이삼은 성·명·정을 갖춘 생명체에 심·기·신이 모두 갖추어짐을 말하고, 삼은 그러한 생명체를 말한다. 성·명·정과 심·기·신이 고루 갖추어진 정상적인 상태의 생명체, 이것을 대삼이라고 하였다. 대삼이 되기까지의 기간이 삼칠(즉 21일)이다. 이 기간은 생명체가 존재하기 위한 가장 귀중한 기간이다. 아기를 원하는 여인은 최초의 삼 칠 동안 몸을 삼가고 마음을 깨끗이 하여야 한다. 의학 용어로 대삼을 태아라 한다. 즉, 천신이 성·명·정·심·기·신을 갖추고 완전한 인물이 되는 둘째 관문을 지났다, 이다. 대삼합육생칠팔구(大三合六生七八九): 대삼은 태아를 의미한다. 그리고, 육(六)은 선·악·청·탁·후·박(善惡淸濁厚薄)을 뜻하며, 칠팔구(七八九)는 七(감:感), 八(식:息), 九(촉:觸)로 풀이된다. 그러면, 대삼합육생칠팔구는 성·명·정, 심·기·신을 갖춘 태아에게 선·악·청·탁·후·박이 합쳐져 생명체가 감·식·촉을 가지게 된 것을 뜻한다. 이 순간부터 생명체는 태아(수정 후 3, 4, 5주간)에서 태아(6주 이후)로 전환된다. 생명체가 지각 작용을 할 수 있음을 뜻한다. 즉, 성·명·정, 심·기·신을 갖춘 생명체는 선악 청탁 후박을 합하여 감식촉을 만들었다는 의미이다. 운삼사성환오칠(運三四成環五七): 운삼사는 삼을 네 번 옮긴다, 이다. 따라서, 운삼사는 삼이 일·이·삼·사의 네 단계를 거침을 뜻한다. 즉, 운삼사는 일시무시일에서 대삼합육생칠팔구까지의 내용을 요약한 것이다. 성환오칠을 직역하면 한오칠을 이룬다, 이다. 환은 인물을 뜻한다. 그러므로 운삼사성환오칠은 천신이 성·명·정, 심·기·신, 감·식·촉, 선악·청탁·후박의 과정을 다 거쳐 마침내 인물이 됨을 뜻한다. 일묘행만왕만래(一妙衍萬往萬來): 하늘의 움직임은 묘하고도 묘하여, 만물이 가고 만물이 온다. 일은 천신을 뜻하는 것이며, 만왕만래는 천신이 조화신, 교화신, 치화신의 삼신이 되어 생명의 출생과 성정을 위하여 분주히 작용하는 것을 뜻한다. 그렇게 활동하는 모습 또는 상태를 묘연이라고 표현하였다. 한 생명이 생겨서 성장하는 과정이 어찌 신비스럽지 않고 묘하지 않은가!

거인의 퇴장

4

　모든 것 가운데 가장 신묘한 것이 생명의 출생과 성장이니, 일묘연만왕만래는 그것을 가장 적당한 말로 적절히 표현했다 할 것이다. 용변부동본(用變不動本): 일의 용은 조화신, 교화신, 치화신으로 나뉘었으나, 진 데로 반하면 일신이 되니, 본은 움직이지 않는 것이다. 즉, 천신이 한 인물로 되는 과정에 있어서는 조화신, 교화신, 치화신으로 나뉘어 작용했을지라도, 삼신의 작용으로 이루어진 인물이 한마음 되돌이켜 수행을 하면 일신이 되어 천신의 본래 자리로 되돌아가니, 어찌 본이 움직였다고 할 수 있겠는가. 천신이 인물로 왔다가 다시 천신의 위치로 되돌아가는 것이니 본은 움직이지 않은 것이다. 이것이 바로 움직였으되 움직이지 않았고, 움직이지 않았으되 이미 움직였다고 하는 것이다. 본심본태양앙(本心本太陽昻): 근본 마음은 본래 밝고 큰 태초의 빛이니 본심은 진일심이요 본 태양은 일신이다. 천신이 인물이 되었다가 다시 천신의 자리로 되돌아간다고 하였다. 그러면 인물이 본래 천신의 자리, 일신의 자리로 되돌아가려면 어떻게 해야 하는가. 인물이 일신이 된다 하는 것은 인물의 마음속에 일신이 있다는 것이니, 그 일신을 똑바로 보고, 인물 자신이 마침내 일신이요 천신이라는 것을 깨닫는 순간, 인물은 천신의 자리로 되돌아가는 것이다. 즉, 여기서 본 태양은 인물의 마음속에 있는 본래 자리, 일신, 천신을 뜻하는 것이다. 그러면, 본심본태양앙의 구절은 인물이 진일심으로 자기 자신이 본래부터 가지고 있는 본 태양을 우러러 꿰뚫어지게 본다는 뜻이다. 그것은 곧 본래 자리를 찾으려는 구도자의 자세를 말한다. 명인중천지일(明人中天地一): 사람을 우러러 밝게 비추니 천지 중에 으뜸이니라. 명인은 삼일신고에서 말한 철인을 의미한다. 따라서, 명인은 마음을 밝힌 사람, 진일심으로 본 태양을 똑바로 보고 마침내 자기 자신이 일신이라는 것을 깨달은 사람이다. 명인이 천과 지를 본체면에서 볼 적에 하늘과 땅은 결코 둘이 아니고 하나이다. 즉 천의 본체와 지의 본체가 서로 다르지 않고 하나이며, 지의 본체와 인의 본체가 서로 다르지 않고 하나이며, 인의 본체와 천의 본체가 서로 다르지 않고 하나이다. 결국, 천과 지와 인은 그 본래 자리, 즉 본체면에서는 모두 하나로 귀결된다. 이러한 모든 사실을 한마디로 줄이면 천지인일체이다. 명인중천지일은 명인이 진일심으로 하늘과 땅의 본체를 꿰뚫어 보고 천지인일체의 진리를 적중했다. 명중했다는 뜻이다. 일종무종일

(一終無終一): 시작과 끝은 무로서, 다시 무로서 시작한다. 영원한 구도의 길, 그것이 무종의 일이다. 일은 그러한 무종의 일로 마무리 지을 수 있다. 그러나, 어떻게 일을 무종의 일로 마무리 짓는다고 할 수 있는가. 일을 무시의 일에서 시작했다 할 수 없듯이, 일을 무종의 일로 마무리 짓는다고 할 수 없는 것이다. 즉 일종무 종일은 천신이 인물이 되기 위해 뱃속에서 10개월을 보내고 이제 막 출생하려고 하는 순간에 처하여 있으니, 그는 뱃속 생활의 한 생은 마친 셈이다. 태어남은 한 생을 마치고 출생하는 순간부터 이미 또 다른 한 생이 그의 앞에 펼쳐지는 것이다. 뱃속 10개월이 한 생을 마치기 위해 앞으로만 가는 생이라면, 출생 후부터는 본래 자리로 되돌아가기 위해 끊임없이 영원한 구도의 길을 걸어야 하는 생이다. 이렇게 하여 일시무시일의 구절로 되돌아왔다. 결국, 일시무시일은 일종무종일과 같은 것이다. 처음과 끝은 하나로서, 우리의 한마음 가운데 있을 뿐이다. 우리는 그 한마음을 찾아야 한다. 그것이야말로, 천부경이 진정 우리에게 알려주고 있는 깊은 뜻이다. 이승만 대통령은 천부경을 읽으며 마음을 다스린다. 국회는 3.15선거의 무효화 선언과 내각책임제의 개헌 등을 수습방안으로 채택했다가 대통령 하야 소식을 접하고 긴급회의를 소집해 대통령의 사임 권고 결의안을 만장일치로 통과시키고 국회의 결의가 전달되자 이승만 대통령은 4월 27일 국회의 결의를 존중하여 즉각 대통령직에서 물러나겠다는 뜻을 밝히고 대통령직 사임서를 국회에 전달했다. 험난하고

아수라장 같은 나라를 바로잡기 위한 정치 행보를 종식했다. 그리고 4월 28일 경무대를 떠나기로 결심한다. 나라를 건재시키기 위해 집무를 보았던 정든 곳을 떠나 이화장으로 옮겨갈 마음을 먹는다. 상하이 임시정부의 정원에 의해 탄핵당하고, 4.19혁명으로 두 번째 탄핵당했다. 그러나 앞을 내다보는 내외국 사람들은 이구동성으로 말했다. 이승만 대통령은 대한민국을 일본에서 건져내고 북한 공산당을 무찌른 애국자다. 남한 땅에 자유민주주의를 뿌리내리려는 굳건한 정신은 몇 세기에 한 번 태어날까 말까한 정치인이었다. 그는 초대 대통령으로서 국가의 관행과 시범을 보이고 헌법을 짓밟고 반헌법적 행위를 거듭하며 자신들의 명예만 생각하는 철새들의 치욕스러운 말에도 끄떡없이 버티며 나라의 기틀을 잡아놓았다. 이승만 대통령은 자신의 살과 뼈를 갈고 영혼을 갈아 대한민국의 터를 다지고 기둥을 세우고 번듯한 자유민주주의를 짓고 주인을 들여앉힌 후세 인구(人口)에 회자(膾炙)될 영웅이다.

쓸쓸한 퇴장

이승만 대통령이 목숨값으로 세운 정부는 북한 공산당에 속은 국민들의 분노 속에 중심을 잃고 망출망출 흔들렸다. 이승만 대통령은 경무대 집무실에서 마지막 일기를 썼다. 나는 평생을 일본에 저항하며 나라 찾는 일과 공산당으로부터 자유민주주의를 지켜내기 위해 몸부림쳤고 조국의 미래를 위해 싸웠다. 이제 나의 길은 여기서 부러지고 있다. 그러나 대한민국의 자유는 어떤 희생을 치르더라도 영원히 계속되어야 한다. 내가 죽더라도 후손들만은 전쟁 없고 나라를 빼앗기는 일이 없도록 기도 할 것이다. 이승만 대통령은 조용히 펜을 내려놓았다. 밖에서 국민의 분노가 들끓었다. 거리에는 이승만 하야하라! 이승만 하야하라!는 외침이 귓속으로 마구 쳐들어왔다. 경무대 집무실에서 이승만 대통령은 떨리는 손으로 안경을 고쳐 썼다. 각하, 더 이상 여기에 계시면 위험합니다. 국민들이 경무대로 몰려오고 있습니다. 비서관의 목소리는 절박함과 처절함과 비참함이 묻어 있었다. 이승만 대통령은 만년필 끝을 멍하니 바라보며 천천히 자리에서 일어나 창가로 다가갔다. 수많은 사람이 광장에 모여 있었다. 그들이 손에 든 것은 태극기였다. 그는 문득 1948년, 같은 자리에서 대통령 취임 연설을 하던 자신의 모습이 떠올랐다. 이승만 대통령은 나직하고 담담한 목소리로 말했다. 대통령이 아니라 침통령의 목소리였다. 그때 나는 독립운동가였는데… 지금 나는 독재자로 불리고 있다. 이 나라를 어찌해야 북한의 손아귀에 넘어가지 않게 할꼬! 그때 비서관이 다시 한 번 각하, 어서 여기에서 떠나셔야 합니다. 둘의 말 사이에는 잠시 정적이 흘렀다. 그리고 마침내, 이승만 대통령은 떨리는 손으로 종이에 몇 글자를 써 내려갔다. 내가 대통령직에서 물러난다고 발표를 했는데 왜 저 난리들인가? 말로 해도 될 것을 이승만 대통령은 만년필로 썼다. 창밖으로 햇살이 유리창을 타고 들어왔다. 살인을 해도 용서받을 것 같은 빛이었다. 종로 거리에는 사람들의 발걸음이 점점 늘어났다. 며칠째 계속된 시위, 그리고 전날 밤을 삼켜버린 총성과 화염의 흔적이 곳곳에 남아 있었다. 이승만 대통령은 밖에서 시선을 거둔다. 경무대 관저, 나의 집무실이 이렇게 사라지는가? 공산화만 되지 않으면 상관없지만, 지금의 이 사태가 모두 저 북한의 소행이니 어쩐다? 그 순간에도 나라 걱정만 하는 이승만 대통령에게 비서관이 딱하다는 표정으로 각하 이제, 그만하십시오. 이 나라가 공산주의가 되건 자유민주주의가 되건 국민의 자업자득 아닙니까? 각하 혼자서 평생 그렇게 뛰고 뛰었는데도 공산주의의 계략에 넘어가는 국민을 각하 혼자서 어떻게 하겠다는 말씀입니까? 저들은 무지해서 달콤한 말 보이는 것만 보지 각하처럼 속을 알지 못하기에 저렇게 황소처럼 날뛰고 있지 않습니까? 국민 선동도 모자라서 이 나라 최고의 지성인인 대학교수들까지 거리로 나왔습니다. 각하의 말보다 북한의 지령을 더 믿으니 자업자득이라는 말밖에 더 무슨 말을 합니까? 비서관의 목소리엔 울분이 흙비처럼 흘러내리고 있었다. 이승만 대통령은 아무 말도 없이 창가에 서서 신문을 집어 들었다. 비서관은 기가 막혀서 하던 말을 멈추고 이승만 대통령을 쳐다본다. 대통령의 노쇠한 손에 들린 신문은 문풍지처럼 바르르 떨리고 있었다. 마산 시위, 학생 시신 발견이라는 머리기사와 함께, 4.19 전국 학생 총궐기라는 제목이 눈에 들어왔다. 그렇게 비서관 혼자 아무도 출입하지 못하게 하고 자리를 정리하며 대통령 곁을 지켰다. 조용했던 경무대 공기를 저으며 국무총리 허정양이 조심스레 문을 열고 들어왔다. 대통령 각하… 이승만은 고개를 돌리지 않았다. 한참을 침묵하던 그는 마침내 입을 열었다. 괜찮으이! 아무 걱정하지 마시게나! 국민이 나를 원치 않는다면, 내가 이 자리에 있어선 안 되겠지. 이승만 대통령의 힘없는 말에 허정양은 조용히 고개를 숙였다. 눈에는 이미 빗줄기가 흘러내리고 있었다. 허정양은 젖은 목소리의 물기를 닦으며 말한다. 예, 국민의 분노는 돌이킬 수 없을 만큼 커졌습니다. 허정양의 말에 이승만은 무거운 숨을 내쉬었다. 그리고 다시 창밖을 바라보았다. 피 묻은 거리, 그러나 동시에 다시 피어나는 봄꽃들. 내가 지킨다고 생각했는데… 결국 나라를 이렇게 만들었구먼. 내가 젖 먹던 힘까지 짜냈어야 했는데 북한 공산당이 저 정도로 치밀한 것을 내 몰랐으니 누구를 탓하겠나. 그렇지만 내가 하야를 했어도 공산주의는 절대 안 된다는 걸 두 사람은 명심하고 목숨을 바쳐서라도 이 나라를 공산주의 손에서 구하게. 허정양이 축 즐어진 목소리로 조심스레 말한다. 100년 앞을 내다보는 대통령께서도 못하시는 일을 부족하고 모자라는 저희가 어떻게 하란 말입니까? 왜 하야를 공식적으로 발표하셨습니까? 이승만 대통령은 눈은 창밖을 내다보면서 고개를 가로저었다. 아니야. 나는 이제 나이도 많고 내 피는 충분히 국가를 위해 썼다고 생각하네. 그리고 하야는 더 이상 국민의 피를 보지 않게 하려는 것일세. 라디오를 통해 각하의 하야 발표가 전국에 울려 퍼졌는데도 저들은 막무가내 아닙니까? 저런 악랄하기 그지없는 북한을 무슨 수로 이기라는 말입니까? 잘 듣게나. 나는 그동안 평생을 나 혼자 나 자신과 싸우면서 여기까지 왔네. 내 나이가 70대만 됐어도 조금 더 조국의 이 사태를 수습하고 공산당들을 모조리 발본색원해 내고 더 단단하게 기틀을 잡아놓겠네만, 이제 국민뿐만 아니라 교수들까지 이 붉은 물에 놀아나고 있으니 일단 분노를 가라앉혀야 하네. 그리고 네 자네 두 사람을 믿네. 어떤 경우든 공산주의가 되어서는 미래가 없음을 명심하고 뒤를 잘 부탁하네. 조국을 위해 목숨을 버리더라도 두 사람이 자유민주주의를 지켜주길 부탁하네. 기어이 이승만 대통령의 목소리는 젖어 흐르고 있었다. 허정양과 비서관은 대통령의 얼굴에 흐르는 비장한 눈물 앞에 무릎을 꿇고 앉는다. 예 각하, 목숨을 걸고 각하께서 이루어놓은 이 나라를 공산당으로부터 반드시 지켜 부끄럽지 않은 나라로 성장 발전시키겠습니다. 부디 몸 잘 추스르고 저희에게 지혜를 내려 주시길 부탁드리겠습니다. 그래, 이제 내 마음이 조금은 안심이 되는구먼. 법을 만들어서라도 북한 공산당들을 색출해 내는 게 첫 번째 해야 할 가장 시급한 문제임을 절대로 잊어서는 안 되네. 오늘의 사태가 이렇게 공산당들의 조작임을 국민들은 물론 지식인들까지 모르는 무풍지대가 되었으니, 무엇보다 먼저 해야 함을 잊어서는 안 되네. 예 각하, 명심 또 명심하겠습니다. 같은 시각, 시청 앞 광장. 경복고등학교 3학년 조종용은 친구들과 함께 거리에 서 있었다. 이틀 전, 함께 시위에 나섰던 친구 이단수가 종로에서 군의 총에 쓰러졌다. 이제 그 서리에는 꽃과 편지, 그리고 이단수의 사진이 놓여 있었다. 라디오에서 흘러나온 하야 발표에 광장에선 함성과 울음이 섞여 터져 나왔다. 조종용은 조용히 주먹을 쥐었다. 이게 끝이 아니라 시작이야. 곁에 있던 동생이 물었다. 이제 어떻게 되는 거야? 조종용은 하늘을 올려다보았다. 눈부신 봄빛이 구름 사이로 쏟아지고 있더니 금방 천둥이 울고 빗방울이 후두둑후두둑 소리를 내면서 달려왔다. 조종용은 옷을 머리 위로 올리면서 말했다. 우리가 만들 거야. 우리가 살아갈 세상은… 우리가 책임져야지. 그날의 햇빛과 소낙비는 그렇게, 한 시대의 끝과 시작을 동시에 비추고 있었다.

마지막 이팝꽃 아래서

1960년 5월 초, 이승만 대통령은 하야 후 한강 변에 국무총리가 준비한 작은 별장에서 기거하고 있다. 경무대를 떠난 지 열흘째 되는 날이었다. 사람들은 그를 역사의 심판대 위에 올려놓았고, 언론은 하루가 멀다고 그를 조롱했다. 독재자, 부패한 노인, 국민의 눈물을 *외면한 권력자*. 그러나 이승만은 그 말들에 반박하지 않았다. 반박해 봐야 그들이 알아들을 리가 없기 때문이었다. 매일 조용히 차를 마시고, 책을 읽으며, 공산주의 간첩들을 척결하는 법을 배우고 있었다. 그날 오후, 별장을 찾은 낯익은 발걸음 소리가 들렸다. 정원사가 문을 열자, 의사 출신 독립운동가 장한민이 들어섰다. 함께 만주에서 고초를 겪고 돌아온 동지였다. *장한민 자네군. 여기까지 어떻게 …* 앉으라는 소리도 없이 놀라서 묻는 이승만에게 *그냥 뵙고 싶어서요. 요즘, 너무 혼자 계시다 하기에 …* 그는 이승만이 말없이 쳐다보고만 있자 조용히 이승만 앞에 앉았다. 잠시 침묵이 흘렀다. *각하, 아니셨습니까? 선생님.* 건드리면 축 처져 버릴 종잇장 같은 목소리다. *그냥 이 박사라 부르게. 지금은 아무것도 아니니까.* 장한민은 그 말에 조용히 눈을 내리깔았다. 그리고 이승만의 비쩍 마른 손을 잡고 말했다. *선생님은 나라를 위해 분명 모든 것을 걸었어요. 다만, 시대가 변했고, 사람들이 무지해 북한의 계략을 알지 못한 탓입니다. 그게 죄는 아닙니다. 너무 무지한 탓입니다. 그렇게 혼신의 힘을 오로지 나라를 위해 다 쓰셨는데 …* 이승만은 천천히 고개를 들었다. 한동안 말이 없더니, 낮고 떨리는 목소리로 말했다. *한민이… 나는 나라가 다칠까 봐, 총이 더 쏟아질까 봐 물러난 것이야. 그게 대통령으로서의 책임이라*

생각했네. 그런데 왜 이렇게 허전할까… 내가 정말 나라를 위했다면, 누군가는 알아줄 줄 알았는데… 그때 마당에서 누군가 또 걸어 들어왔다. 옛 제자였던 청년 정치학자 민한철이었다. 젊은 시절 이승만에게 국제정치를 배우고 존경심을 가졌던 인물이다. 그는 요즘 대학가나 학계에서 외면당하고, 친구들에게조차 비아냥거림을 당하며 비난받고 있었다. 그 이유는, 끝까지 어떠한 경우에도 폭력은 안 된다. 겉만 보고 판단하지 말고 진위를 잘 알아보고 일을 처리해도 늦지 않다. 만약 대통령의 잘못이 있다고 하더라도 이승만 대통령의 하야는 평화적으로 이뤄져야 한다고 주장했기 때문이었다. 선생님, 저도… 알고 있습니다. 선생님께서는 독재자이기 이전에, 무지한 국민을 일깨우기 위한 독재, 북한 공산당들을 물리치기 위한 독재였다는 걸요. 그래… 한철 군은 아직 나를 믿나 보군… 민한철은 이승만의 곁에 앉았다. 그날, 청년들이 들고일어났던 건 선생님을 증오해서가 아니라, 변화와 새 세상을 원했기 때문입니다. 그걸 선생님도 인정하셨기에 물러나신 거죠. 하야는 비겁한 퇴장이 아니라… 시대에 대한 마지막 충정이었어요. 국민이나 교수님들까지 모두 모른다고 하더라도 저희 애국자들은 압니다. 선생님께서 얼마나 나라를 위해 모든 걸 바쳤다는 걸. 그러니 선생님의 뜻을 기리며 이 나라를 반드시 반석 위에 올리도록 하겠습니다. 그러기 위해서는 선생님의 조언이 꼭 필요합니다. 그러니 꼭 힘내시고 염치없는 부탁이지만 이 나라를 위해 조언을 해 주십시오. 간곡한 부탁을 하러 왔습니다. 이승만은 눈을 감고 고개를 끄덕였다. 차는 김을 다 날려 보내고 싸늘하게 식어 있었다. 바깥에선 벚꽃잎이 화르르 꽃비가 되어 날아내리고 있었다. 이승만은 창밖을 내다보더니 다 식은 차로 목을 축인 다음 입을 열었다. 이승만이 이 나라를 망쳤다고 말하는 이들이 많겠지. 그러나… 나는 이 나라가 없던 시절을 아네. 아무도 조선인을 나라의 주인으로 여기지 않던 시절을. 그때의 나는…. 그저 사람다운 나라를 꿈꾸었을 뿐이야. 지금까지 단 한순간도 그걸 잊은 적이 없었다네. 조선 시대 사대부들의 행패에 백성들은 노예로 살았고 그로 인해 일본에 주권을 빼앗기고 그러고도 정신을 못차려 북한에 수많은 국민의 목숨을 잃고…. 거기까지 말한 이승만은 목이 메어 더는 말을 못 하고 찻잔을 들어 올렸다. 민한철이 어색한 분위기를 열어젖히며 말했다. 그 꿈은, 완전히 틀린 게 아니었어요. 그것이 나라가 되었고, 지금은 국민이 주인이 된 것이죠. 선생님이 만든 틀 안에서요. 나라도 찾고 북한도 물리치고 저는 압니다, 선생님의 노고를. 고맙네. 이렇게 이야기 몇 마디를 남기고 모두 돌아갔다. 다시 쓸쓸히 웃음 짓지만, 조국에 대한 사랑은 너무 아프고 아픈 상처로 옹이가 되어 가슴에 박혔음을 알았다. 가슴이 답답해 왔다. 이승만은 일기장에 조용히 글을 남겼다. 나는 오해받을 운명 속에서 태어났다. 그러나 내가 원한 것은 권력이 아니라, 조국이었다. 모든 사람이 나를 잊을지라도, 단 한 사람이라도 나의 이 충정을 기억해 준다면 조용히 이 조국을 위해 사라져도 좋다. 그리고 이어서 시 한 수를 짓는다.

나에게만 열리는 내 마음

꽃잎은 하염없이 날아내리지만
오독 오독 오독
모두 난해해서 해독 못 할 오독만 남기고 있다.

수수꽃다리 나무밑에는
보랏빛 향기 수북하게 쌓여
아름답고 서정적인
시 한 수를 지어놓았다.

오역 때문에 나라가 기울어도 관심이 없다

국민들은
자신이 보고 싶은 것만 보고
믿고 싶은 것만 믿고
모이가 있는 곳에만 철새처럼 날아내린다

아!

이 아름다운 대한민국 금강을 어찌해야 한단 말인가!

오해를 하든
오독을 하든
창조꽃이면 좋겠다
나라를 지킬 방법 창조꽃

나무의 초록은
햇살이 가장 뜨거울 때 한계치에 도달한다

그 무수한 잎들은
폭풍한설이 몰아치는 겨울에 맞서며 지킨
나무 덕분인 걸 알까?

나무들 애간장이 다 녹아내리며 갈무리한 걸 알까?
나무의 피로 이루어놓은 절정으로 열매가 주렁주렁 열리는 걸 알까?

시 한 수를 써놓고 씁쓰름한 웃음을 내려놓고 다시 밖으로 나와 벚꽃 아래를 거닐었다. 그의 발끝에 흩날리는 꽃잎들. 마치 그 역시 조용히 흙으로 돌아가는 듯했다.

 그러나 그날 그를 기억했던 소수의 사람이 오래도록 이승만이 가진 처절한 진심을 알아주는 것 같아 기분이 잠깐 좋아졌다.

 무너지는 신화

 종로에 자리한 조용한 찻집에 잘생긴 청년이 앉아 있었다. 그는 민한철이었다. 허탈하게 무너져버리는 대통령이 꼭 어지러이 날아내리는 봄 꽃잎 같다는 생각이 들었다. 자자손손 태어날 이 나라를 위해 죽을힘을 다해 피어났다 날아내리는 대통령 생각을 하다가 얼른 정신 고삐를 당긴 민한철은 두꺼운 안경 너머로 피 묻은 교복 셔츠를 바라본다. 며칠 전 함께 차를 마시던 후배였다. 주변에서 독재 타도!의 구호가 들려오고 군 트럭이 지나가고, 사람들은 전쟁의 공포를 느끼면서 이 상황이 어떤 결과를 가져오는지도 모르고 남이 하니 따라 했고 경찰복을 입은 공산당의 방패가 군중을 두들겨 패고 밀칠 때 정직한은 말했었다. 이건 단순한 혁명이 아니야. 신화가 무너지고 있는 거다. 스승이었던 그 사람도… 이제는 무너지는 신화 속의 조각일 뿐. 머릿속과 옷 솔기에 촘촘히 침투해서 서캐를 쓿어 바글거리는 공산당이 우리나라를 통째로 삼키려는 계획을 아무도 모르니 어찌해야 한단 말이냐? 그때까지만 해도 민한철은 일말의 희망을 품었었다. 그러나 정직한의 말, 신화가 무너진다는 말에는 허공에 주먹을 휘두르며 말했었다. 이승만 대통령이 대통령이 된 것은 그가 원해서가 아니었다. 아무도 나서지 않으니 그가 나섰다. 이 나라를 지키려 한 죄밖에 없다. 그런데 왜 모두가 이승만 대통령을 배신자로 몰아가는가? 왜 북한 공산당 말에는 귀를 쫑긋 세우고 내 나라 대통령의 말은 믿지 않는가? 그리고 북한 공산당이 권총을 차고 경무대 초소로 들어올 때도 초소를 지키는 인물도 간첩이었으므로 정직한의 발 빠른 행동이 아니었으면 이승만 대통령은 경무대에서 사살될 뻔했었다. 그렇게 조마조마하게 대통령의 암살을 막았지만 결국, 하야하고 마는 대통령을 보며 정직한은 민한철에게 말했었다. 역사는 기억할 겁니다. 하지만 우리가 어떤 기억을 남기게 할 것인지는 아직, 선택할 수 있습니다. 역사가 대통령이 이 나라를 위해 얼마나 힘들었나를 기억하도록 우리가 앞장서야 합니다. 지금, 아무도 이 진실을 아는 사람이 없으니 우리가 해야만 할 일입니다. 정직한의 말에 침묵을 지키고 있던 민한철이 고개를 끄덕이면서 말한다. 기억은 총칼보다 무서운 법이지. 잘못 쥐면, 누구든 피를 흘려. 두 사람의 분노는 그렇게 앞날을 위해 분출되었다. 라디오에서 이승만 대통령이 하야한다는 목소리가 울릴 때 정직한은 비틀거렸다. 현기증이 그를 덮쳤다. 어렴풋이 광장에는 환호성 터지는 소리가 들렸고 동시에 누군가는 울었다. 정직한은 조용히 하늘을 바라보았다. 그리고 처절한 한마디를 했다. 역사가 위대하고 숭고한 한 사람을 토사구팽(兔死狗烹) 시킨다. 그리고 나머지는 잊는다. 하지만 잊지 않겠다는 사람도 있기에, 역사는 매번 쓰이는 것이다. 정직한의 말을 듣고 있던 민한철이 입을 연다. 조국을 위해 일생을 바쳤지. 누기 만들어놓은 왕좌에 앉은 것이 아니라 빼앗긴 나라를 찾아서 황무지를 개간하고 공산당을 무찌르며 총알과 피와 협상의 기록으로 단 한순간도 찬란해 보지 못한 왕좌였지. 그를 독재자라고? 말도 안 돼! 그건 독재가 아니라 무지한 국민들을 지키기 위해 홀로 아프고 상처받고 총알받이가 되고 만신창이가 되면서 조국이 무너지지 않게 하기 위한 마지막 방어선이었어. 이제 모든 것이 끝나고 대통령이 물러나는 걸 기뻐하겠지만 나라의 위기는 지금부터야. 지금은 누구도 믿을 수 없어. 공산당이 절반이 넘는다는 이승만 대통령의 말을 알아듣는 이도 없고 생각하는 사람도 없는 게 오늘날 우리나라 현실이야. 이제부터 우리가 손잡고 이 나라를 위해 뛰자. 이승만 대통령이 만들어 놓은 자유민주주의를 위해 죽을힘을 다해 싸우자. 그렇지 않으면 북한에 먹히는 건 시간 문제니까. 그리고 어쩌면 북한이란 나라 속으로 우리나라가 조용히 사라질 수도 있어. 이승만 대통령은 나의 스승이기도 했지만, 대한민국이란 나라의 스승이란 걸 잊으면 안 되지. 인류의 스승인 이승만 대통령은 국제정치학에 매우 밝았고 냉철함과 백 년 앞을 내다보는 혜안과 조국애는 누구도 따라갈 수 없었지. 사람들은 그런 이승만 대통령을 모함하고 비난했지만, 그런 건 조금도 신경 쓰지 않고 오로지 나라만 생각했었지. 백 년 앞을 보는 사람이 아무도 없었으니 홀로 얼마나 외로운 사투를 했는지 아무도 몰라. 아무도 북한이 저 정도일 걸 상상도 할 수 없을 때 대통령은 그 위태로움을 우리에게 말했었지. 그러나 나도 북한이 설마 저 정도일까 의심한 적도 있었어. 그러나 6.25 후에도 곳곳에 간첩이 박혀 있는 것을 경험한 나는 그제야 스승의 눈을 다르게 보게 됐지. 시위대의 함성 속에서 나는 매 순간 어느 것이 진실인지 모르는 사람은 물론이고 교수들까지 나설 때 스승의 답답한 마음을 조금 알 것 같았지. 우리는 함께 목숨을 걸고 나라를 지켜야 해. 그때 정직한이 말을 잘랐다. 지금에야 말이지만 나는 전쟁이 싫어서 외교를 택했지. 지금 생각하면 얼마나 비겁한 짓인지 쥐구멍에라도 들어가고 싶어. 그렇게 전쟁이 끝나고 이승만 대통령이 되었으면 나를 그늘로 밀어낼 만도 하건만 나를 끝까지 믿어 주었지. 지금 생각해보면 대통령은 사람보다 나라 걱정이 앞서서 조국을 위해서 나를 버리지 않았던 거야. 역사의 흐름에서 실패로 기억되거나 외면받지 않게 우리가 힘을 모으세나. 그러려면 우선 무엇부터 해야 할지 이승만 대통령을 다시 뵙고 상의를 해야 할 것 같네. 두 사람은 이승만 대통령을 만나기 위해 서둘러 일어섰다.

거인의 퇴장

5

침묵의 아침

낡고 조용한 시간, 하늘색 페인트가 바랜 창틀 위로 햇살이 얼룩졌다. 이승만은 새벽 다섯 시에 일어난다. 정장 차림의 잠옷, 어깨에 담요를 두른 채 느릿느릿 마루로 걸어 나오면서 혼잣말을 한다. 오늘이 무슨 요일이더라… 내게는 더 이상 시간이 의미가 없구나. 그는 구겨진 신문을 반복해서 읽는다. 그의 손에는 노트 한 권이 들려 있다. 밤색 가죽표지에는 금박 체로 **주요일지**라는 글자가 노랗게 빛나고 있다. 겉장을 넘기자 지난 시간들이 이승만의 눈 속으로 우르르 몰려든다.

기억 속의 조국

1920년 상해 임시정부 상해의 밤,
누군가가 나를 향해 움직인다. 검은 그림자임이 분명하다.
분명 일본놈일 것이다.
달이 구름 속으로 들어가길 기다렸다. 하나님은 달을 구름 속으로 끌고 들어갔다.
그사이 나는 벽을 넘어 도망쳤다. 뒤에서는 누군가 총을 쏘았다.
나는 창호지를 찢어 버리고 독립 선언서를 품속에 숨겼다.
나는 조국의 자유를 꿈꿨다.
그 대가가 쫓기는 목숨이라면, 나는 기꺼이 도망자이기를 택할 것이다.
이대로 너희에게 절대로 나라를 내놓지 않을 것이다.
이 빌어먹을 잔학무도한 놈들 내 반드시 너희를 꼭꼭 씹어 삼키고 내 나라 땅과 주권을 찾아 나의 후손들에게 줄 것이니, 조금만 기다려라.

후르르 공책 장을 넘기자 다음과 같은 문구가 눈에 들어왔다. 꼭 그것을 읽는 순간에는 그 시절로 돌아간 것 같은 착각마저 들었다.

그렇게 애타게 기다리고 기다리던 나라를 찾고 드디어 주권을 찾았다. 그리고 어지러운 나라 문맹이 대부분인 나라 아무것도 가진 것이 없는 나라를 위해 목숨을 바칠 각오로 첫 총선을 치른다. 이미 나라는 공산주의와 자유민주주의로 양분화되어 시작부터 눈물을 흘려야만 했다. 외롭다, 황량하게 외롭나가 황홀하게 외롭다. 그래도 이 나라를 위해 목숨을 바치기로 했으니 미국에 건너갈 때의 초심 건너가서의 애국심으로 잠을 반납하고 목숨을 저당 잡혔던 마음으로 대통령이 되기로 한다.

후르르 공책 장을 넘기자 또 다른 문구가 눈에 들어왔다.

1948년 대한민국 제헌국회 총선 직후 라디오에서 국호가 대한민국으로 불린 순간, 나의 가슴은 터져버릴 것 같았다. 심장이 천 개라도 다 터져버릴 듯이 기뻤다. 몸속에 물이란 물은 모두 쏟아내며 혼자 눈물을 흘렸다. 너무 기쁘니 눈물이 쏟아졌다. 얼마나 오랜 세월 이 나라의 이름을 부르기 위해 몸부림쳤던가? 죽을 고비를 얼마나 넘겼으며 무일푼으로 시체실에서 시체와 대화를 하면서도 오직 나라를 위한 나라에 미쳐 살던 그 일심. 나는 이 나라의 이름을 스무 해 넘게 입속에만 품어왔다. 그 이름을 누군가 외쳤을 때, 나는 내가 살아온 모든 날이 허망하지 않았다고 느꼈다. 국민들이 나에게 대한민국 만세를 부르며 보상해 주는 것 같았다.

그래서 나는 하나님께 고맙다고 기도했다.

후르르 공책 장을 무작위로 넘기자 또 다른 문구가 눈에 들어왔다.

나라가 남북으로 갈라지며 심한 상실감을 가졌다. 그럼에도 불구하고 대책을 강구해야지 상실감을 느낄 시간조차 허락되지 않았다. 내 팔자가 그런가 보다.

후르르 또 공책 장을 넘기자 또 다른 문구가 눈에 들어왔다.

북한의 움직임이 심상치 않다. 중국과 소련을 등에 업고 전쟁을 일으키려는 움직임이 포착되었다. 정부 관료들에게 말하니 신경과민으로 몰아버린다. 내가 어찌 다수의 의견을 이길 수 있단 말인가? 신경과민이라! 신경과민이라! 하늘이 캄캄해진다. 정부 관료들이 저렇게 한 치 앞도 못 보니 내가 어찌 한단 말인가? 하나님께 기도해도 준비하지 않는 나라에 도움을 주실 것 같지 않다는 느낌이 든다. 어쩌나! 어쩌나! 생각하면 정신이 돌 것 같고 아무도 내 말을 믿어주지는 않고 혼자 며칠째 밤을 서성인다. 어쩌나! 어쩌나!

후르르 공책 장을 넘기자 또 다른 문구가 눈에 들어왔다.

1950년 6월 25일 드디어 맞지 않았으면 좋았을 예감이 맞아 북한 공산당이 밀고 내려온단다. 나라의 대통령 말을 말로 듣지 않는 무식하고 무지한 나라가 당하는 피의 전쟁이다. 국민의 이름으로 국민의 무덤을 만들었다. 나는 대통령으로 아무것도 할 수 없다. 말을 못 알아듣는 사람들, 그러면 명령에라도 따라야 하지만 명령이 무언지도 모르는 무식한 사람들 때문에 머리를 땅바닥에 찧어 피가 흘렀건만 기어이 나의 예감이 맞아 저 악독한 공산당들이 동족 살인을 위해 아가리를 붉게 벌리고 쳐내려왔다.

후르르 공책 장을 넘기자 공책 장은 후진을 한다. 다른 문구가 눈에 들어왔다.

지나간 시간이 힘들었는데도 그리울 때가 있다. 워싱턴 광장에서 외친 독립.
내가 워싱턴 광장에 섰을 때, 내 영어는 조악했고, 사람들은 웃었다. 그러나 나는 외쳤다. 조선은 노예가 아니다! 그것이 내게 허락된 첫 번째 자유의 문장이었다. 첫 번째 다짐이었고 조국에 대한 첫사랑이었다.

후르르 공책 장을 넘기자 또 후진을 한다.

서재 안의 유령들

한성 감옥에서 나는 고문에 무너진 것이 아니라 침묵에 무너졌다.
한성 감옥에서 어둠과 침묵은 내 혈관을 파고들었다.
그때, 나는 말이 칼보다 강할 수 있다는 것을 처음 믿게 되었다.
그리고 얼마 지나 펜이 총칼보다 위력이 있다는 걸 알았다.

후르르 공책 장은 자꾸 더 오래된 시간을 끌어다 준다.

윌리엄스 박사의 서재

프린스턴의 겨울은 매서웠다.
윌리엄스 박사가 나에게 말했다.
너는 대통령이 될 수도 있고, 망명자가 될 수도 있다. 그 둘은 종이 한 장 차이일 뿐이다. 네가 대통령이 될 것인지 망명자가 될 것인지는 네가 선택해라. 그때 나는 조국을 건지는 대통령이 되기로 하고 망명을 했다고 말했었다.

후르르 공책 장을 넘기자 또 다른 문구가 눈에 들어왔다.

임시정부에서의 갈등

김구와의 대화는 언제나 고요한 충돌이었다.
그는 독립을 향한 열망이었고, 나는 전략을 중시했다.
우리는 같은 배를 탔지만, 노를 젓는 방향이 달랐다.
그렇지만 그와 나와 같은 것은 조국을 건지려는 일념이었다.
김구도 나도 나라를 위하는 방향만 달랐지 애국심은 같았다.
그러나 사상이 다른 것에는 동의할 수 없었다. 그는 사회주의 사상을 추종했고 나는 자유민주주의를 추종하는 바람에 철길처럼 나란히 가면서도 만나지 못하고 말았다. 나는 자유를 원하지 공산화는 꿈에도 싫다. 그 이유는 공산주의는 앞으로 분명히 이 지구상에서 사라질 것이란 걸 미국이란 나라에서 똑똑하게 배웠으니까.

후르르 공책 장을 넘기자 또 다른 문구가 눈에 들어왔다.

1945년의 해방

해방은 행복인가 불행의 시작인가?
해방이 왔을 때, 나는 울지 않았다.
오히려 두려웠다. 이 기쁨은 준비 없는 해방이었고, 혼란은 예

고되어 있었다. 가장 두려운 건 국민들의 무지다. 이 무지를 일깨우는 게 우선이지 기쁨이 우선이 아니기 때문이다.

후르르 공책 장을 넘기자 또 다른 문구가 눈에 들어왔다.

김구의 장례식

나라를 위한 애국심을 가진 김구에게 마지막 인사를 했다. 그는 형제였다. 적이기도 했다. 그러나 그의 관 위에 하얀 국화를 놓을 때, 나는 확신했다.
이 나라는 우리 두 사람의 균열을 감당하지 못했을 것이다.

후르르 공책 장을 넘기자 또 다른 문구가 눈에 들어왔다.

반공포로 석방의 밤

아이젠하워 대통령 그는 우리나라를 또 다른 방법으로 식민지화하기 위해 나를 암살하려고 한다. 그러나 어림도 없는 소리 하지 마라. 우리 대한민국이 어떤 국민이란 걸 내 똑똑하게 보여줄 계책을 세우고 있다. 너는 반드시 여론에 추락하거나 나의 계책에 백기를 들고 투항하고 말 것이다. 우리나라는 단군의 자손이고 백의민족이다. 함부로 까불지 마라. 포로들을 모두 석방한 날 나는 세계 언론의 비난 속에서 잠들지 못했다. 그러나 내 결정으로 목숨을 건진 자들이 있다는 사실이, 나를 단 한 줄 위안하게 했다. 그러나 곧 잠잠해질 것이다. 국제법? 웃기는 소리 하지 마라. 법이란 인간을 살리기 위한 법이지 인간을 죽이리는 법은 없는 법이다. 그러니 국제법도 곧 내 의견에 백기를 들 것이다. 절대로 나를 처벌하지 못할 것이다. 그렇게 많은 사람을 살린 나를 법으로 처벌한다면 국제 여론은 아마도 불길처럼 활활 세상을 태울 것이다. 기다려라. 미국 대통령 그리고 국제법, 내가 홈런으로 한 방에 날려주마. 좋은 기운이 내 몸을 감싸는 것 같아 잠을 못 자면서도 기분이 좋다.

후르르 공책 장을 넘기자 또 다른 문구가 눈에 들어왔다.

국가보안법 서명 직전

펜촉이 종이에 닿기 직전, 나는 망설였다.
이것이 자유를 지키는 법이 될 것인지, 자유를 억압하는 족쇄가 될 것인지를.
그러나 자유를 지키는 법이 되기를 간절하게 비는 마음으로 서명한다.

후르르 공책 장을 넘기자 또 다른 문구가 눈에 들어왔다.

이기붕을 불렀던 날

나는 이들에게 권력을 주지 않았다. 대한민국의 자유의 날개를 달아준 것이다.

나는 그에게 나라를 맡긴 게 아니라, 나라의 자유를 지키는 무기를 맡긴 것이다. 엄청난 부담을 넘긴 것이다.

그러나 그 부담이 그를, 그리고 나를 무너뜨릴지도 모름에도 불구하고 나는 자유민주주의가 살아있는 대한민국을 위해 어떤 방법도 피하지 않을 것이다.

후르르 공책 장을 넘기자 또 다른 문구가 눈에 들어왔다.

1956년 대선 직후의 독백

재선되었을 때, 나는 기뻐하지 않았다.

나는 알았다. 국민은 나를 뽑은 것이 아니라, 대안을 몰랐던 것이다.

나는 나라를 안정시키고 국가 백년대계를 위해 뛰어다니느라 빨갱이들이 그렇게 많이 포진해 있음을 미처 몰랐다. 그것이 나의 크나큰 실수이다. 빨갱이 빨갱이 빨갱이 아가리가 빨간 빨갱이가 또 총포만 안 들었지 다시 쥐새끼처럼 자유민주주의에 숨어들어 독 안에 든 곡식을 다 훔쳐 먹는데도 몰랐다. 나 혼자 너무 일이 많았다. 빨갱이가 풀이라면 제초제를 뿌려 죽이겠지만 그러면 그것으로 지구가 오염될 것이고, 임담히기만 하다. 도무지 대안이 나오지 않는다. 너무 많이 침범했기에.

후르르 공책 장을 넘기자 또 다른 문구가 눈에 들어왔다.

영주란 곳이 본래 인간이 사는 영주라지만 어찌 그런 큰 인물들이 있단 말인가? 천군만마를 얻은 듯 국비 장학생을 미국에 백년대계를 위해 유학을 보내고 그 영주의 국민들은 태생부터가 다르다는 생각을 한다. 모두 자신밖에 모르는 이 무식하고 무지한 시대에 자신의 모든 걸 다 내어놓는 저들, 그들은 죽어도 영원히 이름이 남을 사람들이다. 내 깜깜한 가슴에 잠시 횃불을 켜 들고 나를 밝혀준 사람들이었다. 영주라! 영주라! 장차 영주엔 영주권을 찾아 세계가 몰려올 땅이 아닌가? 내가 요즘 영주사람들 때문에 삶에 잠깐 희망이 다녀간다.

정부 요원의 방문

국가는 마지막으로 인심이라도 쓰듯 이승만 대통령을 국내에서 떠나도록 종용했다. 그일 역시 빨갱이들이 이승만이 한국에 있는 한 공산주의를 만드는 데 걸림돌이 된다고 판단되자 정부 관료를 부추겨 추방하도록 했다. 아무것도 모르는 남한 관료들은 미친개들의 말을 듣고 나라를 세운 국부를 추방할 결심을 한다. 무지렁이 같은 시대였다. 비서관 출신의 중년 남성이 서류를 들고 방문한다. 각하, 하와이로 떠나는 준비가 진행 중입니다. 미국 쪽에서도 허가가 났습니다. 이승만은 화들짝 놀란다. 나는 대한민국 대통령직에서 물러났소. 그러니 지금은 그냥 이 씨라고 부르시오. 이승만의 말에 비서관도 화들짝 놀라며 머뭇거린다. 괜찮소. 그냥 그렇게 편하게 부르시오. 비서관은 작은 목소리로 입속에서 말을 뱉지 못하고 우물거리며 예… 이 박사님 하면서 고개를 숙인다. 이승만은 거기로 앉으시오 나는 괜찮소. 하고 자리를 권하자 비서관은 소파에 앉아 긴 한숨을 쉰다. 그러자 이승만 역시 맞은편에 앉으며 말한다. 망명이라… 나는 단 한 번도 이 나라를 떠나고 싶다고 생각한 적이 없소. 그런데 내가 만든 나라가 나를 내치는구먼. 나는 이 무자비하도록 비정한 시대에 태어나서 객지를 떠돌며 나라를 위해 싸웠는데 여기에 살지도 못하게 하다니, 참으로 비정한 세월 아니오? 이승만의 얼굴에는 쓸쓸함도 도가 지나쳐 멍한 눈길이 초

점을 잃고 있었다. 비서관이 조심스럽게 입을 열었다. 모두 저 공산주의자들의 농간인데, 공산주의자들보다 더 답답한 것이 그들이 공산주의며 자유민주주의를 정복하려는 야심인 것도 모르고 함께 춤을 춘다는 것입니다. 참으로 앞으로 이 나라가 어떻게 될지 걱정입니다. 이승만은 그 말에 펄쩍 뛴다. 이보시오 지금 당신 같은 사람이 걱정만 하고 있으면 이 나라는 빨갱이 발에 짓밟힙니다. 어서 돌아가서 자유민주주의에 뜻이 있는 애국자와 힘을 합해 저 공산주의자를 쫓아내고 나라를 지켜야 할 때요. 이렇게 한가한 소리조차 할 수 없을 만큼 지금이 위급하오. 이승만의 초점 없던 눈에서 불이 튀긴다. 그러자 비서관은 예, 명심하겠습니다. 그리고 각하께서 지킨 이 나라를 저 빨갱이가 승자가 되어서 왜곡 기록되는 일은 막겠습니다. 알겠으니 어서 가서 공산당 색출할 방법을 모색하시오. 자고 먹을 시간도 아껴야 이 나라를 지킬 수 있을 것이오. 온 국민이 빨갱이 물이 들었으니 아주 강한 세척제로 빨아야만 할 것이오. 어서 돌아가시오. 이승만의 호통에 비서관은 예 알겠습니다. 하고 돌아서 나온다. 쓸쓸함이 기형처럼 몰려들었다. 겉모습과 속모습이 전혀 다르게 보이는 것들, 웃자란 것들은 모두 잘린다는 것을 알아야 할 텐데 공산주의가 자유민주주의를 짓밟으며 저렇게 웃자랐는데 아무도 잘라낼 생각도 웃자란 것이 옳다며 떠드는 자들이 모여 사는 이 땅을 어찌해야 할지 이승만은 두 손으로 얼굴을 계속 비벼대고 있었다.

붉은 시간

이승만 정권이 붕괴되자, 외무부 장관 허정(許政)을 수반으로 하는 과도 정부가 수립되고, 야당인 민주당이 정국을 주도하게 되었다. 과도 정부는 3.15 부정선거 책임자 처벌과 정치적 중립화 등을 공언했지만, 실질적으로는 국내 질서와 치안 회복에 주력하는 데 그쳤다. 또 민주당은 4월 혁명의 성과를 개혁 정책으로 구현하기보다 자유당과 협력해 내각제 개헌을 추진하는 등 권력을 장악하는 데 집중했다. 이에 일부 지역에서 학생들이 국회 해산과 총선 즉각 실시, 경찰 발포 책임자 처벌 등을 요구하며 5월 초순까지 시위를 이어갔다. 과도 정부는 내각제와 양원제(兩院制)를 골자로 하는 새 헌법에 따라 7월 29일 총선을 실시했다. 학생들은 진보 노선을 표방하는 혁신계 인사들의 당선을 위해 전국 곳곳에서 선거 계몽운동을 벌였지만, 결과는 혁신계의 참패와 민주당의 승리로 나타났다. 이에 따라 8월 23일 한민당계인 민주당 구파의 윤보선(尹潽善)이 대통령에 선임되고, 민주당 신파인 장면(張勉)이 국무총리로 임명되었다. 하지만 민주당의 장면 정권도 개혁 의지를 보여주지 못한 채 구파와 신파 간 정파 싸움에 휘말렸고, 불과 8개월 만인 1961년 5월 군사 혁명으로 무너졌다. 한편 4월 혁명 이후 혁신계 세력의 총선 참패와 장면 정권을 비롯한 정치권의 행태에 실망한 학생들은 1960년 후반부터 분단 극복을 위한 통일운동으로 방향을 전환하게 되었다. 남북 간의 적대적 관계가 해소되고, 민족통일이 이루어져야 정치 민주화와 자립 경제를 이룰 수 있다는 현실 인식에 따른 것이었다. 한때 서울대를 중심으로 새 생활 운동 등 계몽운동이 벌어지기도 했으나, 혁명 정신을 이어 나가기에는 한계가 있었다. 이에 따라 서울대를 비롯해 여러 대학의 학생들은 1960년 11월 민족통일연맹(민통련)을 조직하고, 혁신계 인사들은 9월 3일 민족자주통일 협의회를 발족했다. 이 무렵 인도와 쿠바 등 제3세계의 혁명에 관한 정보가 대학가에 돌면서 민족주의 바람과 함께 통일 논의가 활발해졌고, 이에 따라 중립화 통일론, 남북협상론, 남북교류론 등 다양한 통일안이 제시되었다. 이듬해 5월에는 민통련 대의원대회에서 남북학생회담을 제의하는 결의문이 채택되기도 했다. *오라 남으로, 가자 북으로, 한국 문제는 한국인 손으로, 소련에 속지 말고, 미국을 믿지 말자* 등의 구호가 대한민국 전체로 퍼져나가고 있었다. 겉만 보면 좋은 구호 같지만, 그 뒤에는 은밀한 작전을 세운 북한 세력도 합류하고 있는 것을 아는 젊은이는 없었다. 한편, 이승만 대통령의 뜻을 안 몇몇 사람들이 모여 북한 공산당을 색출하고 자유민주주의를 지켜야 한다는 대책을 세우는 인사들은 밤잠을 반납하고 대책 회의를 하던 것도 이즈음이었다.

시국에 관한 담화

이승만 독재가 마침내 무너졌다. 이것은 오로지 자유를 위해 강권에 반항한 생명의 대가이므로 우리는 영웅한 투사들에게 눈물의 감사를 드리어 자유 수호의 영령들에 영원의 영광을 드리는 동시에 그들의 피가 헛되지 않도록 계속 노력해야 할 것이다. 정부 수립 후 오랜 억압에 신음하던 국민의 원한이 폭발되어 제1차의 승리를 얻으므로 민주혁명의 막이 열렸으니 진정한 민주가 실현될 때까지 우리가 일치단결로 공동투쟁해야 할 것인 바 당면과업은,

- 이기적 필요로 이승만 독재를 부식 조정해 놓고, 그 야망을 만족시키지 못함에서 불평을 호소하는 부류가 이승만 독재를 계승하거나, 정치 시승들이 의혈의 대가를 조절 쟁취 못 하게 할 것.
- 이번 투쟁의 근본의의가 부정선거의 규탄에 그치는 것이 아니므로 재임되는 질서는 정치문제에 한정하지 말고 제반 문제에 걸쳐서 목전의 미봉책을 버리고, 장래를 고려할 것.
- 어느 당파나 계급의 승리가 아니므로 모든 대책을 일임하지 말고, 이번 투쟁의 공로자들을 비롯하여 광범한 각 방면으로 거족적 의견을 수용 채택할 수단을 취할 것.
- 성격의 여하를 막론하고 외세의 영향을 방지할 것.

이승만은 신문을 펼쳐 들며 지금도 자신이 대통령인 듯 나라를 걱정하고 있었다. 곧 떠나야 하지만 한국에 있어야 공산당에 넘어가는 저 머저리 같은 국민에게 가르침이라도 주지 그걸 방해하는 목적도 모르고 날뛰고 있으니 할 말을 잃어버렸다.

또다시 미치광이

12년간 머물렀던 대통령직에서 물러났지만, 나라 걱정까지 물러난 건 아니었다. 이승만 대통령은 *친미주의자 혹은 제국주의의 앞잡이 미 군정의 꼭두각시 권력욕의 화신 심지어 분단을 획책한 주범*이라는 온갖 굴레를 씌우는 공산당의 말을 그대로 믿고 행동하고 있는 가운데 하야했다고 모든 걸 잊은 건 아니다. 이승만은 생각했다. 어떻게 이뤄 놓은 대한민국인데 저 빨갱이 속으로 나라를 다시 빠트려서는 안 된다. 그렇다면 지금까지 애쓴 공이 하루아침에 물속으로 가라앉고 만다. 나한테 망명을 하라고? 내가 무엇을 잘못했다고 도주하라고 하는가? 북한 공산당이 수많은 계략을 만들어 거짓선동으로 부정과 데모를 일삼으며 자유민주주의를 무너뜨리는 동안 나는 한결같은 마음으로 동분서주하며 국사를 돌보았다고 자부한다. 그러나 나라를 자유민주주의로 만들기 위해서는 잠깐 미국에 가서 저들의 눈을 피해 한국에 중추적인 인물을 내세워 반드시 나라를 자유민주주의로 만드는 것이 우선이다. 그러고는 곧 돌아오면 된다는 생각을 하며 시 한 수를 지으며 마음을 다독인다.

기화(奇話) 같은 세상

공산주의가 자유민주주의를 쓰나미처럼 덮쳤다
자유민주주의가 묻혀 있던 땅은
모두
어디로
사라진 것일까?

태몽이 헛되게 해서는 안 된다

태몽을 이식한 화술은 아직 시들지 않았다

긍정의 힘으로 여기까지 자유민주주의를 키웠는데
자유민주주의 땅을 유린하며 공산주의를 꿈꾸는 저, 붉은 괴수

무슨 일이 있어도 멈추지 말고

자유민주주의를 키워야 한다

나는 이제 그 연극을 마무리 짓기 위해
미국이란 땅으로 다시 갈 것이다

공산주의 피를 밴 구름이
자유민주주의를 덮지 못하게 하기 위해

그리고 원격 조정을 해야지
자자손손
채찍이 만드는 노예가 되지 않게 하기 위해

거인의 퇴장

6

오지 않을 고도를 기다리는 국부

　시간은 이승만 대통령의 일기장을 덮는다. 이제 고국을 떠나야 한다. 공산당 너희들은 나를 망명이란 이름으로 먼 나라 미국이란 곳으로 보내지만, 이것이 끝이 아님을 명심해라. 우리 국민이 너무 순진한 건지 바보 멍청이인 건지 너희들이 깔아놓은 멍석에서 놀고 있기에 나만 미국으로 쫓으면 모든 게 다 끝났다고 위대한 착각 하지 마라. 나는 조국을 지키기 위해 다시 미국으로 건너가는 것일 뿐이다. 이승만 대통령은 간단한 옷 몇 가지만 가지고 아내를 데리고 나서려니 그제야 눈물 한줄기가 주르륵 흘러내렸다. 아내는 담담하게 따라나섰다. 그런 아내에게 이승만 대통령은 미안하기도 하고 고맙기도 해서 손을 꽉 잡아 주었다. 그리고 서로 한마디도 않고 공항으로 향했다. 조국의 바람을 한 번이라도 더 마시고 싶어 차 창문을 열어놓았다. 거리를 눈에 담아두고 싶어 자세하게 거리를 둘러보며 창밖의 풍경을 눈에 새겨넣었다. 이제 나이가 있으니 돌아온다는 보장도 없다. 그러나 다시 돌아와서 공산당만은 모두 잡아내고 죽어야지 객지서 객사(客死)하지는 않을 것이다. 며칠 미국을 다녀와서 하루빨리 이 나라가 공산주의가 되지 않도록 끊임없이 노력하고 나라를 지킬 인물들에게 가르침을 주어야 한다. 오직 나라 걱정을 하는 사이 공항에 도착했다. 한평생 조국을 위해 살아온 이승만 대통령이 무엇을 가지고 갈까 봐 세관에서 세관원들은 그들 부부의 몸을 샅샅이 검색한다. 그렇지만 당당하게 검색에 응했다. 샅샅이 뒤졌지만, 아무것도 없는 것을 확인한 세관원은 무사히 통과시켜 주었다. 비행기는 무서운 굉음을 공항에 남겨놓고 이승만 대통령 부부를 태우고 공항을 이륙한다. 호놀룰루 공항으로 가기 위해 출발을 하는 것이다. 입이 소태처럼 쓰다. 그러나 한 점 부끄럽다거나 후회는 하지 않는다. 이승만 대통령은 조국에게 말했다. 나의 사랑 조국아! 이제 일제의 발에 밟히지 않아서 아프지 않지? 그렇지만 아직도 공산주의들은 저렇게 벌겋게 입을 벌리고 같은 민족을 짓밟지 못해 안달이구나. 내 그것마저 해결해 주어야 하는데 정말 미안하구나. 이제 늙어서 힘이 없어. 그래도 나의 스승 윌슨 대통령 덕분에 조국 너를 이만큼 안전한 곳으로 건져놓았으니 이제 튼튼하고 건강하게 자라다오. 내가 태어나서 이만큼 분주하게 움직여 너를 구해놓았으니 이제 잠시 쉬어도 되겠지. 그렇지만 네가 위급할 때 언제든지 내게 기별을 다오. 너를 구하러 오다가 목숨을 잃어도 다시 달려올 것이다. 내가 이 땅을 기꺼이 떠나는 것도 모두 너의 안부를 위해서야. 저렇게 서슬 푸르게 자꾸 싸우고 내란이 일어나면 결국은 너에게 가장 피해가 크다는 것을 나는 누구보다도 잘 안단다. 그러니 내 자존심이나 안위보다 조국 너의 안위를 위해 미국으로 떠나는 거야. 미국에 가서 네가 잘 견디도록 국내외로 부탁을 하며 특히 강대국인 미국을 움직여 너를 건강하고 편안하게 잘 자라도록 할 것이야. 조국아 울지 말고 잘 있어. 보고 싶어도 참고. 눈물범벅이 되어 텅 빈 기내의 맨 앞줄 좌석에 나란히 앉아오면서 이승만 대통령은 아내가 옆에 있다는 사실도 까맣게 잊고 비행기 안에서 편지를 썼다. 그리고 아무것도 보이지 않는 깜깜한 밖만 내다보면서 한마디도 하지 않았다. 어둠이 먹물처럼 검어도 이승만 대통령이 침묵해도 비행기는 열심히 날아서 호놀룰루 공항에 도착했다. 프란체스카 여사 역시 아무 말도 하지 않았고 아무것도 묻지 않았다. 검은 침묵과 어둠에 싸여 호놀룰루에 도착한 것은 1960년 5월 29일 오후 2시 30분이었다. 비행기가 도착하고 사람들이 다 내린 후에야 프란체스카에게 한마디 한다. 이제 내릴 준비를 해야겠소. 프란체스카 여사는 묵묵히 고개를 끄덕이며 안전띠를 풀고 일어나 내릴 준비를 한다.

1960년 5월 29일

하와이 호놀룰루 공항에 도착하자 공항에는 하와이 한인동지회 교포들이 마중을 나와 있었다. 모두 반가운 얼굴들이었고 하와이 총영사 성대한이 대표로 나왔다. 미국 측은 이승만 대통령이 공식적으로 대통령이 아니라며 의전(儀典) 문제를 제기했다. 그러나 성대한은 미국 측에 비공식적으로라도 대통령 예우를 하도록 해달라고 간청을 했다. 성대한이 뛰어다니며 미 육군 태평양 사령부 당국을 통해 이승만 대통령 부부에 대한 예우 문제와 경비 문제를 간청한 결과 미국 측은 그 당시 한국에 파견된 해병대 부사령관을 경호 책임지도록 임명했고 세관 검색을 생략해 주었다. 모두 비공식적으로 이루어졌다. 하와이 교민들은 이승만 대통령을 밀어낸 자들이 북한이라 생각하고 북한(北韓) 공산당의 이승만 대통령 암살 공작에 만전을 기해야 합니다. 지금 대통령을 망명시키는 것도 모두 북한 공작원들의 짓이므로 반드시 경호를 빈틈없이 하지 않으면 이승만 대통령께서 위험합니다.며 미국 측에 청원했다. 다행스럽게 하와이 교민들의 청원이 받아들여졌다. 교민회장의 청원서를 살펴본 미국은 공항 옥상에 기관포를 거치했고 경호 관계자들은 트랩에서부터 출구까지 이승만 대통령 부부의 통로를 따로 만들었다. 그리고 환영인파와의 거리를 유지하도록 안전선을 그어 놓았다. 그러나 트랩에서 내린 이승만 대통령은 교민들과 악수도 못하게 되어 못내 아쉬워했다. 경호를 책임진 성대한과 미국은 혹시 있을지 모르는 북한의 테러를 염려해 비지땀을 흘리며 긴장을 했다. 그러나 당사자인 이승만 대통령은 오히려 교민들의 환호에 화답하지 못한 것에만 마음을 쓰고 있었다. 성대한에게 이승만은 여기 조금 쉬었다 갈 거니 너무 신경 쓰지 마시오. 하는 말만 남기고 다시 입을 다물었다. 하와이에 도착해서 첫날 밤잠을 하얗게 잃어버리고 일어났다. 아무것도 변한 건 없다. 뒤돌아보면 오로지 조국만 위해 달렸던 것 같아서 아내에게 미안한 생각이 들었다. 평생을 죽을힘을 다해 조국을 위해 산 대가가 누명과 망명이란 말인가? 이제 너무 지쳐 변명할 힘조차 없다. 이렇게 내게 누명을 씌우거나 망명을 시키거나 죽이거나 조국만 잘 된다면 괜찮다. 그러나 공산당들이 설치는 조국이 다시 잘못될까 오직 걱정이 태산 같을 뿐이다. 이튿날 한국에서 만들어낸 누명은 참으로 대단했다. *12년 집권 동안 1,990만 달러를 유용했기에 기소했다고 애드버타이저(Advertiser)에* 보도되었다. 이승만 대통령은 교민들에게 말했다. 저렇게 권력이 좋단 말인가? 내 나이 벌써 85살 내일 무덤에 들어갈지 오늘 밤에 무덤에 들어갈지 모를 내가 공금을 유용할 이유가 어디 있단 말인가? 조국을 위해 평생을 희생한 내가 공금유용이라 천벌 받을 말로 꾸미는 인간들에게 아무 말도 하고 싶지 않다고 하자 이승만 대통령을 너무나 잘 알고 있는 교민들은 대항하지 않으면 저들은 정말인지 알고 더욱 날뛸 것이니 애드버타이저*(Adver-*

tiser)에 아님을 밝혀야 한다고 들고 일어섰다. 교민들의 성화에 당신들이 알아서 하라.고 하자 교민 대표회장은 이승만 대통령이 쓴 것처럼 달러 유용이라? 참으로 대단한 소설이구먼. 나는 단지 조국만 보았을 뿐, 그 이상 어떤 것에도 관심 없다. 유용하려면 그까짓 1,990달러만 하겠는가? 1,990억만 달러를 유용했다고 한다면 자존심이라도 상하지 않지, 말 같은 말이라야 대꾸를 할 것 아닌가!라고 간단하게 발표했다. 이승만 대통령은 이런 기사에 관심도 두지 않았다. 하늘이 알고 땅이 알고 내가 알면 되었지 작정하고 덤비는 자들에게 힘 빼고 싶지 않소.라며 체념하는 바람에 최소한 간단하게 올리고 말았다. 이튿날 교민회장 진정한과 교민 몇 명이 이승만 대통령을 윌버트 최(Wilbert Choi) 씨의 별장으로 모시고 갔다. 윌버트 최 씨는 하와이에서 조경사업으로 상당한 성공을 거두고 있는 사람이었다. 그는 이승만 대통령이 하와이에 있을 때부터 이승만을 도우며 존경해 오던 사람이었다. 그의 명성은 대단했으며 호놀룰루 공항의 조경도 그의 작품이었다. 어서 오십시오 이승만 대통령 각하! 먼 길에 노고가 얼마나 많으십니까? 이곳에 여장 푸시고 편안하게 쉬십시오. 하고 마음 좋은 사람이 친척 어른을 모시듯 편안한 말로 정중하게 예를 갖추었다. 이승만 대통령은 고맙소! 신세 좀 지겠소. 하자 신세라니요, 당치 않습니다. 여기에 머물러 주신다니 제가 고맙지요. 하고 편안하게 대해 주었다. 이승만 대통령도 참으로 고맙다는 생각도 들고 마음도 편안했다. 오히려 미국 사람이 더 편하게 느껴지는 이유를 알 수가 없었다. 그렇게 하와이에 도착한 후 마음이 편안한 곳에 기거하면서 이승만은 하루 이틀은 그 따뜻한 마음 볕에 마음이 따뜻했으나 다시 조국 걱정이 되었다. *제발! 공산주의를 척결하고 자유대한민국으로 영원하라!* 며 매일 기도를 올리고, 일요일이면 독립운동 당시에 창립한 한인 기독교회에 나가서 교우들과 함께 열심히 기도했다. 독립운동할 때 알았던 사람들과 제자들을 만나러 다니며 조국을 위해 기도해 달라고 부탁하였고 잠시도 쉬지 않고 조국을 위한 기도를 부탁하러 다녔다. 그러던 어느 날 북한의 테러로 보이는 테러가 발생했다. 그날따라 이승만 대통령이 막 집 밖을 나서는데 건장한 남자 두 명이 나타나 이승만 대통령을 차에 태워 어디론가 달렸다. 다행스럽게도 운동을 하고 돌아오던 윌버트 최가 이를 발견하고 차로 뒤를 좇아갔다. 그리고 경찰에 연락했다. 그들은 다행스럽게도 목적지에 닿지 못하고 잡혔다. 그러나 그들이 누군지 알아내지 못했다. 그들 두 명은 모두 경찰차가 사방에서 에워싸자 자결을 하고 말았다. 이 사건이 있고부터 별장에 머무는 동안 북한의 테러를 걱정하는 교포들의 요구에 따라 윌버트 최 씨는 유학생 5명을 늘 가까이서 경호를 하도록 하였고 별장 밖에는 특수요원을 잠복근무시키며 이승만 대통령을 경호했다. 이승만 대통령 부부는 코가 뭉툭하고 귀가 축 처지고 몸에 노란 점무늬가 예쁘게 찍힌 영국 토이 스파니엘 계통의 개 한 마리를 식구로 함께 지냈다. 아주 영리하고 귀엽게 생긴 이를 해피라고 이름 지었다. 미국에 절친이 선물한 것이라 해피라고 이름 지었고 해피는 영어와 한국어 모두를 잘 알아들었다. 미국으로 급히 건너오느라 우선 이화장에 잠시 맡겼다가 너무 보고 싶어 미국으로 오는 인편에 해피를 보내 달라는 기별을 넣었다. 이승만 대통령은 해피를 데리고 산책도 시키고 자신의 귀국이 늦어져 고향에 가고 싶은 마음을 함께 달래고 있었다. 미국 법에 따라 120일 동안 검역을 위해 구금상태에 놓인 개를 잠깐씩이나마 산책을 시켜 주러 날마다 갈 할 정도로 해피를 사랑했다. 크리스마스가 오자 교포들은 축제 분위기로 들떠 파티를 하고 난리였다. 하지만 크리스마스인지 무엇인지 이유 없이 귀국이 늦어지자 이승만 대통령은 점점 불안해지기 시작했다. 건강을 잘 지켜서 조국으로 돌아가야 하지만 오히려 조국에 가고 싶은 생각 때문에 건강이 악화되었다. 길면 한 달 정도 지낼 것으로 생각하고 왔는데 6개월이 넘어도 기별이 없으니 조국과의 기약 없는 이별이었다. 그때 가게를 운영하여 이승만 대통령을 친부모처럼 모시던 교포 경호원 씨와 윌버트 최 씨 등 교포들이 모여 논의를 한 결과 윌버트 최 씨의 집으로 거처를 옮겨갔다. 내가 곧 조국으로 돌아갈 텐데 무엇 하러 번거롭게 이리 신경을 쓰시오. 말은 고마우나 나는 여기 조금 더 견디다가 대한민국으로 돌아가야 하니 염려 마시고 여러분 생계나 잘 꾸려가시오. 하고 거절했다. 그러나 윌버트 최 씨는 가실 때 가시더라도 하루라도 편하게 계시다가 가셨으면 합니다. 그래야 저희 마음이 편해서 드리는 말씀입니다. 저희 청에 따라 주십시오. 경호문제도 있고요. 하자 이승만 대통령은 무슨 경호문제는 경호원 씨가 든든하게 내 옆에 버티고 있지 않소. 하는 이승만 대통령의 유머에 모두 한바탕 웃었다. 처음으로 아무 생각 없이 모두 웃었다. 윌버트 최 씨나 경호원 씨가 웃음을 그치자 서글픔이 먹구름처럼 밀려와서 목이 메어 서로가 참느라 애쓰는 모습이 역력했다. 이승만 대통령의 몸이 허깨비처럼 말라 있다는 생각이 들어서 더욱 서글펐다. 나이도 있지만, 평생을 굶주리면서 잠도 제대로 못 자고 밤낮을 조국의 독립을 위해 뛰어다닌 걸 너무도 잘 아는 사람들이라 더욱 가슴이 아려왔다. 조국에 대한 그리움 때문에 향토 병이 생겼다. *나는 괜찮아요. 한국에 가면 금방 나을 거야. 너무 걱정들 하지 말고 본업에 충실하시오.* 하고 아무렇지도 않게 말했지만, 이승만 대통령은 한국의 소식이 조금이라도 들리면 얼굴에 생기가 돌았다. 프란체스카 여사는 일부러 조국의 좋은 자료만 구해다 이승만 대통령에게 보여 주는 바람에 하루하루를 잘 견디고 있었다. 혈압도 올랐다 내렸다 하는 일이 있어 조국의 좋은 일을 전해주어야 하는 데 한계가 있어 프란체스카 여사는 기분이 좋을 만한 거짓말 정보를 부지런히 날라다 주었다. 가슴으로는 늘 울고 얼굴에는 늘 웃음을 띠어야 하는 프란체스카 여사가 더욱 안쓰러울 정도였다. 이승만 대통령은 눈만 뜨면 프란체스카에게 교민들을 불러 달라고 했다. 교민들을 불러오면 첫 번째 질문이 요즘 우리나라는 어떻게 돌아가고 있나? 정리가 좀 되었나? 나는 언제쯤 환국할 수 있나?였고 교민들의 대답은 모두 판으로 찍은 듯이 예 잘 돌아가고 있습니다. 정리가 되어가고 있습니다. 곧 환국하실 수 있을 겁니다.로 질문을 하고 대답을 했다. 이승만 대통령은 나라가 걱정이야. 공산주의 빨갱이들이 너무 많아서 어서 내가 서울에 돌아가서 수습해야 하는데 빨갱이 손에 넘어가면 죽어서도 조상들 뵐 면목이 없는데 복사를 한 듯 매일 프란체스카 여사에게 되뇌고 누가 병문안을 오든 똑같은 말을 되뇌었다. 지금 불편해도 조금 참으셔야 합니다.라고 프란체스카 여사가 말하면 아무 상관없어. 조국으로 돌아가면 다 나을 것인데 하면서 조금도 불편해하지 않았다고 한다. 집은 방 하나에 조그만 침대 두 개 부엌 하나가 전부였다. 초라한 집을 보던 교포들이 책상과 식탁 그리고 주방용품을 마련해 주었다. 식탁 판이라야 가로 1m 30cm, 세로 70cm 정도 되는 3등분 되어 접을 수 있는 식탁 판과 알루미늄 식탁이었다. 이승만 대통령은 그곳에서도 글 쓰고 시 짓고 조국에 대한 미래를 위해 무언가를 끊임없이 썼다. 그리고 아침마다 조국을 향해 간절히 조국의 안녕을 기원했다고 한다. 생활은 겨우 입에 풀칠할 정도였고 독립운동 시절과 같이 살림을 꾸려나가야 했다. 프란체스카 여사는 독립운동할 때가 좋았다고 말했다. 시장에 가서 털실을 사다가 밤새 뜨개질해서 가난해서 겨울에 추위에 떠는 교민들을 위해 옷을 짜고 양말을 짜고 장갑을 짜서 집집이 나누어 주면 두 손을 잡고 고마워서 눈물을 흘리던 그 시절, 아마도 옷은 천 벌 이상 장갑과 양말은 5천 벌은 족히 짜서 나누어 주었던 그때, 혼자 밤새워 짜는 게 안쓰러웠는지 이승만 대통령은 자기도 배워서 짠다고 함께 배워서 서투른 뜨개질을 하며 프란체스카 여사에게 어찌 손이 그렇게 빠르냐며 기술자 같다면서 웃을 때. 함께 일주일에 한 번씩 가난한 집 교민들에게 나누어 주던 그때는 정말 몸은 힘들어도 날아갈 것처럼 몸이 가벼웠는데 지금은 하는 일이 없어도 이리 몸이 천근만근이니 프란체스카 여사는 머리가 돌 것 같았다. 한국 사람들이 미워지기까지 했다. 전 인생을 나라만 위해 뛰다 늙어버린 사람을 자신들의 욕심 때문에 이리 팽개치다니 하늘이 두렵지 않은가 싶어 분통이 터졌다. 이승만 대통령은 프란체스카 여사가 좁은 마당에 화초를 심어주면 화초에 물을 주며 화초와 이야기를 나누었다. 조국의 안녕을 빌어 달라고 이야기를 하며 시름을 달랬다. 프란체스카 여사는 이런 모습을 볼 때마다 속으로 울었다. 건강을 위해 식단도 신경 쓰지만, 저 병은 한국에 가면 나을 병이란 것을 너무나 잘 아는 프란체스카 여사는 가능하면 자주 교포들을 불러 마음을 위로해 주는 방법밖에 아무것도 할 일이 없음에 가슴이 찢어지게 아프고 눈물로 세월을 보내고 있었다.

하와이, 와이알라에 가든

1961년 늦봄 늦은 오후의 빛이 베란다의 얇은 커튼을 뚫고 들어왔다. 낡아 삐거덕거리는 의자에 앉아 있던 이승만 대통령은 가늘게 떨리는 손으로 무릎 위에 올려둔 편지 한 장을 가만히 매만졌다. 종이는 오래되어 가장자리가 해졌고, 먹으로 눌러 쓴 필체는 군데군데 번져 있었다. 몇 해 전, 경무대에서 나올 때 급히 챙긴 물건들 속에 섞여 있던 것. 발신인은 없다. 하지만 그는 기억했다. 그것은 누군가—어쩌면 이름도 없이 사라졌을 그 누군가—서울 시내에서 그에게 남긴 짧은 글이었다. *대통령 각하, 당신은 조국을 위해 많은 것을 하셨습니다. 하지만 지금은 조국이 당신을 떠날 시간입니다.* 그는 입가에 희미한 웃음을 머금었지만, 그것은 웃음이라기보다 오래된 통증의 일그러진 그림자였다. *조국이 나를 떠난 것인가, 아니면 내가 조국을 버린 것인가…*혼잣말은 실바람처럼 가늘게 흘러나왔다. 그는 창밖으로 눈을 돌렸다. 붉게 저무는 하와이의 하늘은 어딘가 슬프도록 아름다웠다. 꽃이 만발한 야자수 아래로 아이들이 자전거를 타며 지나는 모습이 어렴풋이 보였다. 그 풍경이 너무 평화로워 오히려 가슴이 미어졌다. *나는 이곳에서 무엇을 하고 있는가…* 서울을 떠난 그날, 나는 마지막으로 경무대의 서재를 바라보았었다. 책들이 아직 정리되지 않은 채로 남아 있었고, 어느 구석에는 내가 1919년 상하이로 보냈던 독립운동 자금의 기록들이 먼지 속에 숨겨져 있었다. 나는 조국을 사랑했다. 때로는 그것이 나를 삼켰고, 때로는 내가 그것을 밀어붙였다. 그래도 사랑이었다. 누구보다 간절했고, 누구보다 오래도록…. 그러나 지금, 나는 마치 아무 일도 없었던 것처럼 한낱 외로운 노인으로 낯선 땅에 앉아 있었다. 아무도 나의 안부를 묻지 않고, 편지 한 통, 전보 한 줄 오지 않는다. 대한민국은 여전히 존재했지만, 그 속에 '이승만'이라는 이름은 점점 사라지고 있었다. 나는 그것을 알고 있었고, 받아들이는 법을 배워야 했다. 나는, 역사에서 쫓겨났다. 비참함이라는 단어로는 담기 어려운, 깊고 차가운 고독이 그의 어깨를 짓눌렀다. 그 순간 그는 조용히 눈을 감았다. 그리고 오랜 세월 전, 하와이에서 독립을 외치던 젊은 청년의 목소리를 떠올렸다. 우리는 언젠가 자유를 되찾을 것입니다. 우리는 반드시 나라를 찾을 겁니다. 목소리에 피가 나도록 외치던 그 청년이 지금의 자신을 보았다면, 무어라 말했을까? 그는 손에 든 편지를 천천히 구겨 쥐었다. 아니, 구긴 것이 아니라 꼭 쥔 것이었다. 무언가를 다시 시작할 수는 없겠지만, 끝까지 기억하리라. 조국은 나를 잊을지라도, 나는 조국을 기억하리라. 비록 그림자 속에서라도. 나를 거부한 것이 조국이었는가? 아니, 어쩌면 나는 조국이 된 순간부터 사람을 잊었는지도 모르지. 조국은 사람이었고, 나는 국기와 헌법과 담론만 품었다. 그리하여 나는, 결국 혼자가 되었구나. 이승만 대통령은 편지를 조심스럽게 구석으로 밀쳤다. 이따금, 그는 숨 쉬는 것조차 잊은 듯했다. 시간이 멈춘 듯한 그 방 안에서, 그는 자신의 늙어버린 손등을 바라보았다. 수십 년 전, 조선의 한 청년이 하와이로 건너올 때의 그 손이었다. 그 손으로, 그는 글을 쓰고, 돈을 모으고, 사람을 모았다. 그리고 지금 그 손은, 아무것도 움켜쥐지 못한 채 덜덜 떨리고 있었다. 갑자기 지난날의 기억이 밀려와 공책에 적는다. 프란체스카의 노고(勞苦)는 다역이었다. 1940년 하와이에서 국제정치의 중심지인 워싱턴으로 거처를 옮겨 워싱턴의 값싼 방 하나에 머물러야 했다. 그 열악한 공간에서 미국의 지성을 뒤흔드는 역작 '일본 군국주의의 실상(Japan Inside Out)'을 출간하도록 도와주었다. 당시 프란체스카는 그 원고를 몇 번이나 타이핑 해야 하는 바람에 손끝이 터지고 짓물렀다. 그래도 그녀는 웃으며 즐겁게 해주었다. 이처럼 나의 독립운동에 친정의 엄청난 재산 절반을 나의 조국을 위해 쓰는 동지였으며, 건국과 함께 영부인으로 외교 업무에 큰 힘을 보태주었다. 국제전으로 확전됐던 6.25 전쟁 중에는 다양한 비밀 외교문서를 작성하고, 수많은 편지로 국제사회에 전쟁의 참상을 알려 동정적인 여론을 이끌며 나의 조국을 도왔다. 독일어와 불어에도 능통했던 그녀는 통역사를 자임했고, 나라의 궁핍한 살림을 돕기 위해 유럽의 은행가들로부터 대한민국이 경제원조를 받도록 다리를 놓는 역할도 했다. 그리고 지금 그녀는 모두가 떠난 텅 빈 곳에서 여백을 메우며 나에게 간호사이자 친구가 되어주고 있다. 나는, 아니 우리 대한민국은 이 푸른 눈의 프란체스카에게 많은 신세를 졌음을 기억할까? 아니 아무도 모를지도 몰라. 그 모든 사실은 나만 아는 거니까. 하지만 먼 후일 나와 프란체스카가 죽더라도 그녀가 우리 조국을 위해 얼마나 노력하고 애쓰며 고생했는지 기억해 주면 좋겠다. 아니, 꼭 기억해 주어야만 그녀에 대한 대한민국의 도리다.

그늘의 무렵

그늘의 무렵이다. 그늘 속에서 슬픔이 흘러나온다. 그늘 속에는 얼마나 많은 어둠이 모여 그늘을 흔들어대는지 알 수가 없다. 그늘 속에서 슬픔이 쏟아져 나온다. 슬픔을 말려서 햇빛을 만드는 기술자가 있을까? 이 대단한 사람들이 사는 지구에 그런 기술자가 없지는 않겠지만, 생각은 망령의 생식기처럼 푸른 새싹 한 포기도 꺼내지 못하고 그늘이 흔드는 대로 흔들리고 있다. 그늘에 젖어 있는 햇빛. 그늘과 햇빛이 합성해서 만들어낸 것들이 오글오글 세상에 번식 중이다. 보도블록 사이나 돌 틈 사이에 떨어진 번식들은 식물성 번뇌를 해야 한다. 바람 소리가 공중을 흔들고 있다. 그늘의 숨소리가 체내에 쌓인다. 구름이 바람을 타고 흘러내린다. 광합성이 초록을 뱉어낸다. 천천히 공중을 헤엄치는 물소리와 빠르게 바닻속을 가르는 수온 사이에 지느러미를 흔드는 나비춤은 그늘과 빛과의 언약 관계다. 그러니까 그건 선택 사항이 아닌 필수사항이다. 벌레들이 바늘이 돋은 혓바닥을 내밀며 매롱매롱 하는 시간 새들은 그 벌레를 노리고 하늘 위를 빙글빙글 돌고 있다. 이승만 국부는 조국에서 바람의 잎사귀를 따라 머나먼 미국 땅에 왔지만, 다시 바람의 가지를 타고 조국으로 돌아갈 것이다. 물귀신 같은 공산당들이 아무리 독수리처럼 한국 하늘을 빙글빙글 돈다고 해도 대한민국은 영원하리라. 새벽 2시에 일어나 공상 속에서 헤엄을 치고 아침이 밝으니 1964년 3월 26일 하와이다. 이승만 국부의 마지막 생일 아침 하늘은 맑았고, 정원의 플루메리아 꽃은 흐드러지게 피어 있었다. 그러나 집 안은 침묵으로 가득했다. 축하하는 사람도, 전화를 걸어오는 기자도, 잊지 않고 카드를 보내는 지지자도 없었다. 테이블 위에는 혼자 먹기에도 지나치게 조촐한 케이크 한 조각과 조심스럽게 세워놓은 태극기 작은 깃발 하나 손을 흔들고 있다.

거인의 퇴장

7

　지금은 난독증의 시대다. 아니 모든 것을 난독증의 시대로 치부하고 싶다. 사람의 마음을 잘 읽고 시절을 잘 읽고 사태를 잘 읽고 눈빛도 읽고 표정도 읽고 일기도 읽고 생각도 읽고 그림도 읽고 난처함도 읽고 위태로움도 읽고 위험도 읽고 보이지 않는 곳도 읽고 자유민주주의도 읽고 공산주의도 읽고 세상을 읽고 정신 속도 읽고 영화도 읽고 길도 읽고 미래도 읽고 세계정세도 읽고 선진국과 강대국들의 생각도 읽고 모두 잘 읽어내야만 살아남을 수 있는데 지금은 난독증의 시대임이 분명하다. 읽는 것은 참으로 중요한 일이다. 읽어낸다는 말은 곧 소통이란 말이다. 그러나 지금은 위기를 읽어내지 못하고 시대를 읽어내지 못할 뿐 아니라 미래를 읽어낸다는 건 상상조차 할 수 없는 시대다. 모두 공산주의 붉은 정신에 마음을 빼앗기고 봄에 싹이 틀 기미를 어디서도 찾지 못해 감감하기만 하다. 감감하다 못해 바위에 물 주기 같은 시대다. 개에게 천연진주 목걸이 걸어주기 같은 시대다. 아니 거름 지고 장에 따라가는 생각이 죽은 시대다. 아니, 살아가는 각을 여는 생각이란 걸 상실한 시대다. 어려서부터 생각이란 걸 하고 살라고 그렇게 부모님께 교육을 받고 살았지만, 오히려 청개구리 삼신이 들렸는지 망각을 하고 살아가고 있는 대한민국 사람들. 사람도 피가 통하지 않으면 죽듯이 세상도 읽어내는 힘이 없으면 유지될 수 없는데 지금 대한민국은 아무것도 읽어내지 못하는 난독증에 걸린 나라임이 분명하다. 대한민국은 불을 붙이면 화르르 타버릴 마른 장작 냄새가 난다. 물속에 빠진 그림자를 건지려 애쓰고 있는 걸까? 허공에 날고 있는 구름을 잡으려고 애쓰고 있는 걸까? 물속의 그림자가 어른거리고 허공에 구름이 날아다녀 잠의 봇짐을 풀지 못하고 서성이는 불면의 수면제가 **괜찮아, 괜찮아, 다 잘 될 거야! 대한민국은 반드시 공산주의를 물리치고 다시 뛸 거야!** 다독이지만 잠은 가출할 궁리를 끝낸 듯 눈꺼풀은 세상에서 가장 무거운 무게를 받치고 대문을 열어놓고 가출한 잠이 돌아오길 기다리고 있다. 이승만 국부는 테이블 앞에 앉아 끊임없는 공상 속을 헤엄치고 있었다. 꽃이나 새나 나무나 하늘까지 평소와 달리 삭막하고 건조한 숨을 내뱉고 있다. 자연도 잠을 도둑맞고 어둠을 찍어 하얗게 그림을 그리고 있다. 아! 지금까지 꽃이나 새나 나무 같은 자연에 윤기가 흐르는지 향기가 날아다니는지 삭막한지 건조한지조차도 생각해보지 못하고 살아온 삶. 건조하다 못해 뜨겁게 구워진 돌처럼 조국이란 이름만 몸속에 가득한 삶을 살았다. 황소개구리가 자연에 버림받고 비장한 울음을 우는 것이 이해될 것 같은 얼룩얼룩한 밤이다. 밤하늘에 달도 아직 완전한 달이 되지 못하고 핼쑥한 모습으로 멍하니 하늘 한쪽 구석에 껌딱지처럼 붙어 눈을 말똥거리고 있다. 국부는 자신의 인생도 저 하늘 한 귀퉁이에 붙은 껌딱지처럼 달라붙은 달처럼 이 지구에 붙어있다는 이상야릇한 생각을 한다. 그 사이에도 삐쭉 얼굴을 내미는 생각은 아직 나라를 보름달처럼 둥글게 채우지 못했다는 것이다. 아무도 묻지도 않고 대답해 주지도 않는데 왜 조국에만 미친 듯이 모든 힘을 다 쏟았는지에 대해 스스로에게 물어본다. 그러나 아무 대답도 없다. 머리에선 얕은 물과 웅덩이를 건너는 계절만 생각하고 있다. 그토록 세차게 몰아치던 비바람과 눈보라는 다 어디에 녹아내렸는지 찻잔에 갇힌 폭풍 같은 생각만 하고 있다니! 몇 분 아니 몇 초 후에는 생각들이 모두 어떤 지우개에 박박 지워질지도 모른다. 자연의 기이함과 황홀하도록 아름다움과 광활함도 깨닫지 못하고 원래의 자리로 돌아가야 할 시간이 코앞에 닥쳐왔단 말인가! 마치 꿈을 꾸고 있는 듯하다. 아주 지독한 악몽을 꾸며 잠에서 깨어나지 못해 발버둥 치고 있는 느낌이 든다. 이제 이 거대한 자연은 머리에 저장해 두고 새로운 생명이 저장되어 있어 푸른 동맥이 펄떡이는 세상으로 떠나야 한단 말인가? 어떤 천사의 속삭임이 들리는 듯도 하고 악마의 시간을 체험한 것 같기도 하다. 이렇게 포슬포슬한 감정과 꺼칠꺼칠한 감정이 함께 존재한다는 것도 신기하다. 어떤 해충이 앞니로 사각사각 생각을 갉아먹고 있다는 생각이 들어 지독한 고독, 아니 울퉁불퉁한 고독, 황홀한 고독, 질척한 고독, 매끈한 여인의 몸매 같은 고독, 미로 같은 고독이 진흙탕에 뒹군다. 그러다가 연꽃으로 피어나 청개구리가 물방울을 또르륵또르륵 굴리는 놀이터가 될 연잎이라도 되려나, 아니 어쩌면 이 세상의 아름다움에 눈이 멀어 깜깜한 동굴에서 영원히 벗어나지 못할지도 모른다. 이제 생각의 잠을 깨워야겠다. 신속하게 봄기운에 연못이 기지개를 켜고 물고기들이 하품하고, 봄꽃들이 소란스럽게 봉오리를 터트리는 소리가 봄 하늘을 날아다니게 해야겠다. 역사의 파편 조각들은 지질학자와 고고학자들이 기록한 무덤 속에 진흙처럼 반죽이 될 것이다. 살아갈 법이나 제도들은 자꾸만 변형하고 뜯어고쳐 앞으로 앞으로 날개를 퍼덕이겠지. 윙윙거리는 바람 소리가 나는 뇌와 달리 왼손은 무릎에 얹힌 채 나뭇잎처럼 떨고 있었고, 오른손은 아직 펜을 놓지 못했다. 마지막 기록을 어둡고 무기력한 시간에서 꺼내 탄력적인 시간으로 변화시키기 위해 떨리는 손바닥으로 공책 장을 지그시 쓰다듬고 연필심을 자세히 본다. 길고 단단한 마음 같지만, 흑심으로 심지를 세우고 있다. 검은 심지가 다 닳도록 무엇인가를 써야 한다. 검은 심장이 곧 자신의 까맣게 탄 내장과 같다는 생각을 하며 안타깝고 초조한 심정을 한 자 한 자 꺼내 본다.

나는 오늘,
다시 태어난 날입니다.

그러나 축하하는 이 없고
희망꽃 한 송이도 없습니다.

조국은 내게 등을 돌렸고
내가 돌아갈 길이 부러졌습니다.

나는 한 시대의 이름이었습니다.

그러나 이름은 무거웠고
그 무게는 나를 짓누른 채
오늘에 이르렀습니다.

나는 꿈을 꾸었습니다.

지도를 펴고
바다를 건너
총 한 자루 없이
조국이라는 말을 입에 올릴 자유를

가슴에 품고 살아왔습니다.

그 자유는 때로 피를 원했고
때로 목숨을 요구했습니다.

나는 모든 것을 감내했습니다.
조국이라는 단어는
그만큼 고귀했으니까요.

그러나 이제 나는 묻습니다.

나는 그 고귀함에 어울리는 사람이었는가?
나는 그 이름을 감당할 자격이 있었는가?
그리고...
나는 나의 조국에게, 사랑받았던 사람인가?

돌아가지 못하는 이의 마음은
조국의 하늘이 그리워 밤마다 글썽이는 별과 같습니다.

멀리서 바라볼 뿐
결코, 닿을 수 없다는 것을 압니다.

내가 지은 죄가 있다면 그것은 조국을 지나치게 사랑한 죄입니다.

내가 남긴 흔적이 있다면
그것은 피로 적신 국기 아래
가슴에 손을 얹고 외친 한마디입니다

나는, 조국의 자유를 위해 살았다.

그 누구도 내 무덤에 찾아오지 않아도 좋습니다.

내 이름 앞에
'대통령'이라는 칭호가 지워져도 괜찮습니다.

다만, 언젠가
어떤 이름 모를 아이가 역사책을 넘기다
이 글귀를 발견하길 바랍니다.

이승만, 그는 조국을 위해 살다 갔노라.

그것이면, 나는 족합니다.
이 마지막 문장을 남기고

나는 이생을 내려놓습니다.

눈 감은 자에게도
그리움은 피처럼 흐르는 법입니다.

조국이여!
내 그리운 나라여—
나는 이제,
너를 다시 부르지 않으리라.

하지만 너는
부디 나를 잊지 말아다오.

나는 오늘, 다시 태어난 날이다.
하지만 축복은 없고, 그리움만이 남는다.

조국은 나를 부르지 않았다.

나는 그토록 축복 속에서 태어난 조국을 다시는 밟을 수 없다.

나의 발이 그 땅을 버렸는가?

그 땅이 나를 거절했는가?
이제 묻지 않기로 한다.

다만,
대한민국의 햇빛과
대한민국의 바람과
대한민국의 물이 섞여 태어난
나의 조국을
나는 한시도 잊은 적이 없다.

내 모든 걸 다 바쳐 사랑했다는 것만은 기록으로 남겨야겠다.

  이승만 국부는 마치 마지막을 예감이라도 하듯 문장마다 마침표를 잊지 않고 꾹꾹 눌러 찍었다. 그러고는 잠시 연필을 멈추고, 빠진 문장을 찾아 마침표를 화룡점정(畫龍點睛)을 찍듯 찍어 넣었다. 예감을 알까? 곧 천상계에서 자신을 데리러 온다는 걸 육감으로 알았을까? 마침표를 빠진 곳 없이 찍고 연필을 놓고 깃발을 바라보았다. 작은 깃대가 바람도 없는 실내에서 넘어져 있었다. 그는 무언가 중얼거렸다. 처음에는 들리지 않았지만, 이내 울리듯 가라앉은 목소리로 천천히 어느 때보다 또렷한 목소리로 뱉어내듯 만년필을 꺼내 들고 또박또박 글을 적어나갔다.

이것이 내 생애 마지막 기록이다.

누가 알까?
조국은 알까?
나는 안다.
이제 마지막이라는 걸.

나는 대한민국의 대통령이었다.

그러나 대한민국은
나를 더 이상 국민이라고도 부르지 않았다.

내 국적은 남았으되
내 이름은 지워졌다.

세상에 있는 모든 희망의 대사로 다리를 놓아도
나는 다시 돌아갈 수 없는 것인가?

내가 태어난 곳에 묻히지도 못하고
그 강을 다시 볼 수도 없다.
내가 일으킨 나라는 나를 품을 그릇이 되지 못했고, 내가 지키려던 국민은 나의 이름을 입에 올리기를 부끄러워한다.

나는, 나를 부정당한 채 사라져야 한단 말인가!

그 누구도
내 무덤에
꽃을 들고 오지 않아도 좋다.
내 이름 앞에 '대통령'이라는 칭호를 새기지 않아도 괜찮다.
다만
누군가, 언젠가
내가 오직 조국만 위해 살았다는 걸 알아 준다면
그것으로 나는 족하다.

　　　　　　　월 26일, 하와이 와이알라에의 생의 마지막 끝에서
　　　　　　　　　　　　　　　　　　　　　　　이승만 씀.

그는 만년필을 내려놓고, 두 손을 깃발 위에 얹었다. 창밖에서 바람이 불었다. 그 깃발은, 비로소 조용히 흔들리기 시작했다. 그리고 이승만은 태어난 날의 그림자 속으로 천천히 사라져 가는 중이었다. 멀쩡하던 하늘에는 천둥과 번개가 지구를 삼키기라도 하듯 공중에 금을 쩍쩍 내더니 급기야 훨훨 타올라 지구를 다 태우기라도 하듯 번쩍였고 빗소리는 지구를 쓸어갈 듯 땅바닥을 두들겨 댔다. 지구 전체가 빅뱅이라도 일어나듯 요란스럽게 세상이 흔들렸다. 하늘은 분노를 감당하지 못한다는 듯 우르릉 쾅쾅 우르릉 쾅쾅 마구 핵폭탄을 쏘아댔다. 국부 이승만, 그가 돌아가기를 그렇게 원했던 조국은, 끝내 그의 귀향을 허락하지 않았다. 국부 이승만은 있는 힘을 다해 몸을 일으켜 베란다로 나갔다. 하늘은 여전히 처절하게 아름다웠다. 그러나 이승만의 눈은 차마 더 이상 빛을 담지 못하고 있었다. 그렇게 조용히 하루가 지나는 속도처럼 마지막 생일의 초는 케이크 위에서 천천히 녹아내렸다. 프란체스카 여사 혼자 연로한 몸을 이끌고 곁을 지켰다. 그녀는 남편을 위해 저녁이 되도록 불을 끄지 않았다. 누구도 *생일 축하합니다.*를 불러주지 않았고, 그조차도 더는 살아 있음을 축하할 이유가 없었다. 프란체스카 여사, 그러니까 대한민국의 국모는 조용히 거울 앞에 앉아서 자신을 비추어보았다. 수십 년 전의 자신이 파랗게 거기 서 있었다. 박력 있고 싱싱한 청년에 반해 어머니와 언니들과 싸우며 가까스로 아버지의 지원을 받아 독립운동을 도왔다. 그러나 남편은 자신을 배반하고 끝내 돌아오지 못할 곳으로 떠나버렸다. 프란체스카 여사는 거울 속 보잘것없이 누추해진 자신의 모습이 보기 싫어 일어섰다. 천천히 자신을 배신하고 떠난 남편에게로 갔다. 국모는 국부를 보내지 못하고 손으로 두 뺨을 어루만진다. 그리고 볼을 가져다 대고 비볐다. 산천초목도 함께 뺨을 비볐다. 그러나 국부의 혼에 조국은 빨갱이 덫에 걸려 달려오지 못하고 있었다. 자신의 모든 것을 희생한 조국은 국부의 임종을 지키지 못했다. 엿 같은 시대였다. 개떡 같은 시대였다. 빨갱이의 시대였다. 육시랄 우라질 국부를 몰라보고 내쫓는 대한민국이었다. 머저리 같은 국민을 하늘은 노해서 벼락을 치고 천둥을 치고 물벼락을 내리고 있었다. 이승만 국부는 세상의 중심인 대한민국을 설립해놓고 할 일을 다 하고 다시 천상계로 귀환했다. 하늘에서 선조들은 그를 꽃가마를 내려보내 태우고 오색 무지개로 호위하며 올라간 것을 아는 사람은 없었다. 만물의 영장이라는 인간은 만물의 무식하고 무지한 인간이라고 이승만 국부는 이승만이란 몸을 벗어 버리고서야 객관적 상관물로 바라볼 수 있었다. 프란체스카 여사는 남편이 6대 독자로 태어나서 독립운동을 한다고 부모님께 효도 한 번 못하고 홀로 쓸쓸히 돌아가신 아버님 이야기를 하던 일이 생각나서 남편에게 말했다. 이제 부모님 곁으로 가서 효도 좀 하고 몸도 편히 쉬고 잠도 좀 푹 주무세요. 그리고 뺨에 얼굴을 비볐다. 눈물 한줄기가 흘러내렸다. 프란체스카 국모는 아직 국부의 장례도 치르지 않았는데도 과거가 그리워 일기장을 펼쳐 읽어보기 시작한다. *1957년 3월 26일 80세 생일에 이강석(이기붕의 장남)을 입양하기로 했다. 우리 내외는 대를 이을 이강석을 무척 귀여워했다. 이기붕의 아내 박 마리아는 나의 한국말 가정 교사였다. 나의 유일한 친구였다. 1957년 3월 29일 대통령의 건강을 잘 챙겨 주어야겠다. 나는 남편을 끔찍하게 좋아한다.*

남편이 먹을 음식은 반드시 내가 주방에 들어가 손수 만들어 혹시 독이 있나 싶어 조선 시대 기미 상궁처럼 먼저 시식하고 남편에게 먹게 했다. 늘 남편의 관상을 살피고 혈색을 살펴보며 유쾌하면 아주 좋았고 조금만 나쁘면 무슨 일이냐 캐물어야 직성이 풀렸다. 내 행동을 유별스럽다고 생각하는 사람도 있고 불쾌하게 생각하는 사람도 있다. 그러나 불쾌하게 생각하는 사람은 나는 싫었다. 1957년 4월 4일 어느 날 대통령을 만나고 싶어 왔다는 할아버지를 남편에게 들여보냈다. 그런데 예정 시간이 지나도 나오지 않고 다음 사람을 만날 시간이 지났다. 나는 참다못해 노크하고 들어갔다. 둘은 옛날 이야기하느라 시간을 무릉도원으로 만들고 있었다. 다음부터는 고향에서 온 친한 벗은 들여보내지 말아야겠다고 생각했다. 이야기 도중 대통령의 기분이 나빠지면 건강이 나빠진다고 비서에게 호통을 치면서 다음부터는 함부로 면회시키지 말아 달라고 이야기했다. 남편의 건강이나 기분을 불쾌하게 하는 건 사절해야 한다. 대통령이 건강해야 대한민국이 건강해질 수 있기 때문이다. 대통령이 12년간의 경무대 생활을 마감하는 날이다. 나는 제일 먼저 남편의 건강 차를 챙겨 든 채 이화장으로 옮겨왔다. 다른 것은 그다지 중요하지 않다. 남편의 건강은 세상을 다 준다고 해도 바꿀 수 없다. 그래서 건강 차를 가장 먼저 챙겨왔다. 대통령 자리에서 4월 27일 12시 45분에 하야했다. 4월 28일 강석과 함께 이화장으로 거처를 옮겨왔다. 4월 28일 저녁에 경무대관사에서 충성이 마구 울렸다고 한다. 불안한 마음에 무슨 일이냐고 개인 비서에게 물었다. 비서는 말했다. 자유당 중앙위원회 위원이자 정부 부통령 당선자인 이기붕 일가 4명이 변사체로 발견되었다고 했다. 남편 이승만 대통령은 어서 진위를 파악하라고 했다. 그러나 공산당, 그러니까 간첩들은 '아버지가 정치하는 걸 못마땅하게 생각해 나는 아버지 이기붕과 함께 가족을 총으로 다 죽이고 나도 자살한다.'라고 적힌 유서를 내밀었다. 소도 웃을 일이 벌어졌다. 이기붕 일가가 자결했다는 말은 모두 북한 공산당의 가짜 유서인 걸 아무도 알지 못했다. 그렇게 일가족은 공산당들의 희생양이 되고 말았다. 그들의 장례식장에 갔다. 그토록 아끼던 양자 강석의 죽음으로 남편 이승만 대통령은 실어증까지 걸렸다. 1960년 5월 29일 끔찍한 사건을 당한 지 한 달이 지났다. 북한 공산당들의 계책에 말려든 정부가 공산당의 꼭두각시가 되어 감히 국부를 하와이 망명이라는 처참한 결정을 너무나 쉽게 내린다. 1960년 5월 29일 나의 남편 국부는 망명이라는 굴레를 쓰고 이화장을 한 바퀴 돌았다. 장독대 꽃, 키우던 개 그리고 마루, 방, 부엌까지 돌며 '집 잘 보고 있어라. 내 길어도 한 달 안에 돌아온다.'고 작별 인사를 했다. 젊은 시절 40년 객지를 떠돌며 나라를 구해놓고 나라를 세워놓고 다시 나라를 떠나 하와이로 가야 한다니 남편은 긴 침묵으로 일관했다. 하와이로 온 후부터 생활에서 남편이 차지하는 90%는 언제나 돌아갈까? 나이가 벌써 86인데 못 돌아가지 않을까? 그럼 나라는 어떻게 될까? 공산당에게 이겨야 하는데!라는 걱정뿐이었다. 간혹, 고생한 아버지와 임종을 못 지킨 어머니 생각에 눈물을 흘리기도 했다. 나는 남편의 외로움을 잊을 양자를 들일 것을 권유했다. 그러나 남편은 자신의 처지에 누가 양자를 주겠냐고 말한다. 끈질긴 권유 끝에 1961년 양자를 들이기로 했다. 그날 남편은 거울을 수도 없이 보고 또 보았다. 마치 아들이 오면 얼싸안고 춤이라도 출 듯 좋아 어쩔 줄 몰라 했다. 그렇게 양자로 맞이한 아들이 미국에 왔다. 남편은 아들을 만나자마자 조국의 안부를 물었다. 나라를 위한 미치광이 병이 또 도진 것이다. 아들이 나라가 잘되어 간다고 하니 참으로 좋은 일이라고 좋아해 놓고 다른 말을 한다. 남이 잘된다는 말 믿지 말라고 한다. 우리나라 일이 그렇게 쉬운 일이 아니라고 말한다. 객지에서 쓸쓸한 생활에 아들은 힘이 되었고 남편은 미국에서 마지막이 될지도 모르는 생신을 맞이했다. 그리고 한국행 비행기 표를 끊고 너무나 좋아했다. 그러나 하와이 총영사관에서 뱉어낸 말 출발 직전 한국행이 불가능함을 통보 받는다. 남편은 충격을 심하게 받았다. 아무리 노력을 하고 간호를 해도 좀처럼 회복되지 않았다. 그 후 다시는 혼자 힘으로 휠체어에서 일어나지 못했다. 남편은 한결같이 한국에 돌아가는 게 소원이라고 했지만 결국 돌아가지 못했다. 내 나이도 벌써 할머니가 되었다. 나라도 남편이 세운 한국에 돌아가 여생을 보내고 싶은데 허락을 해 주길 기도하는 수밖에 다른 방법은 없다. 남편도 거절한 조국이 나를 품어줄까?

거인의 퇴장

8

모서리 깨진 영혼의 부고

부처

흙탕물로 눈알 씻는 소리에

연꽃이 화들짝, 피어난다

수백 개 발을 가진 지네 종아리에

외발 가진 기(夔)가

부러움꽃 모종하자

지네는

발하나 없이 어디든 가는 뱀 몸뚱이에

부러움꽃 모종하고

뱀은
머리 꼬리 발 없이 어디든 가는 바람에
부러움꽃 모종하고

바람은
움직이지 않고 어디든 달려가는 눈빛에
부러움꽃 모종하고

눈빛은
어디든 생각만 해도 갈 수 있는 마음에
부러움꽃 모종하고

마음은
외발로 살아가는 기(夔)에
부러움꽃 모종 뱀허물처럼 걸어놓는다

부러움꽃 모종을 기르는 주인에겐 슬픔만 핀다
고슴도치 가시 세우고
뱀허물 그림자 수거해가는 밤

모서리 깨진 영혼들 부고에

극락왕생 기도하며

눈알로

염주 돌리는 개구리

모두가

가지지 못한 것에 부러움꽃을 마중하다

생을 지운다

이렇게

바람처럼 어디론가

흔적도 없이 쌩까고

사라져버린

남편을 위해

마음염주를 돌려야겠다

나는

전생 어느 때쯤

대한민국 사람이었는지도 모른다

그렇지 않고서야!

이렇게 몸과 마음이

도골도체가 되어

오로지

남편에게로 휘어있을 리가 없다

프란체스카 여사는 일기장에 시 한 수를 쓰고 일기장을 덮는다. 그리고 마음속에서 흘러나오는 시냇물 같은 차가움을 어쩌지 못해 서성인다. 모든 사람이 다 이렇게 뜨겁게 왔다가 차갑게 식어가는 것인가? 슬픔이 눈 속으로 들어와 눕는다. 어딘가로 사라져버린 남편을 위해 눈을 감는다. 세상 어둠이 모두 들어와 눈을 짓누른다. 한 번도 자신을 위해 살아보지 못한 사람. 혹시 슬픔 사전이란 책은 없을까? 있다면 그 사전에는 얼마나 많은 슬픔을 저장해 두었을까? 슬픔을 강제로 종료하는 버튼을 어디에 가면 구할 수 있을까? 슬픔에 강제 종료 버튼을 누르고 다시 희망 시작 버튼을 누르면 지나간 슬픔이 모두 지워질까? 세속의 모든 짐 다 내게 맡겨두고 바랑 하나도 짊어지지 않고 맨손으로 먼 길을 떠나버린 남편 뒷모습에 쓸쓸함마저 배웅해주지 못했다. 딱 한 번만이라도 지금의 현실을 벗어나 남편의 곁으로 다녀오는 방법은 없을까? 모든 생명은 자기의 목소리로 연주하는 우주의 작은 리듬 하나일 뿐이다. 식물을 쓸모 있게 잘 기르기 위해서는 웃자란 부분을 잘라내야만 한다. 내 생도 이 쓸모없는 웃자라는 생각을 잘라내야만 싱그럽고 튼튼하게 자라는 것이 아닐까? 쓸데없이 싱그럽게 웃자라는 이 우울함과 슬픔을 잘라내야만 할 것 같다. 프란체스카 국모는 밖으로 다시 나온다. 어느새 달빛이 흥건하게 뜰에 내려앉았다. 달빛을 깔고 한참을 앉았다가 다시 방으로 들어간다. 무엇을 해야 할지 도무지 생각이 나지 않는다. 방안을 서성인다. 냉수를 한 잔 들이켠다. 아무 생각도 없다. 책상 위를 둘러보니 남편의 일기장이 두 눈을 똑바로 뜨고 쳐다보고 있다. 남편의 눈빛 같아 일기장을 열어본다. 공심여일월(公心如日月) 남편 이승만이 대통령이 된 후 가장 먼저 일기장에 붓글씨로 새겨놓은 글씨다. 그리고 그 밑에는 이렇게 적혀 있었다. 이제, 이 나라의 미래를 짊어지고 가야 할 자리에 올랐다. 공정한 마음을 가지고 해와 달과 같이 모든 국민에게 혜택이 골고루 돌아가는 국정을 운영해야 한다. 즉, 대통령의 자리란 잠시도 사심이란 틈을 허용해서는 안 된다. 사심 없이 편견 없이 국민 전체가 잘살도록 은덕(恩德)을 베풀어야 한다. 이것이 한 나라의 운명을 좌우할 것이다. 공심여일월(公心如日月)을 나의 좌우명으로 삼을 것이다. 절대 배척해야 할 단어는 공심여칠흑(公心如黑雲)이다. 사심(邪心)이 몸속에 들어오지 못하도록 마음의 문을 닫아걸어야 한다. 그렇지 못하고 나를 지지하거나 나에게 이익이 있다고 해서 그런 세력에게 불의(不義), 불법(不法), 편파적(偏頗的)인 혜택을 주어서는 절대로 안 된다. 그렇게 되면 국민의 생활이 황폐해지는 것은 물론 나라의 미래도 없다. 오직 어지럽고 가난하고 무지한 국가를 평화롭고 부유하고 유식한 나라로 만들어야 자손만대 이 나라가 발전할 것이다. 좁쌀 한 알갱이만도 못한 것을 권세라고 붙잡고 아등바등 자신의 이익을 채운다면 그건 짐승만도 못한 삶이다. 사심을 가진 자들은 마음이 두렵고 양심에 가책을 느껴 불안감을 잊기 위해서 서로를 감싸주면서 공동범죄 그룹을 만들기 위해 단합을 잘 하는 속성이 있다. 이들은 오직 자신들의 이익을 위해 억지로 집단 최면을 건다. 그리고 그 욕심을 위해 건전하고 건강한 사람인 것처럼, 정직하고 유능한 지도자인 것처럼 허위(虛僞) 인식(認識) 체계(體系)를 만들어서 자기들을 정당화시키기 때문에 수시로 말이 바뀌고 앞뒤가 다른 행동과 말을 한다. 이렇게 이들의 세력이 커지면 나라는 엉망진창이 될 것이다. 나라 살림은 빚이 늘고, 궁핍해지고, 민심도 사나워질 것이다. 그렇게 혼란이 가중되면 이 나라는 다시 어느 나라의 침범을 당할지 알 수 없다. 이제 그 속성이 싹트지 못하게 관료들도 잘 뽑아야 한다. 윗물이 맑으면 아랫물도 맑게 흐르지만, 윗물이 흐리면 백성들은 폭력배, 사기꾼으로 변하고, 일을 안 하고 한탕주의로 변하며 공짜로 남의 돈을 빼먹으려는 도둑의 생각을 키우는 데 집중할 것이다. 나라의 지도자들이 사인여천(事人如天), 즉 국민을 하늘과 같이 섬기도록 교육해야 한다. 지도자들이 국민을 섬겨야 국민 또한 지도자들을 섬기기 때문이다. 또 가진 자들이 타인능해(他人能解), 가난한 자들을 위해 뒤주를 열어 굶는 사람이 없도록 하고, 이 또한 가난한 사람들의 자존심과 미안함까지 배려해 사람의 눈에 띄지 않게 할 수 있는 배려를 하는 살기 좋고 행복한 나라로 만들어야 할 것이다. 이 사자성어들을 덕목으로 삼고 실천하기 위해서 노력해야 한다. 그러기 위해서는 나 자신이 이 일을 잊지 않도록 아침에 일어나 조용히 명상하며 기억하고 저녁에 잠자리에 들기 전에 또 되새겨야 한다. 하루 두 번씩 다짐에 다짐을 새기며 나라를 반석위에 올려놓을 것을 명심, 또 명심할 것이다. 이렇게 해서 다시는 남의 나라에 침범당하는 일이나 북한 공산당으로부터 당하는 일이 없도록 노력해야 한다. 그래야만 국제사회에서도 대우를 받고 존경을 받는다. 그리고 국격(國格)도 올라가고 세계 나라들이 대한민국으로 모여들어 정치를 배우겠다고 몰려들 것이다. 반드시 그런 눈부신 최대 강국이라는 부러움을 받는 대한민국을 만들어 놓고 하늘나라로 가리라. 이건 나와의 약속이다. 하늘도 나의 이런 마음을 알 테니 장차 이렇게 기틀을 잡아 시동을 걸어놓으면 탄력이 붙어 잘 달려서 대대로 선진국에서 살아갈 것이다. 여기까지 읽고 프란체스카 여사는 일기장을 덮고 두 손으로 일기장의 얼굴을 문지른다. 인연 줄로 묶어져 여기까지 왔는데 남편 체취의 중력이 돌처럼 무겁게 심장을 누른다. 인연의 잔해는 어디로 부서져 버린 것일까? 남편이 죽음의 나라로 가는데도 아무것도 하지 못한 방관자였다. 후회와 상실감이 온몸을 휘감아 이마에서 발끝까지 휘감아 슬픔을 발아시키고 있다. 세상 어떤 잠언을 끌어다 써야 그리움 지금 이 상황에 가장 맞춤한 말이 될까? 이제 나는 남편의 체취만 부여안고 꿈을 키우는 비옥한 흙이 되어야만 하는가? 마르고 닳도록 남편의 마음을 이해하기 위해 살았다. 그렇지만 하늘은 내 생의 가장 소중한 남편을 빼앗아가 버리고 말았다. 어떤 결심을 예언처럼 내려주기라도 할 것인지? 과거의 문을 열어젖히고 싱싱하고 푸릇푸릇하게 물을 머금었던 시간을 자꾸 꺼낸다. 아! 이제는 이 황량하고 정신없고 공산주의가 판을 쳐도 모르는 남편의 조국을 혼자 살아야 한다. 외로운 섬을 혼자 건너야 한다. 어떤 다리를 놓아두고 건너라고 하는지 알지 못한 채 발걸음을 내딛어야만 하는 이 기막힌 사연을 누가 알까? 빛바랜 영화처럼 과거가 뿌옇게 돌아가고 자꾸만 돌아가서 어떤 장면도 허투루 볼 수 없는 한 편의 영화. 내 기억을 과거와 접선이라도 시키려는 듯 똥파리 떼들이 악연으로 출몰하여 내 머리를 윙윙 어지럽히고 있다. 썩어버린 지난 시간에서 부활한 생명이다. 그래도 생명이다. 아직도 공산주의자들은 붉은 입으로 가시 같은 말을 뿌리며 국민을 찔러대고 있다. 저들은 비문중의 악연이다. 악연을 업데이트하고 인연으로 초기화해야만 한다. 정신을 가다듬고 내 안을 초기화하자. 기억을 재생시킬수록 악연들이 어지러이 날아들 것이라는 예감을 똥파리 떼가 바글바글 알려주고 있다. 내 마음의 창문을 열고 들어와 내 마음을 어지럽히는 연결 고리를 끊어야 한다. 생각이 벼랑 끝으로 떨어지기 전에 지난 기억에 빠진 나를 건져 달콤한 기억의 필름이 돌아갈수록 슬프고 비장한 정령만 깨어 장수풍뎅이가 흙덩이 속에서 고장 나서 쓰지 못할 희망을 굴리고 있다. 미래는 이렇게 황량하게 춥지 말았으면 좋겠다. 그런 미래 계약서도 없이 불청객같이 달려온 지금이라는 이 시간. 이것은 내 생의 파산선고인가? 슬픔과 암담함의 종합선물세트 하나를 남겨두고 이리도 훌쩍 떠나버리다니. 새벽까지 지난 어둠에 이끌려 다닌다. 숲들이 곤충들을 꼭꼭 숨겨 보이지 않듯 내 마음도 창문을 닫아 이 암울함을 숨겨주었으면 좋겠다. 그렇게 해준다면 나는 비밀통로를 통해 지상 어디에도 없는 각본을 만들어 지금을 과거로 돌릴 수 있을지도 모른다. 그렇게 겨우 찾아낸 지난 시간은 다시 지금이 잘린 과거가 될 것이다. 잎도 꽃도 말라붙은 지금이 아닌 잎도 꽃도 싱싱했던 과거로. 꽃을 피우기 위해 어렵고 고독했던 길. 지금의 시간에 화형식을 치르더라도 돌아가 보고 싶다. 지금 내 안에 정체불명의 과거라는 생명체가 이렇게 절실하게 태어나기를 기다리며 꿈틀거리고 있다. 손톱처럼 길게 자라난 수많은 질문. 지금 이 암담함과 짙은 그림자와 시름을 다 긁어모으는 손톱을 잘라버리고 싶다. 그래서 몸 속에 흐르는 오형의 혈액처럼 동글동글 흐르고 싶다. 그래서 제일 높은음의 영역에서 내 심장이 팔딱이면 좋겠다. 긴 주문을 외는 동안 물음표로 가득한 혈관이 느낌표로 변할 때까지 온몸으로 번지다 마침표를 찍을 수 있으면 좋겠다. 감정의 뼈대를 대나무처럼 꼿꼿하게 세울 수 있으면 좋겠다. 바닷속 해초처럼 흐물거리는 감정을 책꽂이에 꽂아두고 돌아서니 창문 틈으로 계절이 모두 흘러가 버렸다. 본향으로 훌쩍 귀국해 버린 남편은 시시각각 움직이는 기류, 즉 바람으로 불거나 물안개로 피거나 지는 노을이 되거나 눈비가 되어 내 곁에 와도 나는 알지 못할 것이다. 이별의 아픔을 비그늘로 만들고 자연 움직임을 자신의 말로 표현하며 세상을 마음대로 쥐락펴락하는 나라로 건너갔을까? 나는 남편을 만난 후 감성에 녹이 슬어 고딕체 밖에 쓰지 못한다. 그러나 남편은 책상 위에 물소리를 꽂기도 하고 달빛을 흥건하게 엎지르기도 하고 연잎이나 토란잎에 빗방울로 구슬을 만들어 굴리며 아기 개구리의 놀이터를 만들기도 하고, 진흙탕을 맑게 달래며 연꽃을 피어나게 하기도 하고, 무논에 바글거리는 올챙이를 위해 개구리가 눈알로 염주를 돌리게 하기도 하고 강물에 내려앉아 바짓가랑이 둥둥 걷어 올리고 새끼들과 놀면서 개구리 뱀 쥐 등 먹이를 잡는 법까지 전수하는 해오라기와 대화도 하고, 눈처럼 하얗게 깔린 별빛을 줍기도 하고, 산 엉덩이에 걸린 그늘을 덮기도 하고, 온갖 자연을 훔쳐 와서 마음대로 주물러 시를 짓는 사람이었다고 한다. 그러나 나라가 풍전등화 같은 상황인 걸 안 다음부터는 이 모든 것에 귀 감고 눈 닫고 오직 조국을 위한 미치광이가 되어 살다가 돌아갔다. 저세상에 가서라도 그 감성을 살려 제발, 나라가 아닌 자신을 위한 삶을 살았으면 좋겠다. 한때 나도 그렇게 시인 흉내를 내었었다. 그러나 남편과 결혼 후 그 아름다운 자연을 살필 시간이 없어 보아도 보이지 않고 들어도 들리지 않는 청맹과니가 되었다. 감정에도 시간에도 녹이 슬어버린 것이다. 찔레 넝쿨 사이로 하얗게 떠내려가는 강물 소리, 강물 소리를 공중으로 퍼 올리는 물총새, 고요한 저수지에 자신의 모습을 비추어 보며 평생을 그 자리에 서서 늙어가는 나무들에 귀를 대보면 달그락달그락 숟가락 소리, 깔깔거리는 웃음소리 바람소리 새소리 물고기들의 헤엄치는 벌레들의 이빨 가는 소리가 정겹게 들린다. 빛과 바람과 물이 적당하게 사는 나무들은 그 힘으로 하늘로하늘로 치솟아 오르며 위용을 자랑한다. 하늘로 오르는 비상 사다리는 나무에만 허락된 길. 인간처럼 생각이 비틀어지고 녹이 슬거나 곰팡이가 피어 삭아내리는 동물에게는 하늘 높이 올라가는 비상 사다리를 놓아주지 않는다. 자신보다 남을 생각하며 동물들에게 모든 것을 내어주는 나무만이 높이높이 숭고하게 올라간다. 녹슬고 부패하고 비틀어지고 곰팡이가 자란 것은 아무리 큰 목소리로 시끄럽게 굴거나 잘난 척 어깨를 높여도 절대 나무의 높이만큼 올라갈 지혜가 없다. 늘 묵묵한 것 같은 나무의 푸르고 조곤조곤한 식물성 언어를 하나님은 어여삐 여기시기 때문이다. 큰 목소리보다 조곤조곤한 목소리가 더 매끄럽고 아름답다. 비린내나 역한 냄새 대신 늘 상큼한 냄새를 풀풀 날리면서 살아가기 때문이다. 나무들의 예술은 인간이 감히 흉내 내지 못한다. 하늘과 땅의 기운을 빌려 태어나 하늘을 이고 땅을 밟고 하늘이 내린 햇빛과 땅이 주는 물과 하늘과 땅이 함께 만들어주는 공기를 마시며 살다가 다시 영혼(靈魂)은 하늘로 몸은 땅으로 돌아가고 말이 빌어먹을 삶. 이제부터는 겨울을 살아야 할 것 같다. 남편이란 그늘이 햇볕을 모두 거두어 갔기 때문이다. 오물거리는 모습이 보기 싫었는지 죽만 끓여 먹는 모습이 보기 싫었는지 아니면 불쌍하고 측은한 생각이 들었는지 아들이 나에게 틀니를 하자고 권했다. 자꾸만 권했다. 그러나 나는 아들을 설득시켰다. 독립하던 아버지는 1달러도 아까워했는데 내가 외국에 달러를 써서야 되겠니? 달러를 아껴야 조국이 빨리 일어서지. 죽을 먹고 살더라도 조금 더 참았다가 조국에 돌아가서 할 것이니 걱정하지 말라고 아들에게 말했다. 아들은 나를 불쌍하다는 듯 아니면 별스럽다는 듯 쳐다보며 권하던 걸 멈추었다. 더 이상 권하지 않았다. 그런 아들이 참으로 고마웠다. 죽이나 부드러운 것으로 끼니를 때우면서 조국에 갈 날을 기다린다. 복사꽃이 보고 싶고 맨드라미가 보고 싶고 달리아가 보고 싶고 작약꽃이 보고 싶고 목련도 보고 싶고 청도라지도 보고 싶다. 내가 태어난 곳도 아닌데 꼭 태어난 고향 같다는 생각이 들었다. 남편이 향수병을 내게 전염시켜 놓고 간 듯하다. 그렇게 남편의 빈자리를 어찌할 줄 모르고 나날을 보내고 있는데 행운이 날아왔다. 드디어 조국으로 돌아갈 수 있다는 것이다. 남편이 나를 배신하고 떠났는데 나는 남편의 고향으로 가고 싶었다. 몸을 추스르자 한국으로 돌아갈 수 있어서 다행이었다. 드디어 비행기에 올랐다. 하늘도 슬프고 비행기도 슬픈 울음을 울었다. 비행기

안에서도 조바심을 그러안고 앞으로 일어날 두려움과 나라가 남편의 유언처럼 공산주의를 물리치고 자유민주주의를 푸르르게 키워낼 수 있을까? 하며 걱정을 하는 사이에 한국에 도착했다. 공항에서 내려 떨리는 마음과 두려운 마음으로 새끼를 꼬면서 이화장으로 왔다. 그렇게 그립고 두렵고 떨리는 마음으로 이화장에 도착했다. 이화장에 도착하자 이화장이 텅 빈 것 같아 눈물만 쏟아졌다. 하룻밤을 자고 눈이 떠진 것이 싫었다. 차라리 눈을 뜨지 말고 남편을 따라 함께 갔어야 했다. 눈을 떠보니 남편과 함께했던 흔적이 여기저기 너무나 많이 아른거려 어지럽다. 며칠 몸살을 앓았다. 입맛도 뚝 떨어져 물 넘기는 것조차 싫었다. 앓고 나니 남편이 더욱 그립다. 남편이 미워졌다. 따지고 싶었다. 그러나 미워할 수도 따질 수도 없게 남편은 나를 철저하게 배신했다. 이화장에서 매일 가계부를 쓰며 알뜰하게 살아가기로 마음먹는다. 옷도 꿰매 입고 양말도 기워 신을 것이다. 그렇게 아끼고 근검절약해서 반드시 한국이 강대국으로 달릴 수 있도록 해야 할 것이다. 나는 대한민국 초대 국모였으니까. 품이 작아서 안 맞으면 손수 품을 늘려 입고 먹는 것도 최소한의 연명할 정도만 먹어야 한다. 내가 아껴야 가족이 아끼고 나아가서 나라의 국민도 아낄 것이다. 자식, 나아가서 국민에게 각별한 애정이 생기는 건 남편에 대한 그리움인지도 모른다. 그렇게 매일 남편의 관료들을 만나 대한민국이 자유민주주의가 되도록 조언을 해서 반드시 잘 사는 나라가 되도록 할 것이다.

아들이 몹시 그립고 보고 싶다. 시간이 흐르는지 흘렀는지도 모르는데 그리움이들은 자꾸만 밀려온다. 내일이 4월 28일이냐고 물으니 맞다고 한다. 나는 며느리에게 부탁했다. 죽은 강석이가 너무 불쌍하고 가엾어 산소에 꽃을 가져다 꽂아 달라고 부탁을 했다. 몹시 어렵게 부탁했다. 며느리는 다행스럽게도 *어머님은 아주 인간적인 면모를 갖추셨다*며 웃는다. 그리고 내가 원하는 대로 강석의 산소에 꽃을 꽂아주었다고 한다. 강석이 아버지가 이렇게 된 걸 알면 저승에서도 얼마나 가슴 아파할까? 나는 남편에게 누가 될까봐 평생 가슴에 담았던 이야기를 조심스럽게 꺼내려다 입을 다물었다. 그 말은 내가 죽으면 남편과 합장해달라는 부탁을 하고 싶었다. 그러나 또 아들에게 누가 될까 두려워 결국 말을 다시 주워 담았다. 한국의 문화에 여자는 보이기만 할 뿐 말소리가 들리면 안 된다는 말을 지켰다. *암탉이 울면 집안이 망한다*는 어이없는 말을 나는 *암탉이 울어야 알을 낳는다*고 계몽하고 싶은 걸 남편을 생각해서 참았다. 이게 잘하는 건지 못하는 건지 몰라도 남편이 없는 상황에서 내 편은 없으므로 참는다기보다 그냥 꿀꺽 삼켰다는 말이 정확한 표현이다. 그때 생각이 주마등처럼 떠오른다. 이기붕의 아들 이강석을 양자로 맞아들이기로 했었는데 4.19 직후 일가족 동반 자살로 둔갑시킨 공산당의 소행이 치가 떨려 우리 부부는 비극 속에서 헤어나지 못해 한동안 양자 문제를 거론하지 않았었다. 남편과 나 모두 나이도 많고 쓸쓸해 양자가 절실했다. 그렇지만 애써 참았다. 다시 어떤 불행이 올까 봐. 그러다가 주위의 권유로 양자를 보고 보호도 받아보고 저세상으로 간 남편이 다행스럽게 생각되었다. 만약 양자도 없이 홀로 먼저 떠났다면 얼마나 더 가슴이 아프고 절실한 생각이 들었을까 하는 생각이 불현듯 들었다. 나는 그 당시 남편이 너무 까다롭게 양자를 구한다는 생각에 양자를 들이기는 불가능하다고 생각했었다. 양녕대군(大君)의 16대손이었던 남편은 이을 승자가 돌림자였고, 양자는 다음 대인 17대로서 빼어날 수(秀)가 이름에 있어야 했기에 이기붕의 장남 이강석은 효령대군 파여서 종친회에서도 시선이 곱지만은 않은 것이 사실이었다. 또 현재 양부모가 모두 늙어 어려울 때이니 양자로 들일 사람의 나이가 너무 어려서는 안 된다고 했다. 학교도 대학 정도는 졸업해야 했고 미혼이어야 했으며 양부모의 문화적 배경을 이해해 줄 줄 알아야 하고 국가관도 투철한 자유민주주의 사상을 가진 사람이어야 했기 때문이다. 그리고 또 하나는 나와 영어로 원만한 대화가 가능해야 한다는 조건을 붙이는 남편이었다. 그러던 중 16대손이고 모든 조건을 갖춘 양자의 적임자로 추천한 사람이 있었다. 참으로 다행스러웠다. 이때가 1961년 6월이었다. 그러나 양자로 들어올 아들이 흔쾌히 답을 주지 않고 고사를 했다. 그러나 주위에서 양자로 이름 올리기를 원했고 9월에 하와이에서 독촉하는 전갈을 보냈었다. 그러자 종친회에서는 *집안을 위해서는 누군가는 해야 할 일*이란 명분을 세워 자꾸 권했고 더는 거절할 명분이 없었다. 갈

등 끝에 타인에 의해 남편의 양자를 결심하고 결국 하와이로 향하는 비행기에 몸을 실었다는 아들. 비행기 안에서 아들은 남편이 해온 업적을 생각했다고 말했다. 그때 첫 대면에서 아들이 한 이야기는 지금도 너무나 생생하게 가슴에 남아 있다. 이승만 국부이자 나의 아버지의 불운(不運)은 인물이 너무 컸고 너무 먼 미래를 본다는 점이었어요. 눈앞의 이익만 보고 사는 사람이 99%인데 100년 앞을 내다보았으니 누가 아버지를 믿고 따르겠습니까? 감히 최고의 선진국인 미국의 10위 안에 드는 대통령들을 만나 나라를 구해 달라고 요구할 정도였잖아요. 시어도어 루스벨트, 우드로 윌슨, 해리 트루먼, 드와이트 아이젠하워, 리처드 닉슨, 이때 맺어놓은 인맥으로 이 나라를 살렸다는 걸 몇 명이나 알 거로 생각하나요? 아버지가 만나서 나라를 위해 교제를 한 위의 네 사람은 역대 미국 대통령 순위에서 모두 10위 안에 드는 사람들이기 때문에 이 나라를 세울 수 있었다는 걸 아는 사람은 없습니다. 미국의 가장 큰 인물들이 아버지를 말할 때 작은 나라의 거인(巨人)이라고 높게 평가한 걸 언론들이 이야기했지만 정작 조국 사람들은 모두 깜깜이기 때문에 모릅니다. 무슨 말인지조차 모를 겁니다. 그뿐 아니라 전략가로 유명한 닉슨도 아버지를 아주 높게 평가했습니다. 1953년 7월 27일 판문점에서 휴전협정에 서명한 유엔군 사령관 마크 W. 클라크 대장은 이렇게 말했습니다. '내가 상대하고 알게 된 조그마한 나라 한국에 이승만 대통령은 유례를 찾아보기 드문 전략가요 천재였다. 몇 세기에 한 번 태어날까 말까 한 사람이었다.' 이렇게 아버지를 평가했지요. 아버지를 제대로 평가하지 못하는 나라는 대한민국뿐이니 이 또한 아이러니입니다. 6.25 때 유엔군과 미국의 도움으로 전쟁을 치르면서도 나라의 자존심에 금이 갈까 단 한 마디도 허투루 말하지 않은 고집스러울 만큼 국익을 추구하는 투사였다. 존경과 숭고함까지 느껴지는 인물이었다. 남북이 하나의 나라 자유대한민국을 세워야 한다며 휴전을 반대하는 이 대통령 때문에 수많은 곤욕을 치렀지만, 이 대통령의 애국심과 교양, 그리고 용기와 탁월한 외교로 나라를 보호하는 데 감동을 넘어 경악했다. 한국전쟁에서 이승만 대통령은 아시아의 장개석, 네루와 버금가는 위상(位相)을 보여주었다. 그는 아시아의 반공 국가를 세우고 공산국가 공산주의자들과 투쟁했다. 또 거대강국인 미국과 맞서 자국을 지키기 위한 발언을 서슴지 않는 행동을 해 세계 지도자들이 혀를 내두를 정도였다. 이승만 대통령은 미국의 꼭두각시가 아니었다. 그는 미국인에게 당당해 오히려 미국이 꼭두각시 같다는 생각을 할 정도로 강력한 지도자였다. 그는 대포 한 대도 없는 나라이면서도 어느 나라보다 강력한 정신적 군대를 갖고 있었다. 그는 반공 지도자일 뿐 아니라 반(反)식민지 지도자였다. 많은 사람에게 이승만 대통령은 동아시아 지역에 존엄과 자존심을 가져다준 인물이었다. 이런 이미지는 그가 한국의 동맹국인, 강력한 나라들의 의지에 끌려가지 않고 오히려 그들과 맞서 전쟁을 자신의 의지대로 이끌고 있다는 점에 세계 지도자들이 놀랐다. 이런 평판과 자존심으로써 그는 다른 아시아 정부를 상대할 때도 정상급(頂上級)보다 낮은 직급자는 만나려 하지 않았다. 나라의 자존심을 당당하게 지키며 국익을 위해 싸우는 사람이라고 평가했어요.

거인의 퇴장

9

　제2차 대전 때 이탈리아 전선을 지휘하였던 클라크 장군은 '이승만은 존경스러운, 애국적인, 그리고 능수능란한 국가수반'이라고 말했습니다. 하원의원 시절부터 유명한 반공 투사였던 리처드 닉슨 대통령은 1953년 당시 아이젠하워 대통령 아래 부통령이었을 때 그 닉슨 미국 부통령이 아버지께 보내는 아이젠하워 대통령의 친서를 가지고 서울에 왔을 때 닉슨을 만난 주한(駐韓) 미국 대사 엘리스 브릭스는 아이젠하워 대통령은 이승만 대통령을 위험한 인물이라고 불안해했다고 합니다. 휴전에 반대해온 이승만 대통령이 북한군을 독단으로 공격하여 미국을 전쟁에 끌어들일지 모른다는 불안감과 자신이 북한을 공격해 놓으면 미국은 한국을 돕지 않을 수 없게 될 것이라고 오판(誤判)하고 있을지 모른다는 불안감 때문에 떨고 있었다고 합니다. 그러나 특별 협상팀을 이끌고 있던 아서 딘은 아버지를 매우 존경했기에 아버님께 전달할 미국 대통령의 친서를 휴대한 것을 알려 주었다고 합니다. 아서 딘은 미국 측에 이렇게 말했다고 합니다. '이승만 대통령의 치아를 뽑고 그로부터 무기를 빼앗아버리는 행동을 하지 않았으면 합니다. 그는 위대한 지도자입니다. 우리의 친구들 대부분이 상황이 좋을 때만 친구인 척하는 데 반해 이 이승만 대통령은 언제나 믿을 수 있는 진정한 이 시대에 보기 드문 친구입니다.' 라면서 아버지 편에서 일을 봐 주었다고 했습니다. 닉슨은 아버지에 대해 이렇게 말했어요. 경무대로 이승만 대통령을 방문했을 때 균형 잡힌 몸매에 걸음이 씩씩하고 악수할 때의 힘이 너무 세어 78세라고 믿어지지 않았습니다. 감색 양복에 감색 넥타이를 가지런하게 허리띠까지 늘어뜨린 이승만 대통령에게 개인적으로 논의할 사안이 있다고 하자 이승만 대통령은 배석자를 물렸습니다. 나는 아이젠하워 대통령을 대표할 뿐 아니라 한국의 친구로서 활동한 오랜 기록을 가진 사람이라고 말하자 이승만 대통령은 그런 말을 하는 닉슨의 의도가 무엇인지 미리 간파하고 있었다고 말했습니다. 모든 걸 다 꿰뚫어 보는 아버지께 아무 말도 하지 못하고 아이젠하워의 친서를 호주머니에서 꺼내 건네 주었더니 아버지는 편지 봉투를 천천히, 계산된 행동을 다 알고 있기라도 하듯이 봉투를 열고 편지를 꺼내 보고 위엄있고 큰 소리로 읽어 내려갔다고 했습니다. '한국이 또 다른 전쟁을 시작하는 것을 용납하지 않을 것이다. 그러니 북한과 통일을 위해 전쟁을 하지 않겠다고 약속해 달라고 요청한다.' 이승만 대통령은 옆에 놓고 아무 말 없이 한참 내려다보고는 '아주 좋은 편지입니다.'라고 말했다고 했습니다. 이승만 대통령의 가슴에는 깜깜한 어둠이 안개처럼 번졌을 법도 하지만, 그러나 내색하지 않고 다른 화제(話題)로 옮겨가는 재치에 놀랐다고 했습니다. 일본 문제, 아시아-태평양 정세의 미래를 이야기하기에 그는 화제를 다시 친서 쪽으로 돌려 아이젠하워 대통령의 요청을 들어주는 것이 가장 시급한 일이라는 것을 솔직하게 말씀드린다고 하자 아버지도 솔직하게 말씀드리겠습니다. 하면서 솔직하게 말했답니다. 아버지는 '미국으로부터 받은 도움에 대해서, 그리고 아이젠하워 대통령과의 개인적 관계에 대해서 감사를 드립니다. 이런 관계로 해서 나는 미국의 정책과 맞지 않은 일을 하지 않을 것입니다. 그러나 한편 나는 노예 상태의 북한 동포들을 해방하기 위하여 평화적 방법으로, 그러나 필요하다면 무력(武力)을 동원해서라도 통일을 성취하는 것이 한국인의 지도자로서 나의 의무라고 생각합니다.' 하면서 잠시 멈추었다 다시 이야기를 이어갔다고 했습니다. '나는 미국이 평화를 유지하기 위하여 노심초사하는 것을 잘 이해합니다. 그러나 한반도를 분단된 채로 남겨 놓은 상태의 평화는 불가피하게 전쟁으로 이어질 것이고, 이 전쟁은 한국과 미국을 동시에 파괴할 것이기 때문에 나는 그런 평화에 동의할 수 없는 것입니다. 내가 일방적인 행동을 취하기 전에 아이젠하워 대통령에게 미리 알려드릴 것을 약속합니다.'고 하자 아버지의 말을 듣고 그는 부통령으로서 이 정도의 약속으론 안 된다고 생각했기에 이렇게 말했답니다. '아이젠하워 대통령과 상호 합의하지 않고서는 어떤 도발적 행동도 한국이 단독으로 해서는 안 된다는 약속을 해주십시오.' 하자 아버지는 '약속은 못 합니다. 깨트릴 약속은 할 수 없습니다.'라고 말하는 아버지 말씀에 그는 아무 말도 못하고 헤어졌고 미국 대사관에 돌아간 그는 일이 잘 풀리지 않는다고 생각했다고 했습니다. 그렇지만 그는 부통령으로서의 무능 때문에 이승만 대통령이 오해하게 해선 안 된다고 판단했다고 합니다. 그가 미국 정부가, 이 대통령이 한국을 통일하기 위하여 일방적으로 군사적 조처를 하는 것을 지지하지 않을 것이란 점을 이해시켜야만 한다고 생각하는 사이 아버지는 그를 만난 뒤 기자들에게 '닉슨 부통령을 통하여 아이젠하워 대통령을 설득하여 한반도의 이 문제를 끝장내게 할 수 있을 것이다.'라고 말을 했다고 했습니다. 그는 부통령으로 또 불안했다고 했습니다. 그러나 아버지는 아무 일도 없다는 듯 서울에서의 마지막 밤에 닉슨 부통령을 한국 무용과 음악 공연에 초대했답니다. 어린이 합창단이 출연했는데 공연 도중 무대가 무너지는 사고가 발생했지만, 어린이들의 비명 외엔 다친 사람은 없었다고 했습니다. 지휘자는 귀빈 앞에서 이 무슨 창피냐는 듯이 퇴장해 버렸다고 합니다. 닉슨은 이때 재치있게 말했답니다. 동양에서 손님 대접에 실패하는 것이 얼마나 큰 수치인지를 잘 아는 그였기에 이 난처한 처지를 수습해 이승만 대통령에게 호의를 보이고 싶었다고 했습니다. 그는 자리에서 일어나 손뼉을 치기 시작했고 공연을 관람하던 관중들이 모두 다 일어나 함께 그를 따라 손뼉을 쳤다고 했습니다. 겁을 먹고 있던 어린이 합창단과 지휘자도 그 바람에 다시 무대로 돌아와 공연을 계속할 수 있었답니다. 다음날 닉슨은 아버지에게 '전쟁에서 나라를 지킨 이승만 대통령 당신은 참으로 훌륭하오. 미국과 유엔이 참전해 대한민국이 살아남을 수 있는 결정적 역할을 해서 세계 67개국이 참전했으니 말이오. 세계 전쟁 역사상 한 나라를 위해 67개국이 참전한 사례는 찾아볼 수 없습니다.' 했지만 아버지는 그 칭찬의 속내를 알고 있었다며 수줍어하면서 말했습니다. 아버지는 '사실이긴 하지만 이건 당신이 칭찬할 일은 못 돼오.' 하고 말했다고 했습니다. 닉슨은 성과도 없이 돌아가고 말았다고 했습니다. 그런 이야기를 저는 다 알고 있기에 아버지의 아들이 되고자 결심하면서도 많이 망설였습니다. 시대를 앞서가는 사람은 늘 외롭고 고독한 길을 가야 함을 알았기 때문입니다. 그러나 얼마나 고독하고 외롭고 힘든 길인지는 알지 못하기에 그런 분의 자식이 될 용기가 나지 않았습니다. 프란체스카, 우리 대한민국을 건국한 우리의 국모는 그때를 생각하며 현재를 잊은 듯 생생한 과거로 돌아가 있었다. 얼른 고개를 털어 과거를 잊으려 했다. 그러나 또 다른 기억이 꼬리를 물고 달려왔다. 리처드 위트컴(Richard S. Whitcomb) 장군의 일화가 갑자기 비행기를 타고 달려와 고개를 내밀었다. 6.25 한국전쟁에 참전한 미군 장

성 리처드 위트컴 장군은 그 당시 미군 사령관이었다. 1952년 11월 27일, 전쟁이 이제 막 끝난 상황이라 판잣집도 없어 노숙자에 가까운 생활을 하던 피란민들이 부산역 인근에 모여 살았다. 시장 점포나 건물에서 잠을 자던 부산역 건너편 산 판자촌에 큰불이 났다. 대화재로 입을 옷도 없고 먹을 것조차 없었다. 부산 시민들이 모두 오갈 데가 없게 됐을 때 위트컴 장군은 군수창고를 열어 군용 담요와 군복, 먹을 것 등을 3만여 명의 피란민들에게 나눠주었다. 그러나 이 일은 군법을 어긴 일이었다. 위트컴 장군은 이 일로 미국 연방 의회 청문회에 불려가 의원들의 쏟아지는 질책을 받았다. 그러나 리처드 위트컴 장군은 용기 있고 정의로움이 가득 묻은 말로 당당하게 말했다. 우리 미군은 전쟁에서 반드시 이기는 것도 중요합니다. 하지만 미군이 주둔하는 곳의 사람들에게 위기가 닥쳤을 때 그들을 돕고 구하는 것 또한 우리가 해야 할 책임이며 임무라고 생각합니다. 주둔지의 민심을 얻지 못하면 우리는 전쟁에서 이길 수 없고, 이기더라도 훗날 그 승리의 의미는 쇠퇴할 수밖에 없을 것이기 때문입니다. 그 추운 엄동설한에 먹을 것도 없는데 불로 집까지 모두 태우고 거리에서 얼어 죽어가고 있는 노숙자들을 보고도 못 본 척 눈을 감아버리면 그건 사람으로서 해서는 안 되는 일이라고 생각했습니다. 여러분이 저였다면 어린이가 거리에서 얼어 죽고 노인이 얼어 죽어가는 상황을 못 본 척해야 맞는 일이라고 생각합니까? 그것이 잘못이라면 얼마든지 저를 처벌하십시오! 나는 하늘을 우러러 한 점 부끄럽다고 생각하지 않습니다. 내 앞에 다시 그런 상황이 온다고 해도 나는 똑같이 법을 어기고라도 그 일을 하겠습니다. 법은 사람을 살릴 때 필요한 것이지 사람을 죽이라고 만들어 놓았다면 그 법은 악법이라고 생각합니다. 이상이 나의 생각입니다. 여러분의 생각을 존경하고 법에 따르겠습니다.라고 당당하게 대답했다. 그러자 의원들이 일제히 기립해서 손뼉을 쳤다. 연방 청문회를 마치고 다시 한국으로 온 장군은 휴전이 되고도 돌아가지 않고, 군수기지가 있던 곳을 이승만 대통령 정부에 돌려주었다. 이승만 대통령이 고마움을 치하하고 격려하자 위트컴 장군은 이렇게 말했다. 대통령 각하께 청이 있습니다. 무슨 청이든 말씀만 하시오. 귀국과 귀하가 우리나라를 위해 목숨을 내놓았는데 내 목숨인들 장군에게 못 드리겠소. 어서 청을 말씀해 보시오. 하고 말하자 리처드 위트컴 장군은 공손하게 말했다. 이곳에 반드시 대학을 세워 주시길 부탁드립니다. 대학교를 세워 이 나라가 다시 일어설 인재를 양성해 주시길 바랍니다. 물론 대통령 각하의 나라니 대통령 각하가 못 하시겠다면 어쩔 수 없지만, 제가 바라는 것은 어서 이 나라 국민에게 고등 교육을 시켜야 이 나라가 하루라도 빨리 일어나리라 생각하여 간청하는 것입니다. 하였다. 그렇게 위트컴 장군의 간청으로 세워진 것이 지금의 부산대학이다. 그렇게 세워진 것을 부산대 관계자도, 교직원도, 졸업생도 재학생도 이런 역사적 사실을 알았으면 좋겠다. 뿌리는 알 바 없고 열매만 따 먹으면 된다는 생각으로 그들의 공로를 잊고 교육을 한다면 조국의 미래가 없을 것이다. 그뿐 아니었다. 위트컴 장군은 의료 혜택을 받지 못하고 죽어가는 사람들을 안타깝게 여겼다. 생각다 못한 위트컴 장군은 병원기금 마련을 위해 도포를 걸치고 갓을 쓰고 기부문화를 조성했다. 외국인이 하니 호응도도 좋아서 많은 사람이 기부했고 결국 그 돈으로 메리놀 병원을 세웠다. 그때 거리에서 사람들은 **장군이 왜 남의 나라를 위해 채신머리없이 저러느냐! 제정신이 아니고 약간 돌지 않았느냐**고 무식함을 드러내며 수군거리거나 비아냥거리는 사람도 많았다. 그럼에도 장군은 끄떡 않고 힘을 쏟았다. 원래 의로운 일에는 마가 끼고 자신의 욕심만 부리는 사람에겐 정의로운 사람이 미친 사람으로 보인다는 걸 위트컴 장군은 깨닫고 있었다. 위트컴 장군은 장군이라고 단순한 전투지휘에만 강한 것이 아니고 역사와 철학과 문학까지 겸비한 훌륭한 장군이었다. 그는 누가 뭐라든 우리 대한민국을 위해 자신을 돌보지 않고 노력했다. 한묘숙 여사는 그런 위트컴 장군에게 부끄러운 생각을 하고 있던 터였다. 한묘숙 여사 역시 전쟁에 부모들을 잃고 거리를 헤매는 고아들을 위해 고아원을 운영하며 나라가 정상으로 수습되기를 간절하게 기대하며 나름 애를 쓰는 중이었다. 앞도 뒤도 돌아보면 모두 안타까운 일이지만 가장 시급한 것이 보호가 필요한 아이들이었다. 위트컴 장군은 그렇게 정신없이 지내던 한묘숙을 만나 한눈에 반했다. 그날도 한묘숙은 거리에서 울고 있는 아이 둘을 데리고 고아원으로 가던 중이었다. 길거리에 다섯 살쯤 되어 보이는 아이와 네 살쯤 되어 보이는 아이가 엄마를 부르며 울고 있었다. 얇은 옷 사이로 아이의 살은 발갛게 얼어 있었다. 신발도 없이 맨발로 비둘기 발가락처럼 발갛게 발이 얼어 있었다. 그때 마침 위트컴 장군이 지나가던 중이었다. 손은 두 개인데 아이들이 넷이라 난감해하고 있는데 위트컴 장군이 다가왔다. 그리고 아무 말도 하지 않고 거리에 울고 있는 두 아이의 손을 잡고 한묘숙의 고아원까지 데려다주었다. 위트컴에게 고마워 한묘숙은 안으로 들여 따뜻한 향이 모락모락 피어오르는 차 한 잔을 대접했다. 고맙습니다. 이렇게 도와주셔서. 한묘숙의 말에 위트컴 장군은 참으로 자랑스러운 일을 하고 계십니다. 여자의 힘으로 쉽지 않은 일인데, 당신을 보니 대한민국의 미래가 밝아 보입니다. 하고 말하자 한묘숙은 말했다. 저야 우리나라지만 당신들은 미국 사람들 아니오? 피도 살도 안 섞인 머나먼 곳에 있는 나라를 위해 목숨을 담보로 싸워주고 물자를 지원해주는 당신들에게 부끄러울 따름입니다. 참으로 고맙고 감사합니다. 먼 미래에 우리나라가 잘살게 되면 은혜를 잊지 않을 겁니다. 꼭 당신들을 기억할 것입니다. 하고 정중하고 감사하게 말을 건넸다. 위트컴 장군은 그렇게 말씀해 주셔서 고맙습니다. 어느 나라든 어려움에 닥치면 서로 도와주어야 살기 좋은 세상으로 변할 겁니다. 더군다나 약소국을 돕는 일은 강대국들의 의무이며 책임이라 생각합니다. 그러나 이 난리 통에 고아들을 위해 자신의 재산으로 고아원을 무료로 운영하다니 참으로 훌륭하십니다. 하자 한묘숙은 저 어린 것들이 무슨 죄가 있습니까? 어른들의 잘못으로 저 철모르는 어린아이들이 고아가 되었으니 저 아이들을 먹이고 키우는 건 너무나 당연합니다. 당신들은 피도 살도 섞이지 않은 우리나라에 와서 목숨 걸고 싸우는데 *부끄러울 뿐입니다.* 그렇게 둘 사이의 인연은 시작되었다. 한묘숙 여사는 위트컴 장군의 품 넓은 마음에 반했고 위트컴 장군은 여성으로서 대단하다는 생각을 하며 그녀에게 단숨에 반했다. 그렇게 두 사람의 교재는 시작되었고 한묘숙 여사는 위트컴 장군이 우리나라에 조금이라도 도움이 더 되도록 각별하게 대하게 되었다. 그렇게 시간이 흘러 1년이 지났다. 둘은 갈수록 뜻이 같고 사상이 같음에 누가 먼저랄 것도 없이 마음을 포개면 딱 맞을 것 같았다. 위트컴 장군이 먼저 한묘숙 여사에게 청혼했고 한묘숙도 우리나라를 위해 목숨을 건 장군이 고마워 거절하지 않고 결혼했다. 그렇게 둘은 결혼을 해서 전쟁고아들이 헐벗고 굶주리지 않게 보금자리를 넓혀 부산 거리에는 고아가 없어졌다. 그로 인해 위트컴 장군이 *전쟁고아들의 아버지로* 불리고 한묘숙 여사는 *전쟁고아들의 어머니로* 불렸다. 그리고 두 사람은 나라를 위해 할 수 있는 일들은 찾아서 했다. 전쟁 후에도 어지러운 고아들은 이 부부 덕분에 따뜻한 보살핌을 받으면서 행복하게 잘 자랄 수 있었다. 그렇게 우리나라를 위해 살던 어느 날 위트컴 장군은 아내에게 유언이라고 말하며 부탁을 했다. 아주 *미안한 부탁* 하나

해도 되겠소? 하자 무슨 부탁이든 하세요. 당신은 우리나라를 위해 목숨도 버릴 준비가 돼 있는데 무엇인들 못 들어 주겠어요. 하자 위트컴 장군은 말했다. 내가 죽더라도 장진호 전투에서 미처 못 데리고 나온 미군의 유해를 마지막 한 구까지 찾아와 주면 고맙겠소. 하자 한묘숙 여사는 예, 꼭 당신의 소원을 들어드리겠습니다. 반드시 그 약속을 지키겠습니다. 하고 말했다. 그리고 한 여사는 그때부터 북한군에게 장진호 부근에서 유골이 나오면 바로 제게 가져다주시오. 그러면 유골 하나에 500불씩 주리다. 틀림없이 유골에 대한 값을 지급해 드릴 테니 걱정하지 말고 유골을 제게로 가져다주시오. 한 여사의 말에 북한 병사가 물었다. 도대체 유골을 그렇게 비싸게 사서 무엇을 하려고 합네까? 이유는 묻지 마시오! 값만 쳐 드리면 되었지 이유까지 말해야 하오? 그 후부터 한묘숙 여사의 부탁을 입으로 전해 들은 군사들은 장진호 부근의 유골을 한묘숙 여사에게로 가져와서 팔았다. 북한이 가져온 유골 중에는 우리 국군의 유해도 많이 있었다. 하와이를 통해 돌려받은 우리 국군의 유해는 대부분 한묘숙 여사가 북한으로부터 사들인 것들이었다. 그러던 중 한묘숙 여사는 간첩 누명까지 썼다. 그러나 그녀는 굴하지 않고 남편의 유언을 지켰다. 한 여사는 위트컴 장군의 연금과 재산을 모두 이렇게 쓰며 남편의 유언을 지켜 주었다. 장군 부부는 이 땅에 집 한 채도 소유하지 않은 채 이 세상을 하직했다. 모든 재산을 국가를 위해 헌납하고 저승길을 홀가분하게 떠났다.

부산 유엔(UN) 공원묘지에 묻혀 있는 유일한 장군 출신 참전용사가 바로 위트컴 장군이다. 부부가 함께 나란히 누워 있다. 전쟁고아들을 살뜰하게 살피던 위트컴 장군, 메리놀 병원을 세워 병들고 아픈 이들을 어루만지던 장군, 대학을 세워 이 땅에 지식인을 키우려던 그 철학, 부하의 유골 하나라도 끝까지 송환하리고 했던 마음은 우리 대한민국 국민이라면 머리를 숙이고 또 그 정신을 본받아야 할 것이라고 말하던 이승만 대통령, 그 위대한 분의 아내로 살아왔다는 일이 그렇게 험난하고 외롭고 힘든 삶이었음을 아무도 모를 것이다. 그러나 순탄치 못한 삶을 선택했다고 하더라도 자신보다 나라를 먼저 생각하는 삶이었기에 참되고 알찬 삶이었지 헛된 삶은 아니란 생각을 하니 또 어떤 사명감 같은 생각이 들기도 했다. 권력도 잃고 몸도 노쇠했지만, 정신만은 오로지 죽기 전까지도 조국을 향하던 대한민국 국부 나의 남편 이승만 박사는 하와이에서 사진으로 양자를 보고 환하게 웃으며 말했었다. 이제 자식이 생겼다. 그런데 연로한 아비를 보러 얼른 오지 않고 왜 이리 안 오는 거야!라며 똥 마려운 강아지처럼 서성거리며 아들을 기다렸다. 나도 속으로는 기대가 되기도 하고 보고 싶기도 했지만, 속에서 꺼내지 않은 채 물었다. 그렇게 좋으세요? 하고 물었다. 그럼 당신은 자식이 생기는데 좋지 않소? 내가 좋아하듯 그 녀석도 나를 좋아하겠지요? 만약 아들이 내가 돈이 없다고 싫어하면 어쩌지? 설마 그런 아들이 내 아들이지는 않겠지. 이 늙은이를 귀찮아하지는 않겠지? 내 나이를 이미 알고 나를 만나러 올 테니까? 그렇더라도 깨끗이 목욕하고 최대한 첫인상은 젊어 보이게 꾸며야 해. 자식에 대한 도리와 예의라는 것이 있잖아. 기왕이면 조금이라도 잘 보이고 싶어. 하며 기다렸다. 아들이 온다고 하자 나 무궁화 한 포기 사다 줘. 무궁화는 뭐 하시게요? 하고 묻자, 내 아들이 온다는데 축하로 무궁화 한 포기 화분에 곱게 심어서 선물로 줘야지. 했다. 결국 무궁화를 사다가 화분에 곱게 심어놓고 기다리고 있었다. 남편은 감색 양복을 말끔하게 차려입고 안경을 쓰고 하얀 머리를 윤기가 나도록 빗어 올렸다. 나는 한복을 입고 싶은데 한복이 없었다. 남편이 신경 쓰게 하기 싫어서 남편 몰래 교민 중에서 키가 큰 사람 한복을 빌려 입었었다. 치마가 껑충 올라가 아들이 우스꽝스럽게 볼까 쑥스러웠지만 어쩔 수 없었다. 나는 남편을 부축하고 마당에 나와서 기다리고 있었다. 대문이 열리고 양자가 될 아들은 교포들의 환영 꽃다발을 받으며 우리 집에 도착했었다. 아들이 들어서자 갑자기 마당이 환해지도록 해맑은 웃음을 지으며 두 손을 높이 들어 흔들던 남편의 모습이 지금도 보고 있는 듯 선하다. 아들이 방으로 들어와 큰절을 올렸다. 남편은 아들이 절을 하고 일어서기가 바쁘게 손을 잡고 묻는 말이 나라의 안부였다. *지금 나라가 어떻게 돼 가고 있나?* 아들은 서운한 마음도 있었겠지만 내색하지 않고 말했다. 나라를 걱정하는 사람들이 많으니 잘 될 거로 생각합니다. 너무 염려 마십시오. 하고 말했다. 아들의 말을 듣고도 남편의 얼굴은 다시 나라 걱정에 어두워졌다. 나라가 잘되어 간다니 다행이지만… 하고는 다시 얼굴에 그림자를 드리우고 눈을 감았다. 그리고 다시 긴 한숨을 뱉은 다음 말했었다. 아들아 내 말 잘 들어라. 남이 잘되어 간다고 말한다고 그 말을 믿으면 안 된다. 지금 남한엔 공산주의 간첩이 요소요소에 장악하고 있다는 걸 명심해야 할 것이다. 제일 큰 문제가 바로 방심하고 있다는 걸 너는 내 아들이니 명심해야 대한민국을 살릴 수 있을 것이다. 공산당 그렇게 만만한 인간들이 아니야. 너는 이제 내 아들이고 조국의 아들이니 이 나라를 목숨 걸고 지켜 자유민주주의를 공산주의에 빼앗기지 말아야 내가 눈을 감을 수 있어. 약속해 주겠지? 예 아버님 무엇을 염려하시는지 알고 있습니다. 그리고 저도 그 점이 가장 걱정이라 생각하고 있습니다. 그래 다행이구나. 이 나라가 국운이 있나 보구나, 내 아들이 또 이 나라를 정확하게 꿰뚫고 있으니 말이다. 그렇게 나라 걱정만 하고 있어 나는 민망함에 자리에서 일어나 아들을 위해 한국 음식을 정성껏 만들어 차렸다. 음식을 만들어 다 차려놓아도 아들을 붙잡고 조국 걱정만 해서 어서 식사하시지요. 하고 식탁으로 두 사람을 안내했다. 그때 고맙게도 환영해준 교포들이 이미 자리를 하고 있었지만, 남편의 눈에는 오직 조국의 안부밖에 보이지 않아 안타깝기도 했다. 아들은 한국 음식이 먹음직하게 차려진 걸 보고 이거 너무 애쓰셨습니다, 어머님. 하고 일부러 맛있다는 표정을 과장하며 한 그릇을 뚝딱 먹어치웠고 이를 본 우리는 오랜만에 진정한 웃음을 함께 웃었다. 그렇게 함께 맛있게 밥을 먹고 일찍 내려와 막 잠이 들려고 하는데 남편은 아들에게로 내려가 또 아들을 불렀다. 조심스럽게 부르는데도 여독이 풀리지 않아 잠을 뒤척이고 있던 아들이 얼른 일어났다. 남편이 나의 부축을 받으며 함께 서 있는 걸 본 아들은 말했었다. 아버님 주무시지 않고 왜 오셨습니까? 하고. 그 말에는 아들도 자고 싶다는 말도 숨어 있었으나 남편은 아무것도 모르고 자기가 하고 싶은 말만 하고 서 있었다. 애야 우리나라에 가려면 비용이 얼마나 드냐? 하자 여비를 물으시는 겁니까? 하고 되물으니 그래, 여비 말이다. 나는 지금 돈이 없어. 하는 말에 내가 민망해서 옆에서 말을 거들었다. 윌버트 최 씨가 우리가 한국에 갈 때는 모든 경비를 다 대준다고 하셨는데 괜한 걱정을 하시는구나, 하자 아들은 말했다. 아버님 경비 걱정은 마세요. 제가 경비 다 들여서 모시고 갈 테니 아무 걱정하지 마시고 주무세요. 하자 금방 사탕을 받아든 아이처럼 환해지면서 그럼 우리 언제 한국에 가?라고 물었다. 아들은 아버지가 향수병이 걸렸다는 걸 직감했다. 아버님 조금 있다가 날씨가 좀 풀리고 따뜻해지면 그때 모시고 갈게요. 그때까지 운동하시면서 식사도 잘 하시고 건강을 챙기셔야 해요. 하자 남편은 말했다. 언제부터 너희 엄마가 조금만 참으라고 해서 지금껏 참았는데 너도 또 기다리라고 하는구나. 나는 세월을 기다리겠지만 세월이 나를 버리면 나는 여기서 죽을 것이 아니냐? 제발 내가 태어난 조국 땅에 뼈를 묻게 해 다오. 너는 내 아들이니 내 소원을 들어줘야지. 그리고 지금 조국이 또 공산주의에 짓밟히지 않게 내가 가서 정신 똑바로 박힌 관료들을 모아서 공산당을 무찌르라고 시켜야 해. 모두 맹탕들이라 나라 걱정에 잠이 안 온다. 그래서 내가 시를 지었어. 너에게 주려고. 하면서 언제 지었는지 시 한 수를 내밀었다.

흔들리는 신전(神殿)

1.
지구 나라 사람주나무에
욕심 주렁주렁 열렸네
구름을 시침질해 이불 만들고
바람 잘라 옷 만들고
비 썰어 국수 만드네

끝없이 내달리는 시간 한 방울도 잡지 못한 무능한 사람주나무

영원 살기 위해
바람 구름 햇살 비 할부 구입하고
양심 전당포 저당 잡혀 재앙 양육하네

욕망 갈가리 찢긴 영혼 연고 바르지 않고

어리석음 비료 거름 물 주어 길러내는 얼간이

욕심 곳간에 재앙이란 동물 기르고 있네

동물은 끝없이 새끼를 치고 또 치고

결국, 무시무시한 괴물 되네

초목에서 풀 뜯는 한가로운 생각 눈으로 뒤덮이고

욕심 지나간 자리마다

검은꽃 아리랑 스리랑 피어나 심장 움켜쥐네

누구도 알 수 없는 곳으로 사라져갈 인간들

세상 모든 숨 쉬는 것들 늘 지금을 잘 살아야 하는데

오늘이란 양옆구리 붙어있는

어제와 내일이란 말 애초 존재하지 않는데

저 산 너머

어느 동굴안에 시간신전(神殿) 있어

끊임없는 시간들 방울 울리며

태어났다 되돌아갈 뿐이네

거인의 퇴장

10

흔들리는 신전(神殿)

2.

자유민주주의 시간에 진딧물이 바글바글 달라붙었네

자유민주주의 잎을 다 갉아먹어
벌레먹은 나뭇잎처럼 앙상하게 되면 어쩌나!

아무 관심도 없다는 듯
하루도 변함없이 날짜만 찍어 보내는
저 산 너머
시간 신전

어서 진딧물 씻어내고

싱싱하게 자라 꽃을 피워야 하는데

자유민주주의 언제 꺼질지

아무도 모르네

아무도 모르네

나라 위해 죽은 영혼들 울음만

방울방울

절망으로 매달려 있네

내 조국이

대를 이어

그 조국이

또 그 조국의

대를 이어

자유민주주의가

천년만년 영원하도록

하나님께 간절하게 기도하네

남편의 얼굴에는 어느새 눈물이 주르르 흘러내렸었다. 나는 남편이 이 시를 쓸 때 어떤 심정으로 썼는지 궁금해서 일기장을 들춰보았었다. 나쁜 짓인 건 알지만 남편의 심정을 이해하고 모래 한 알갱이만큼이라도 더 위로해 주고 싶었다. 아니 저렇게 처절하도록 몸부림치며 몸을 지탱하지 못하는 지경에 와서도 오직 조국만 생각하는 그것이 무엇인지 궁금했다. 그것이 남편에 대한 사랑이라 생각했다. 일기에는 이렇게 적혀 있었다. 사마천은 '아버지의 유언을 지키기 위해 궁형에 항거하면서 이 책을 쓴다'며 굴욕과 수모로 인한 분노를 사기(史記) 저술에 모두 쏟아부었다. 그래서 사마천의 사기는 고독한 지식인의 역사의식을 혈서로 쓴 글이다. 나는 오늘 왜 갑자기 사마천이 생각날까? 온 생을 다 바친 조국에 토사구팽당한 씁쓸함일까? 분노일까? 잘못된 길을 걸어왔다는 후회일까? 조국을 위해 모두 한마음을 모아주길 기대한 내가 잘못일까? 전체주의 파시즘 독재라는 어마어마한 굴레를 씌워버린 공산주의자들의 악랄함에 대한 분노와 그들이 거짓 허물로 내건 전체주의 파시즘 독재를 자유로 생각하고 진정한 자유민주주의를 거짓에 속아 넘어가는 국민의 어리석음과 무지함에 대한 답답함일까? 자유의 날개를 단 인간이 되기를 포기하도록 강요당하면서 살고 싶은 것은 진정 원하는 사람은 없을 것인데. 저 전체주의 파시즘 독재에 '성은이 망극하옵니다.'라고 조아리며 거리로 뛰쳐나오는 조국의 지식인들 무지함에 답답함 때문일까? 내 심장에 웅덩이가 움푹 파지고 옹이가 박했다. 그곳은 평생 조국을 위해 싸운 내게 조국이란 이름을 파내버린 자리다. 누가 알까? 내 가슴에 조국을 파내서 공산주의의 머리를 장식하는 데 쓰여졌음을. 내 가슴에 웅덩이가 메워지고 옹이가 빠지려면 나의 조국이 공산주의에 대항해 이겨내고 자유민주주의로 찬란하게 빛나야만 가능하다. 오늘도 웅덩이엔 가뭄이 들어 쩍쩍 갈라지고 옹이에 국민이 두드리는 망치 소리에 소름이 돋고 심장과 가슴이 파열될 것 같다. 마를 줄 모르는 소리에 붉은 핏물이 고인다. 나라를 위해 바친 시간은 고독한 지식인의 혈서가 아닌가! 조국은 그렇게 나에게서 등을 돌리고 말았고 나는 질긴 짝사랑에 아직도 상사병을 앓고 있다. 인간의 존엄을 무시하고 짐승보다 못한 삶, 아니 벌레만도 못한 삶을 택하는 저 조국의 국민을 그냥 운명이라고 달갑게 받아들여야 한단 말인가! 움푹 패고 못이 박힌 가슴과 심장은 인간의 존엄성을 박탈당하고 말았다. 이제 이 외침조차 허공의 메아리가 되고 말 것이니, 이제 나는 하늘나라로 가서 조국의 미래를 위해 싸울 것이다. 프란체스카, 내 아내에게 할 말이 없다. 아무 말도 못 하고 고개만 숙이고 있어야 한다. 나의 심장에는 눈물이 줄줄 흘러내려 흠뻑 젖는다. 기분도 불편한데 보행마저 불편하다. 몸과 마음이 모두 절뚝이고 있어 무엇 하나 좋은 게 없다. 조국의 품에만 안기면 모든 게 말끔하게 낫겠지만, 그동안 외로움과 쓸쓸함에 묻혀 시간을 보내다가 이대로 하늘로 귀향해야 한단 말인가! 여기까지 읽고 일기장을 덮었다. 남편은 아들이 오자 응석을 부리듯이 한국에 데려가 달라고 졸랐다. 그런 이유를 일기장을 보고 나니 더욱더 간절한 남편의 조국 사랑에 가슴이 아려왔다. 아들이 매일 아침 예의를 갖추며 문안을 드릴 때마다 아기처럼 환하게 웃다가 또 한국에 데려가 달라고 떼를 썼다. 아침마다 남편은 아들을 데리고 **대한민국이 자유민주주의로 영원히 빛나게 해달라고** 기도를 했다. 아들은 하얗게 늙은 아버지가 오로지 조국에 대해 기도만 하자 애처로움과 감동의 눈물을 참기 어려워 함께 울었다. 남편은 성경을 읽어야 나라를 구할 힘을 얻을 수 있다고 아들에게 매일 성경 읽을 것을 권했다. 그리고 신문도 꼭 읽어야 한다며 아들에게 읽게 했다. 아들의 부축을 받으며 걸으면서도 오직 나라, 나라 그래도 아들은 그런 아버지를 이해해 주는 게 고맙기만 했다. 아들은 *아버지는 참으로 꼼꼼하고 합리적이시고 애국자시다.*며 존경스러워했다. *저의 아버지가 된 것이 자랑스럽습니다.*라고 말하기도 했다. 그러나 하루가 다르게 기력이 약해짐에 아들은 가슴 아파했다. 반찬이라야 별거 없었다. 김치와 국 한 가지가 전부였다. 그렇게 식사를 할 때면 남편은 자신의 그릇에 있는 밥과 반찬을 아들 그릇에 덜어주었다. 그리고 아들이 먹는 것을 흐뭇하게 바라다보았다. 가끔 신문지를 펴놓고 붓글씨도 썼다. 가끔 떡국을 끓여주면 부자는 맛있게 먹으며 서로에게 덜어주느라 먹는 시간보다 더 많이 시간을 썼다. 그러나 아들이 괴로워하는 건 하루를 잘 보내고 저녁이 되면 녹음기를 틀 듯 똑같은 말을 하는 것이었다. 또 하루를 하와이 남의 땅에서 보내 버렸구나. 언제 조국 가느냐? 하는 반복 질문과 시간만 나면 지금 우리나라에서 공산주의가 많다는 걸 아는 이가 있냐? 간첩들을 잡아내고 있냐?라고 물었다. 그러면 아들은 예, 모두 그렇게 생각하니 잡아낼 것입니다.라고 말하면 남편은 그까짓 생각만 해서 뭘 해. 생각만 하고 행동하지 않으면 생각 하나 마나지. 내 꼴을 보고도 그런 말을 해, 아들아. 제발 공산주의를 발본색원할 것을 법으로 만들어야 나라를 지킬 수 있음을 명심해라. 내가 이만큼 해 놓았으면 이제 누군가 앞장서서 목숨 걸고 공산당을 몰아내고 나라를 지켜야 할 것 아니냐? 왜 아직도 그렇게 까맣게 어리석어? 언제까지 어리석을 거야? 큰일이구먼, 큰일. 어서 자유민주주의를 튼튼하게 뿌리내려 북한을 자유민주주의로 통일을 해서 백두산까지 오가며 세계에서 제일가는 나라를 만들어야지. 참으로 한심해. 다 자기 눈앞의 이익만 챙기느라 정신없으면 나라를 또 빼앗겨. 아들아, 너는 내 아들이니 네가 나서서 꼭 해야 한다. 알아듣겠느냐? 하자 아들은 예 명심하겠습니다. 하고 대답하고 죽을힘을 다해 나라 걱정하는 아버지가 불쌍하고 가여워 못 견딜 것 같아 한국으로 가지도 못하고 시간을 보내고 있다. 남편은 온종일 나라 걱정으로 얼굴에 근심이 떠나질 않았다. 그런 얼굴을 보던 나는 아들에게 말했다. 바로 저런 게 너의 아버지의 중병이다. 오로지 나라 걱정 외에는 대화가 안 되니 중병이지. 그러니 네가 잘 알아서 걱정 덜 하시게 말을 조심해야 한다. 그 뒤로 두 모자는 조국에 관한 나쁜 기사는 가능하면 입을 다물었다. 그러던 어느 날 남편은 나는 어서 한국에 가야겠다. 답답해서 살 수가 없어. 하고 짐을 챙겼다. 아들은 아버지 지금 한국에 눈이 많이 오고 추워서 조금만 더 기다렸다가 갑시다. 하자 추우면 옷을 입으면 되지 어서 가자고 나섰다. 비행기 표를 알아보겠다고 간신히 말리고 생각을 돌리기 위해 하와이 영사관에서 공보영화 필름을 빌려와 집안에서 영사회를 가지는 집으로 남편을 모시고 갔다. 영화를 보다가 국토건설사업이 소개되는 장면이 나오자 남편은 갑자기 벌떡 일어나 손뼉을 치기 시작했다. 잘한다, 내 조국 잘한다. 왜들 일어나 손뼉을 안 쳐! 저렇게 장한 일을 하는데. 우리 날마다 이런 영화 좀 보세! 하면서 아기처럼 좋아했다. 1961년 크리스마스가 다가왔다. 남편은 마당에 나와 잠시 찬 바람을 쐬면서 아들에게 말했다. 어쩌다가 조국을 구한 내가 조국에 버림받고 이 모양이 되어 다 죽어가는 몸이 되었노! 풀기가 다 죽어가는 말에 아들도 눈물을 흘렸다. 아들이 눈물을 소매로 훔치며 아무 말 없이 부축해서 소파에 눕혀드리자 두 손으로 얼굴을 가리고 흐느꼈다. 아들은 남편 앞에 꿇어앉아 말없이 아버지를 바라보고 있었다. 나는 이 장면으로 영화를 찍었으면 좋겠다는 생각을 했다. 미국의 교민과 남편의 대단함을 아는 각계에서 남편을 잊지 않고 크리스마스 카드를 보내오기도 했었다. 답장을 해야 하지만 카드를 살 수 있는 형편이 아니었다. 남편은 말했다. 카드 살 돈이 없으면 이 공책 장이라도

찢어서 고맙다고 답장을 보내줘. 남편의 말에 아들은 공책을 찢어서 일일이 감사의 답장을 썼다. 그러나 우편 요금이 없어서 걱정하던 차에 현금과 수표가 들어있는 봉투가 배달되어 왔다. 그것은 교포들과 남편을 아는 미국인들이 보낸 후원금이었다. 이승만 국부, 나의 남편의 하와이 생활 5년이 넘도록 미국의 한인 교포들과 미국인 친구들의 도움으로 살아갔다. 대통령이 되기 전이나 물러나서나 남편은 단 한 번도 넉넉하게 돈을 써 보지 못했다. 그도 그럴 것이 대통령이 되기 전에 돈이 생기면 독립자금으로 어려운 사람의 교육을 위해 썼고 대통령이 된 후에는 전쟁을 치르느라 따뜻한 밥 한 끼 먹는 것조차 어려웠고 대통령에서 물러나고 보니 나이가 많아 자신의 힘으로 벌 수 없었기 때문이었다. 오직 나라 걱정만 하고 살아온 참혹한 대가였다. 그런데도 남편은 아무런 생각도 없이 오로지 나라가 공산당이 되지 않기만을 고대할 뿐이었으니 어쩌면 당연했는지도 모른다. 남편은 애당초 나라를 잃은 상태로 미국에서 독립운동을 하며 신혼생활을 시작했기 때문에 우리 부부에게 돈을 쓴다는 것은 최소한의 것을 제외하고는 모두가 나라와 민족을 위해 써야 한다고 생각하며 살아왔기 때문이다. 남의 나라 일인데도 나는 내 남편을 사랑했기에 대한민국 나라를 위해 함께 싸웠고 대통령의 아내 국모가 되어서는 우리가 북한 동포들을 위해 근검절약하는 모습을 보이면, 아무리 강대국들이라 해도 우리를 함부로 업신여기지 못하니 통일이 되는 그날까지 조금 더 참자고 생

각하며 절약했다. 미국에서 독립운동을 할 때 우리 부부의 뜻을 이해했던 주변 사람들은 남편이 대통령에서 물러나 미국에 왔는데도 계속해서 적은 돈이나마 봉투에 넣어 시시때때로 찾아왔기에 하와이에서의 생활이 가능했었다. 우리 부부가 기거하는 집에 있는 가구들은 전부 교민들이 쓰던 것들이었다. 남편은 아들에게 소개해줄 사람이 있다고 외출을 서둘렀다. 보스윅(W. Borthwick)이라는 남편의 친구 집에 가기 위해서였다. 보스윅 씨는 하와이에서 아주 유명한 장의사를 하고 있었다. 보스윅 씨와 남편이 인연을 맺게 된 시기는 1920년이었다고 한다. 당시 일본은 이승만이란 인물에 대해 국제적으로 현상금을 걸고 수배를 할 때 남편이 임시정부의 초대 대통령이 되어 상해로 출발을 해야 하는데 무국적이고 현상금이 걸린 상태라 어려움을 겪고 있을 때 당시 보스윅 씨는 하와이에서 노동자로 생활하다 죽어간 많은 중국인 시체들을 수습해 중국으로 보내주는 사업을 하고 있었다. 이때 남편을 중국인들의 시체를 실은 관 속에 숨겨 상해(上海)까지 밀항하게 해준 장본인이었다. 그 일로 보스윅 씨는 남편에 대해 대단한 존경심을 갖고 있었다고 했다. 아들과 함께 찾아간 보스윅 씨는 대단히 부유한 저택에 살고 있었다. 중간 키에 넉넉한 풍채를 가지고 있는 보스윅 씨는 90세임에도 불구하고 정정했고 말소리도 우렁차게 남편과 우리 모자를 반겨주었다. 그러나 그의 부인이 와병 중이라는 말에 나는 가슴이 아파 부인의 방에 위문차 들어가 보려 하는데 보스윅 씨는 남편의 어깨를 두드리며 *자네 건강은 괜찮은가?* 하고 진심 담긴 목소리로 물었다. 남편은 건강을 묻는 답 대신 *나는 한국으로 갈 거네.* 하며 엉뚱한 말을 했다. 아들은 쓸쓸한 눈빛으로 아버지를 바라보았고 나도 가슴이 아팠지만 보스웍 씨는 그게 무슨 말인가? 하와이가 세계에서 제일 살기 좋은 곳인데 여기를 두고 어딜 간단 말인가! 이 사람아! 겨울 추위가 노인네에게 얼마나 해로운 것인지 모른단 말인가? 감기에서 시작된 병이 죽음에 이르고 특히 노인들은 겨울 기침에 폐렴으로 사망하는 경우가 많은데 무슨 소리를 하고 있어? 나라를 세웠으면 됐지, 설마 아직도 독립 미치광이가 되려는 건 아닐 테고 하고 진지한 얼굴로 말했다. 그러나 남편은 굳게 입을 다문 채 말이 통하지 않는다는 듯 보스웍 씨의 얼굴만을 쾡하니 쳐다보고 있었다. 잠시 후 내가 문안을 마치고 거실로 나오자 *어서 완쾌되시길 비네. 이제 가 봐야겠어. 한국에 돌아가면 못 볼 것 같아 얼굴이나 보고 가려고 왔네.* 하고 자리에서 일어났다. 보스웍 씨는 잠깐, 하고는 방으로 들어갔다 나오더니 나의 핸드백 속에 봉투를 넣어주었다. 받지 않으려고 사양했지만, 그의 끈질김에 어쩔 수 없이 받았다. 남편은 말했다. *나는 평생 자네에게 신세만 지는구먼. 신세는 무슨, 얼굴을 보니 반갑네! 잘 가고 건강하게. 가능하면 한국으로 돌아가지 말고 여기에 있어. 생활비는 내가 대 줄 테니 걱정하지 말고.* 밖에까지 따라 나온 보스웍 씨는 돌연 남편의 어깨를 두드리고는 현관 쪽으로 걸어갔다. 그는 돌아서 걸어가며 울고 있었다. 노쇠한 어깨가 들썩이는 것이 너무나 선명하게 내 눈동자에 박제되었다. 그렇게 돌아온 남편은 귀국을 기다리며 눈물겨운 생활을 하면서도 이를 물고 참는 듯했다. 이발을 내게 해 달라고 하며 이발비를 모아 여비를 한다며 아꼈을 정도다. 내가 최소한의 먹거리를 위해 장을 보는 날이면 *조금만 사 그리고 아껴아. 여비를 만들어 서울 가지.* 할 때마다 나는 남편 몰래 눈물을 훔쳐야만 했다. 나라를 세운 국부를 나라에서는 냉대하고 추방했다. 매일 남편의 마음 문 앞에는 조국이 서 있었다. 남편은 아무 말도 하지 않는다. 마음에 창문만 열어놓았다. 그러나 그렇게 활짝 열어 제쳐놓고 기다리는 남편의 마음 안으로 빛은 들어오지 않았다. 희망의 빛 한줄기도 깜빡거리지 않았다. 마음 문은 단 한시도 닫힌 적 없었지만, 조국의 빛은 다녀가지 않았다. 열어놓은 마음 문에는 그늘만 수북하게 일렁이고 있었다. 남편은 매일 침을 꿀꺽꿀꺽 삼키며 조국의 빛을 기다렸다. 남편의 눈은 발바닥까지 떨어져 내렸다. 숨이 막히고 시선은 점점 흐려져 갔다. 간혹, 먼 곳을 바라보면 조국이 허공에 걸려 있었다. 그렇게 막막함만 차가운 서릿발처럼 국부였던 남편의 마음을 다녀갔다. 창백하게 슬픈 나날이었다. *이번 생의 연기는 이대로 실패로 끝나는가? 아니면 주인공이니까 이렇게 고통을 주고 역경을 이긴 다음 마지막에 부활시켜 주려는가?* 남편은 나를 불러 가끔 물었다. 그러나 나는 어떤 답도 해줄 수 없어 막막하고 답답하고 얼음 둥둥 뜬 오이냉국이라도 마시면 속이 시원할 것 같을 때가 한두 번이 아니었다. 나는 손수건을 들고 다니면서 눈물을 훔쳐내야만 했다. 빳빳하고 빽빽한 나의 속눈썹과 깊고 푸른 눈은 늘 젖어 있었다. 나의 눈동자 속에는 남편에 대한 안타까움이 출렁이는 호수가 되었다. 호수의 물은 늘 뜨거워 물고기도 살 수 없었다. 뜨겁게 항상 젖어 있고 때로는 한국에 대한 증오로 싸늘하게 젖어 있어 나의 눈은 늘 냉온 탕이 반복되었다. 그 아름답다고 찬사를 받던 눈이 냉탕과 온탕이 계속되어 도나우강은 이미 그 빛을 잃고 있었다. 나의 눈 속에 소용돌이치는 눈물로 인해 이물질이나 먼지들은 발붙이지 못했다. 어느 날은 매운 고추 몇 개를 사 와서 절구로 찧어서 나의 눈에 눈물을 남편에게 들키지 않으려고 하기도 했다. 나는 나의 목소리와 생각을 데리고 다니며 남편을 내조했다. 나의 손에는 남편을 잘 다듬을 손도끼 한 자루가 늘 들려 있었다. 그 섬섬옥수 같다는 칭찬을 받던 손에 굳은살이 무성하게 자라도록 나를 헌신해 남편을 돌봐 주었다. 가끔 심장에서는 달그락거리는 소리가 났다. 가끔 혼잣말처럼 이렇게 물어보았다. **나한테 남편은 원수(怨讎)일까? 원수(元首)일까?** 하고. 그러다가 도무지 알 수가 없어 왼쪽 손바닥에 침을 뱉어서 오른쪽 검지와 중지를 나란히 편 다음 **탁!** 하고 점을 쳐보았다. 세 번을 쳐도 세 번 모두 다 **원수(怨讎)**로 점괘가 나온다. 나는 피식 웃었다. 그리고 또 중얼거렸다. 원수(怨讎)라는 말이 맞아. 그러니까 그이가 가난해도 허름해도 고집이 세도 나를 팔아서 자신의 조국을 구해도 그냥 바보처럼 싱

글벙글 그냥 무조건 좋기만 한 게야. 그렇다면 전생에 내가 남편한테 진 빚이 있었던 걸까? 그래서 그 빚을 갚느라고 혹시! 그럴지도 몰라. 그렇지 않고서야 내가 왜 남의 나라 사람인 남편이 그렇게 좋을 수가 있어. 그런 거야! 그래 그런 거야! 내 손바닥에서 내 침으로 친 점괘인데 틀릴 리가 없잖아. 남편의 손바닥에 국부의 침이라면 속임수를 썼다고 할 수도 있지만, 아니야. 분명 내 손바닥 내 침이니. 이건 운명이야. 그래 더 잘 해줘야지. 아무도 찾지 않는 남편에게 내가 그들 대신 다 해줘야지. 그래서 이번 생에 빚을 다 청산하고 다음 생에 만나면 즐거운 일만 있도록 해야겠다. 혼잣말을 하며 남편에게로 가서 온몸의 혈액 순환을 위해 온몸을 정성껏 주물러 주었다. 남편은 어린아이가 엄마를 보며 웃듯 해맑게 웃었다. 그러나 다행스러운 일은 타국인 미국에서는 남편의 인물을 알아보고 크리스마스가 다가오면 남편을 찾아온다는 것이었다. 어느 날은 화이트(Isaac Whit) 대장이 집으로 찾아와 남편과 나를 위로하고 갔다. 화이트 대장은 남편이 하와이에서 병원의 혜택을 받는 데에 상당한 지원을 아끼지 않았던 사람이다. 트리풀러 병원에서의 정기검사와 치료는 물론이고 많은 의료혜택을 주선해 주었던 고마운 사람이었다. 이 밖에도 남편을 자주 찾은 사람들은 당시 합참의장이었으며 전 주한 유엔군 사령관이었던 램니처(Lyman Lennitzer) 장군 또 세계은행 총재였던 맥나마라(Robert McNamara) 전 미 국방부 장관과 맥아더(Douglas MacArther) 장군, 그리고 밴플리트(James A.

Van Freet) 장군 등 한국전쟁 중에 남편을 만나보고 남편을 평생토록 존경하고 위대한 사람으로 추앙한다며 다녀갔다. 그렇게 조국에서 추방당한 우리 부부를 찾아 위로를 해주었다. 고맙고 고마운 일이었다. 그러나 한국인 고위층들은 부정적인 태도로 눈치를 보기에 바빴다. 그러나 단 한 사람 주미 대사였던 김정렬 씨는 일부러 하와이로 우리 부부를 찾아와서 말했다. 우리가 보필을 잘못해서 이렇게 됐습니다. 죄송합니다. 하고 눈물을 흘리며 고개를 떨구고 있었다. 남편은 아니네, 보필의 문제가 아니라 사상의 문제야. 공산당들의 속임에 모두 넘어간 걸 누구를 탓하겠나. 앞으로 다시는 나같이 공산당들의 놀음에 놀아나는 일이 없도록 정신 바짝 차리고 나라를 지켜야 할 걸세. 하고 말했다. 늘 앉으나 서나 공산당, 빨갱이란 말을 입에 달고 조국을 걱정하느라 혈압이 오르고 두통을 호소했다.

가장 한국적인 것이 가장 세계적이다

그러던 어느 날 정신이 바짝 이상할 정도로 맑은 날이었다. 남편이 내게 느닷없이 당신 우리나라 문화를 얼마나 알고 있소? 하고 물었다. 조금 알지요. 하고 부끄러움에 작은 목소리로 말했다. 나는 한국 문화를 배울 기회가 그렇게 많지 않아서 돌이켜보니 한국 문화를 너무 모른다는 생각이 들었다. 대한민국의 국모가 대한민국 문화 공부를 너무 안 했다는 생각에 부끄럽고 미안해서 우물쭈물 하는 내게 남편은 말했다. 당신이 하던 손뜨개질은 원래 물레를 자아 실을 뽑아서 옷감을 짜던 것에서 나왔지요. 그것은 자연과 인간이 하나라는 것을 물레질하는 것입니다. 우리 민족은 젓가락 문화가 발달되어서 손으로 하는 일은 아주 탁월하답니다. 손끝이 야무져서 바느질도 아주 맵시 있게 하는 민족이지요. 목화에서 뽕잎을 먹고 자란 누에고치에서 삼에서 실을 뽑아내는 물레질은 단순하게 실을 잣는 의미가 아닌 우리 여성들의 손끝에서 자연과 인간을 하나로 잇는 모습을 상징하는 것이지요. 지구가 돌듯이 물레를 빙글빙글 돌리면서 그 일을 하는 것입니다. 천을 짤 때의 모습을 잘 보면 씨줄과 날줄을 합해서 하늘과 땅을 엮는 모습입니다. 하늘에 있는 선녀와 땅에 있는 여인이 하늘 한 줄, 땅 한 줄 엮어서 탄생시키는 것이 천이랍니다. 또는 자연 한 줄 인간의 숨결 한 줄 엮어서 짜는 것이기도 하고요. 그렇게 짠 천이기에 우리 조상들은 바늘 실패 골무 가위 헝겊들을 모아 천으로 곱게 이어 덧대서 만든 반짇고리는 우리 어머니들의 몸과 같은 것이었지요. 어른들이 입다가 낡거나 해진 옷의 성한 곳을 골라 잘라서 태어날 아기들의 배냇저고리를 짓지요. 그리고 뚫어진 양말을 깁고 해진 옷을 기워 입는 그 솜씨는 모두가 어머니들의 손끝에서 나오는 기술이요 조화였지요. 그다음 우리 한국의 한복에 대하여 말해 주겠소. 우리 한복은 배가 조금 불러도 입을 수 있고 조금 고파도 입을 수 있지만, 양복은 배가 조금만 부르면 허리띠를 풀어야 하고 고프면 조여야 하는 번거로운 옷이지요. 또한, 우리나라 한복은 몸이 조금 뚱뚱해져도 조금 살이 빠져 말라도 그 체위를 모두 보호해 주는 옷입니다. 그렇지만 서양 옷은 딱 맞아서 살이 빠지면 줄여야 하고 살이 찌면 늘려야 하지요. 또 우리 한복은 마른 사람도 뚱뚱한 사람 옷을 입을 수 있지만 양복은 마른 사람의 옷을 뚱뚱한 사람은 입을 수가 없습니다. 그 말은 한복은 세상을 다 싸 안을 품을 가지고 있는 옷이고 양복은 그 쓰임에 맞게 그때만 쓰일 수 있는 옷입니다. 그러니 뚱뚱하거나 말랐거나 다 싸안을 한복과 오직 뚱뚱하거나 마르거나 한 가지만을 위한 양복 중에 어느 옷이 더 쓰임이 크다고 생각하오? 옷에 사람 몸을 맞춰야 하는 양복과 옷이 사람의 몸을 맞추는 한복, 어느 것이 더 과학을 뛰어넘는 옷이라고 생각하오? 그뿐 아니라 그 많은 것들을 깁던 반짇고리는 우리나라 전통문화랍니다. 떨어진 옷을 기울 때도 색색으로 잘라서 모아두었던 천들로 아름답게 기웠지요. 그래서 한국 말에는 '내버려 둬'라는 말이 있습니다. 잊어버려, 저질러버려, 해버려, 죽어버려, '버려'라는 말을 많이 쓰지만 '내버려 둬'라는 말에는 버리되 모아두라는 뜻이 들어있는 말입니다. 그래서 '그냥 내버려 둬'라는 말에는 버리지 말고 두었다가 나중에 쓰라는 말입니다. 그래서 옷을 기워입다 도저히 못 입을 지경이 되면 '버려'라고 하지 않고 '내버려 둬'라고 합니다. 그 말은 곧 두면 쓸모가 있으니 잘 보관해 두라는 말입니다. 그 말은 참으로 아름답고 넉넉하고 여운이 있는 말이지요. 아이들이 싸우는 것도 성장 과정이라고 생각하고 우리 조상은 '내버려 둬'라고 합니다. 아이들은 싸우면서 생각을 키워가는 거니까 그냥 두고 지켜보면 나중에 쓸모있는 사람으로 성장한다는 말입니다. 또 아기들이 걸음마를 하다가 넘어져도 '내버려 둬' 하고 스스로 일어나게 내버려 두라는 말을 씁니다. 그렇게 내버려 뒀던 아이들이 이다음에 세상을 움직이는 사람으로 성장하고 천 조각은 나중에는 어딘가에 긴요하게 쓰인다는 뜻입니다. 그리고 그 조각이 많이 모이면 촘촘히 덧대어 이어서 만든 보자기를 우리는 조각보라고 말합니다. 조각보처럼 아름다운 보자기는 없습니다. 우아하고 고풍스러운 조화로 한 땀 한 땀 정성스레 색실로 수놓은 보자기를 보고 있노라면 숨이 막히도록 아름답습니다. 그런 솜씨가 문화가 되어 우리나라만이 가진 보물이 탄생하는 겁니다. 그렇게 천 조각 하나에도 지혜를 불어넣던 조상들의 조화로운 생각 덕분에 우리나라 전통문화가 되는 거랍니다. 우리 선조들의 '내버려 둬' 문화는 처마 밑에 겨울에도 걸려 있는 무청에서도 볼 수 있습니다. 무청을 버리는 쓰레기에서 밑에 있던 받침 '으'를 옆으로 이동해 '이'로 바꾸면 쓰레기가 씨레기로 빠꿉니다. 우리 글의 우수성에 감탄이 절로 나오지요. 버리는 쓰레기를 씨레기로 만들어 아주 영양가 있는 음식으로 탈바꿈하는 문화가 우리의 문화입니다.

거인의 퇴장

11

 남편은 신이 나서 입속에서 계속 말을 꺼냈다. 도대체 어디서 저렇게 대단한 기운이 나오는지 그동안 아파서 부축받고 곧 죽을 것 같던 남편이 아닌 처음 만났을 때 청년 남편이 옆에 있다는 착각을 할 정도였다. 말에 동백기름을 바른 것처럼 반질반질 윤기가 흘렀다. 이렇게 기담(奇談) 같은 생각을 하는 나의 마음을 아는지 모르는지 남편은 물 한 모금을 마신 후 계속 신들린 사람처럼 말을 꺼내 내게 던졌다. 남편의 입에서 꺼낸 말 파람은 단 한 가닥도 흐트러지지 않고 내 가슴실패에 잘 감기고 있었다. 지금은 씨레기를 시래기로 바꿔 쓰고 있지만 이렇게 조화로운 생각을 태어나게 하는 것이 우리 한글을 만든 선조입니다. 같은 쌀밥 문화라도 중국 일본은 누룽지를 버립니다. 그렇지만 우리나라는 밥을 하다가 눌어서 버리는 것도 누룽지를 만들어 새로운 별미를 창조하는 민족입니다. 그리고 그 누룽지로 숭늉을 만들어 뜨거운 숭늉을 훌훌 불어 마시면서 시원하다고 말하는 시를 쓰는 혀를 가진 민족입니다. 우리 민족은 자연의 지혜를 닮아서 그런 것입니다. 무조건 버리지 않고 재활용할 수 있는 건 모두 재활용해서 쓰는 것이 우리 민족입니다. 그리고 우리의 세계적인 자랑 한글을 보면 하나의 모음으로 여러 모음 활용이 가능한 아주 우수한 문자입니다. 내가 어디서 보느냐에 따라 오가 우가 되고 어가 아가 되는 신비의 문자입니다. 당신도 대한민국의 국모였으니 이런 건 알아 두어야 합니다. 그리해야 내가 죽고 난 후 대한민국에 가서 혼자 살아가려면 업신여김을 안 받고 당당한 국모가 될 수 있으니 똑똑히 들어 두시오. 하고는 또 말을 이어갔다. 남에서 점 하나만 떼면 님을 만들 수 있고 또 님에서 점 하나를 붙이면 남을 만들 수 있는 마술 같은 문자가 우리 문자입니다. 우리나라 비빔밥을 보세요. 이것저것 모두 넣어도 서로 잘 융합하여 환상적인 맛을 내지요. 외국인들이 우리 음식을 먹으면 맵다 짜다 호들갑을 떨지만 그건 그들이 우리 문화를 모르기 때문이지요. 우리는 밥과 반찬을 골고루 섞어서 먹기 때문에 음식에 조화를 이용하니 짜고 매운 것이 적당해지지만, 외국 사람들이 그걸 알 리 없지요. 그러니 밥도 먹지 않고 맨입에 김치를 먹고 맵다고 호호 불지요. 우리 문화는 자연을 닮아 하나도 버리지 않는 지혜가 가득한 민족입니다. 우리가 말할 때 왜 의(衣)식(食)주(住)라고 의(衣)를 가장 앞에 두는지 아시오? 우리나라는 동방예의지국(東方禮儀之國)이요. 우리가 지어낸 말이 아니라 이웃 나라인 중국에서 그렇게 불렀답니다. 우리 민족은 남의 입장을 먼저 생각하고 옷을 정갈하게 입어 남에게 혐오감이 들지 않게 하는 것을 먹고 사는 일보다 중요하게 생각했기 때문이오. 소이(所以) 체면(體面)이라는 것이지요. 그렇게 자존감이 강하고 남을 배려하는 민족이란 말이오. 우리 조상들은 남의 잘못을 덮어 주고 감싸주라는 교훈을 생활 속에서 가르쳤지요. 어떻게 생활 속에서 가르쳤는지 이야기해 줄 테니 잘 들어보시오. 우선 우리나라 보자기를 잘 보시오. 그 보자기는 책보로도 쓰고 머릿수건으로도 쓰고 허리띠로도 쓰고 온갖 모양의 물건을 다 쌀 수 있다고 해서 보자기입니다. 오죽하면 마음까지 쌀 수 있다고 마음(心)보를 잘 써야 잘 산다는 말까지 우리 생활에 자주 씁니다. 그건 교육이지요. 그러니 이쯤 되면 보자기는 마술사라고 해도 손색이 없지요. 실지로 마술사들도 보자기를 많이 사용한답니다. 그러나 서양의 가방을 볼까요? 그건 정해놓은 일정한 물건밖에 들어가지 못합니다. 다시 말해서 정해놓은 한계만 들어갈 수 있답니다. 그래서 가방에 넣는다고 말하지요. 그러나 우리 보자기는 싼다고 말합니다. 어떤 걸 넣는 것과 싼다는 것은 차이가 엄청나지요. 넣는다는 건 작다는 뜻이고 싼다는 것은 큰 것을 의미합니다. 우리는 '마음이 큰 사람이 싸안아야지' 하고 '그릇이 큰 사람이 싸안아야지' 하고 말하지요. 큰 사람더러 작은 사람을 싸안으라고 말하지 않지요. 그러나 가방은 '가방에 물건을 넣어'라고 말합니다. 다시 말해 가방은 그 안에 물건으로 물건이 들어가는 것이지만 보자기는 보자기가 물건을 싸는 것입니다. 보자기는 세상 모든 만물을 다 쌀 수 있지만, 가방은 그 쓰임에 맞게 틀에 정해져 나옵니다. 그뿐 아니라 보자기는 싸야 하는 물건이 없으면 부피가 줄어들어 한 주먹에도 들어오고 주머니에 넣기도 합니다. 또 물건에 먼지가 앉지 않게 덮거나 보이지 않게 덮어주는 역할도 하지요. 다시 말하면 남의 허물도 덮어주고 잘못도 덮어주고 더럽혀진 것들도 모두 덮어주는 관대한 것이 보자기입니다. 이 지구상에 있는 모든 허물과 오염을 덮어줄 수 있는 기상을 가진 것이 보자기입니다. 그뿐 아니라 보자기는 끈 역할도 합니다. 고무줄이 터진 바지를 묶어주는 허리띠 역할도 하고 사람이 물에 빠지면 보자기 한쪽 끝을 던져 그 한쪽 끝을 잡은 사람을 당겨 목숨을 살리기도 합니다. 그렇다면 그 끈은 사람과 자연의 목숨줄을 잇는 탯줄도 그 보자기의 역할이 아니겠습니까? 추우면 목도리로 쓸 수도 있고 머리에 수건 대용으로 쓸 수도 있고 멋을 부리는 용도로 쓸 수도 있으니 얼마나 숭고한 것이 보자기인지 알아야 합니다. 갑자기 상처가 나도 보자기는 그 상처를 싸매서 피를 멈추게 합니다. 그런 데 비해 가방이란 물건은 물건이 빠져나와도 그대로 가방으로 공간을 차지합니다. 쓸모가 없어도 형태를 유지하며 공간을 차지하니 비현실적이지요. 예컨대 책가방을 보면 책을 꺼낸 빈 가방은 부피를 그대로 유지하고 있어 거추장스럽습니다. 공간을 따로 차지하고 있다는 말이지요. 가방으로 무엇을 덮는다는 건 말이 안 됩니다. 황소에게 날개가 달렸다고 하는 편이 나을법한 말이지요. 그러나 보자기는 책을 꺼내고 나면 접어서 주머니에 넣어도 될 만큼 그 존재를 접어버리지요. 그 말은 다시 말해 보자기는 필요할 때는 무엇이든 다 받아주는 전 우주적인 것이고, 가방은 필요하지 않아도 그 모습을 그대로 유지해서 공간을 차지한다는 말이오. 가방이 물에 빠진 사람에게 끈이 된다는 것은 상상도 할 수 없습니다. 가방이 고무줄 터진 바지를 묶어주거나 춥다고 목도리가 되거나 멋을 부리는 멋 내기용이나 모자 대신 사용한다는 것은 절대로 불가능한 일입니다. 그러니 장차 세상을 싸는 사람이 될 것이냐 세상에 담길 사람이 될 것이냐는 세상을 뒤덮고 자연과 인간의 조화인 탯줄, 즉 끈을 이용하는 보자기의 사용은 이미 조상들의 지혜에서 판가름 나 있다고 해도 과언이 아닙니다. 우리 민족은 이 지구를 다 쌀 수 있는 보자기를 사용하는 나라입니다. 가방에 담기는 민족이 아닌 보자기로 싸는 민족이 우리 민족입니다. 그리고 갈등을 감싸고 더러움을 덮고 갈가리 찢긴 상처와 인간의 마음을 감싸는 민족이고 더 나아가서 자연을 감싸고 자연과 인간을 끈으로 연결해주는 민족입니다. 그러니 이 우주를 감쌀 보자기 민족이란 말입니다. 앞으로 문명이 발달하면 할수록 정확한 것은 이미 수치상 나와 있는 것이 되고 수치상 나와 있지 않은 무한 수를 찾아내는 상상력이 지배하는 시대가 될 것이오. 그럴 때 우리 민족은 이미 부정확한 것 그러니까 부와 빈곤을 이어주고 더러운 것은 덮어주고 잘못이나 실수는 감싸주는 그래서 자유자재로 싸보고 덮어본 것으로 세상을 지배할 민족일 것입니다. 서양이 정확한 수치로 계산을 아무리 잘한다고 해도 보이는 해법인 계산이 보이지 않는 부정확함을 입고 쓰고 사용해온 우리 민족을 절대 이길 수 없다는 말입니다. 통계는 이미 인간이 만들어 놓은 것이기 때문입니다. 보자기 문화가 얼마나 많은 것을 싸고 정확한 수의 경계를 뛰어넘을지 세계인이 놀랄 시대가 올 것이란 말이오. 과학, 그건 정확한 통계지만 보이지 않는 그러나 분명하게 존재하는 보자기 문화가 끈을 만들어 어떤 세상을 이어나갈지를 이미 부정확의 정확을 계산하는 방법을 우리의 문화로 만들어 놓았단 말입니다. 끈이 얼마나 중요한지 아시오? 우리 조상들은 끈을 이용해 교육을 시켰습니다. 까칠한 사람이 되지 말라는 매끈을 가르쳤습니다. 모난 돌이 정 맞고 보기 좋은 떡이 먹기도 좋다고 했습니다. 그러니 성품을 매끈하게 다듬어 온유하고 넉넉한 사람이 되라고 가르쳤습니다. 그리고 발끈하지 말라고 했습니다. 화가 나면 침을 세 번 삼키고 말을 하고 발끈한 낯빛을 다른 사람에게 보이지 말라고 했습니다. 그리고 화끈한 사람이 되라고 했습니다. 불의를 보고 미적지근하게 꽁무니 빼지 말고 솔선수범하고 언젠가 해야 할 일이라면 지금 하고 어차피 해야 할 일이면 눈치 보지 말고 소신껏

내숭 떨지 말고 화끈한 사람이 되라고 했습니다. 질끈 눈 감는 사람이 되라고 했습니다. 남의 결점이나 실수를 질끈, 눈감고 다른 사람이 비난하고 질타해도 그냥 질끈 감고 못 듣고 못 본 척하라고 했습니다. 또 따끈한 사람이 되라고 했습니다. 계산적인 차가운 사람이 되지 말고 인간미가 넘치는 따끈한 사람, 털털하고 인정 많고 메마르지 않고 다른 사람에게 베풀 줄 아는 따끈따끈한 난로 같은 사람이 되라고 했습니다. 이렇게 끈끈한 만남은 세상을 맑게 하고 인연의 끈을 길게 늘이는 끈이 된다고 했습니다. 태어날 때 전생 사람들의 탯줄이란 끈을 모두 자르고 나오지만, 끈은 아주 끈끈한 것이어서 다시 죽음의 끈을 따라 돌아가는 것이 끈이랍니다. 그러니 물에서 꺼낼 때의 끈은 살리는 끈이고 목을 매는 끈은 죽음의 끈입니다. 어떻게 사용하느냐는 그 사람의 마음이지요. 우리 조상들은 이 끈의 쓰임을 이렇게 문화와 말속에 넣어 가르쳤답니다. 또 우리 조상들이 전해주는 문화는 애드혹(Ad-hoc), 임시방편의 해결책, 즉 즉석에서 만들어진 계획 당면한 문제 등을 해결하는 교육을 문화로 만들어 쓰는 민족이었습니다. 우리나라 민족은 갑자기 생각하는 힘이 그래서 탁월한 것이오. 무슨 일이 생겨 대책 회의를 하면 그곳에서 바로 답을 찾을 만큼 뛰어난 유전자를 가지고 있단 말이오. 그래서 무슨 일이 터지면 비상대책위원회를 세워서 거뜬히 일을 처리하는 힘이 있단 말이오. 위기 대응에 강한 나라란 말이오. 우리나라 땅이 금강임을 안

주위 국가들의 수많은 침략을 막아냈지만, 복수하지 않고 싸안은 이유가 바로 선조들의 이 보자기 문화, 즉 싸안는 문화를 배운 덕분이지요. 우리 선조는 버리는 천을 모아서 조각조각 이어 보자기를 만드는 조각보 문화를 가르쳐 놓았기에 버리는 것을 모아 새로운 문화를 창조하고 이어가는 방법을 가르쳤습니다. 그뿐이 아닙니다. 우리 선조들은 이미 우리 인간 신체 명칭을 '머리' '허리' '다리' 이렇게 분류해서 이름을 잘 지어놓았습니다. 머리의 머는 어떤 것의 위쪽 꼭대기를 의미하고 리는 위치나 부분을 나타내지요. 허리의 허는 몸통 또는 중심을 의미하고 리는 위치나 부분을 나타내고 다리의 다는 움직임이나 뻗치는 동작을 말하고 리는 위치나 부분을 나타내지요. 머리는 금(金) 또는 화(火)에 속해 하늘을 뜻하고 양(陽)을 뜻하며 의식 판단 명령을 하고 양(陽)적인 기능을 맡는다는 뜻이지요. 또 머리는 마치 소나무의 꼭대기 마디와 정수리 부분과 같아 늘 푸른 소나무가 겨울에도 흔들리지 않고 서 있는 것처럼 머리는 나라의 정신 철학 비전을 결정짓는 것을 나타낸다오. 그래서 소나무의 수직성처럼 흔들리지 않는 원칙과 지조의 상징으로 지성과 사상을 국가의 이념과 방향성을 잡아 위로 솟아오르는 소나무의 기세는 국가의 이상과 미래 비전을 이끈다는 것을 의미하지요. 허리는 토(土) 또는 수(水)에 속하며 중심 균형을 지탱하고 음과 양을 이어주는 역할을 하며 음양조화(陰陽造化) 기능을 하며 인간과 자연을 잇고 하늘과 땅을 잇는 중추적 역할을 한다는 것을 뜻하기도 하지요. 또 허리는 무궁화의 줄기와 연결하는 조직으로 생명력을 나타냈지요. 그래서 허리는 무궁화의 줄기 영혼과 몸통을 연결하는 생명선이며 매일 새 꽃이 피어나는 무궁무궁무궁화의 순환처럼 허리는 국가의 지속력 회복력 중심성을 나타내는 무궁무궁한 우리 민족의 튼튼한 축을 나타낸 것이오. 국가의 사회 문화 중심축 국민의 정체성과 일상의 허리띠인 무궁화가 끊임없이 새로운 꽃을 피우듯 허리는 국민의 끈기 인내 평화를 상징하며 중심을 잃으면 넘어지는 인체처럼 허리 없이는 나라가 흔들리기에 전통과 현대, 지역과 중앙, 우리나라와 세계를 이어주는 문화의 주춧돌이 되는 것을 나타내었지요. 다리는 나무(木) 또는 수(水)에 속하며 성장과 방향성 지탱과 안정을 말하며 음(陰)과 뿌리의 역할을 하지요. 다리는 땅을 딛는 소나무의 깊은 뿌리이자 매일 피어나는 흙의 발판이지요. 움직이고 일하고 나아가며 세상을 견디는 산천의 부위를 나타낸 것이지요. 그뿐 아니라 노동 경제 산업 농민 청년 군인의 자리와 실천력 체력 행동력은 나라를 움직이는 원동력이므로 깊게 내린 소나무 뿌리처럼 다리는 민중의 삶 역사 토대와 직결되므로 무궁화가 자라나는 흙은 지속 가능한 삶의 터전이 되며, 즉 세계인이 발로 달려올 국토 그 자체임을 나타내는 것이라오. 머리 허리 다리를 종합적으로 비유하자면 머리는 하늘, 허리는 인간, 다리는 땅을 의미하며 한 그루의 민족 나무로서, 세계가 몰려드는 나라로 머리는 소나무의 고결

한 마디고 허리는 무궁화의 생동하는 줄기고 다리는 이 땅을 딛고 자라는 뿌리와 땅, 그렇게 세 가지가 하나 되어 대한민국은 꺾이지 않는 나무이자 매일 새로 피어나는 무궁화처럼 무궁무궁함을 나타내는 명칭으로 머리 허리 다리로 이름을 지어놓은 것이오. 이제 머리 허리 다리를 동물로 이야기해주리니 잘 들으시오. 머리는 호랑이를 뜻하며 우리나라 지도 모양이고 아주 냉철하지만 자애로운 지도자를 뜻하며 그의 지혜는 대단했고 하늘을 향해 포효하면 번개가 내리치고 위험한 때에는 기운을 모아 적을 물리친다오. 왕과 대신들에게 조언을 주며 민중에게는 용기와 희망의 상징이라 푸른빛을 띠고 호랑이 눈동자는 앞을 내다보는 지혜를 상징하고 무수한 전투에서 나라를 지켜내는 용맹함을 뜻하는 것이오. 왜구가 침략했을 때, 호랑이는 산에서 내려와 한밤중에 적진을 습격했다오. 그의 포효가 하늘을 울리면 마을 사람들은 모두 일어나 뭉쳤고 결국 왜구를 몰아냈지요. 그래서 '국가의 머리'로 불리며, 모든 위기 때마다 나라를 인도하는 수호신이 되었지요. 또 허리는 조화를 이루는 중심이며 지혜로운 너구리, 즉 산기(山奇)를 뜻하지요. 산기는 작은 몸집이지만, 그 지혜와 영리함으로 숲과 마을을 연결하며 평화를 유지하는 역할을 하지요. 성격은 영리하고 재빠르며 갈등이 있을 때마다 중재자로 나서고 마을의 현자들과 소통하며, 때로는 인간들의 어려움을 해결해주는 조력자입니다. 옛날 어느 마을에서 두 부족이 오래된 땅 문제로 싸움이 벌어졌을 때 산기는 몰래 그 사이를 오가며 서로의 상황을 이해시키고, 갈등을 풀기 위한 지혜로운 방법을 제시했고 마침내 두 부족은 화해했고, 그 마을은 다시 평화를 되찾았기에 산기는 '나라의 허리'로, 국민을 잇고 조화롭게 만드는 존재로 추앙받았지요. 그리고 자연과 인간 사이를 오가며 먹이사슬을 잘 조절하는 산기를 허리로 나타낸 것이랍니다. 다음 다리는 세상이 우리나라를 오가는 가교역할을 하고 또 길잡이를 하는 두루미를 나타내지요. 움직임과 발전을 뜻하는 두루미는 멀리 있는 길을 자유롭게 날아다니며 땅을 딛는 힘을 우리 국민에게 전하는 기운을 가진 자랍니다. 성격은 끈질기고 인내심 강하며, 높은 곳에서 넓은 세상을 보는 통찰을 가졌답니다. 능력이 탁월해 먼 곳까지 소식을 전달하고, 두루미는 땅의 기운을 퍼 올리고 하늘의 기운을 물어 날라 지역과 지역은 물론, 나라와 나라 사이에 큰일을 이룰 힘과 용기를 연결하는 다리 역할을 수행해 왔다고 합니다. 가뭄이 심해 온 나라가 시름에 잠기면 두루미는 하늘 높이 날아 구름을 모아 빗방울을 내리게 했고, 강과 논밭에 다시 물이 생기게 해 강과 논밭을 다시 살아나게 한답니다. 세계가 가뭄으로 허덕일 때도 이 두루미의 역할로 우리나라는 물 걱정 없이 생명과 번영을 이어주는 존재로 자리 잡는다는 의미지요. 하여 머리를 뜻하는 호랑이는 나라의 방향을 잡고 허리를 뜻하는 산기는 국민과 땅을 연결하며 다리를 뜻하는 두루미가 힘차게 땅을 딛고 나라를 움직여 세 수호자, 즉 머리 허리 다리, 호랑이 산기 두루미가 함께하기에 대한민국은 세계 어느 나라보다 강하고 평화로운 나라가 된다는 뜻을 나타낸다오. 머리 허리 다리로 불리는 옛날이야기 하나 해줄 테니 들어보시오. 옛날 옛적, 한반도의 깊은 산맥과 넓은 들판에는 나라를 수호하는 세 영웅이 있었는데 그들은 인간의 밀과 정신을 이해하며, 나라가 위기에 처할 때마다 하늘과 땅 사이에서 그 힘을 발휘했다오. 머리인 호랑이는 푸른빛 눈동자를 가진 산을 지배하는 호랑이였는데 나라가 어둠에 휩싸이고 적의 발걸음이 가까워질 때면, 호랑이는 산봉우리 위에 올라 크게 포효했다오. 그 소리는 천둥처럼 울려 퍼져 산과 강을 넘었고, 그 울림을 들은 모든 생명은 경각심을 가지고 마음을 모으며 산이 무너질 정도의 큰소리로 '나라의 운명은 내가 짊어진다.'라며 굳은 결심과 지혜로 나라의 길을 밝혔지요. 그러자 숲과 마을 사이를 누비며 평화를 지키던, 작지만 영리한 너구리 산기는 서로 갈등하던 마을 사람들을 달래고, 숲과 논밭의 균형을 맞추기 시작했다오. 사람들이 서로 오해할 때마다 산기는 조용히 다가가 말없이 마음을 연결하며 조화(造化)가 없으면 아무리 강한 머리도 흔들릴 뿐이라며 산기는 늘 중심을 잡으며 모두가 함께 나아갈 길을 찾았고, 땅의 기운을 받아 넓은 하늘을 누비는 두루미는 먼 땅으로 소식을 전하고, 하늘과 땅을 잇는 길잡이를 하며 길이 막히고 고난이 닥쳐도 쉬지 않고 날아올라 새로운 희망을 전하며 두루미는 말했다오. 앞으로 나아가야 한다, 멈추지 말라 뿌리는 튼튼하다며 비행했다오. 그 비행은 모두에게 힘과 용기를 심어 주었고 결국 이 나라를 지킬 수 있었다오. 나라에 위기가 왔을 때도 이 세 수호자가 나라를 안정시켰다오. 가뭄이 극심해져 농토가 말라붙고 사람들은 서로 불신하며 싸움이 일어났고 적은 이 틈을 노려 침략해 오려 할 때였다오. 호랑이는 높은 산봉우리에서 포효하며 사람들에게 일어날 것을 촉구했고, 산기는 갈등의 골짜기에 뛰어들어 싸움을 멈추게 했고, 두루미는 먼 하늘을 날아 구름을 모아 비를 내리게 하며 세 수호자의 힘이 하나 되어, 나라는 다시 평화를 되찾았다오. 그때부터 사람들은 그들을 '머리 허리 다리'라 부르며, 나라의 기둥이라 여겼다오. 지금도 우리 대한민국에는 산과 들에 호랑이가 포효하며 지키고 너구리(산기)의 지혜로움이 달빛처럼 출렁이고 두루미는 뿌리를 지키며 힘찬 날갯짓을 하늘 높이 펄럭인답니다. 이는 우리 민족의 정신이며 조상의 빛난 얼이며 변치 않는 나라의 푸른 심장으로 붉게 붉게 요동치고 있으니 이만하면 '머리 허리 다리'라고 이름 지은 어느 선조들의 기상을 알 수 있겠지요. 구한말 우리 선조들은 하늘의 별을 그릴 때 동그라미로 그렸습니다. 지금 우리가 그리는 5각형의 별은 서양 문물입니다. 미국 성조기를 보면 별과 줄로 되어 있지요. 그러나 우리 선조들의 디자인과 생각이 전혀 서양과 다른 싸는 문화였기 때문에 미국 성조기에 별을 보고 꽃을 그렸다고 생각했지요. 그래서 우리 선조들은 미국 성조기를 보고 깃발에 꽃을 그렸다고 미국을 화기국(花旗國)이라고 불렀지요. 우리 선조는 동그라미로 그렸지만 우리는 5각형 별을 그리니 세계 모든 문화를 디자인하는 민족입니다. 또 우리 민족은 젓가락 문화로 세상을 집어 올리는 민족입니다. 젓가락은 저에 가락을 붙여 한자와 우리 것을 절묘하게 만든 말입니다. 다시 말해 한국 문화의 원형을 융합으로 잘 이어가라는 것이지요. 우리 민족은 지구상에 있는 자연과 인간의 조화를 편견 없이 받아들여 거기에 새로운 것을 창조하는 민족입니다. 그러기에 앞서가는 미국의 문물도 언젠가는 받아들이겠지만 아직은 너무 무지해서 저렇게 배척하고 있는 것입니다. 우리 조상들은 젓가락으로 음식을 먹으면서 세상 만물의 이치를 가르쳤습니다. 젓가락을 잘 보면 협동입니다. 서로 협동해야 콩알도 집어 올릴 수 있습니다. 만약 젓가락이 함께 힘을 뭉치지 못한다면 그 젓가락은 서로가 쓸모 없어집니다. 존재하되 쓸모가 없어지는 것이지요. 그래서 먹고 사는 가장 중요한 것에 의미를 부여해 가르친 것입니다. 젓가락으로 음식을 잡으려면 끝이 둥글고 뾰족해야 합니다. 그리고 머리는 천원지방(天圓地方)의 형태, 즉 하늘은 둥글고 땅은 네모나다는 뜻입니다. 다시 말하면 한쪽 끝은 둥글고 한쪽 끝은 네모입니다. 모든 발전은 네모와 동그라미에서 나옵니다. 하늘과 땅에서 나온다는 뜻이지요. 그리고 가락이란 말은 참으로 다양합니다. 우리 신체에도 손가락 발가락 머리카락(머리+ㅎ+가락) 가까이는 밥을 먹는 숟가락, 길게 늘이는 엿가락, 덩

실덩실 춤추는 춤가락, 마음에 신이 나서 일어나는 흥가락, 박자를 맞추거나 남의 기분이나 비위를 맞추거나 풍류나 노래의 박자를 맞추어 북을 치며 조화를 이루어 내는 장단가락, 악기 없이 입으로 리듬을 타는 구음가락, 특정 지역이나 공동체에서 오랜 세월에 걸쳐 전승되어 온 민요가락, 말에서 흘러나오는 리듬인 말가락, 국수 가닥 가닥을 뜻하는 국수가락, 실을 자을 때 실이 감기는 물렛가락, 윷을 놀 때 던지는 윷가락, 가야금의 아름답고 절묘한 높이와 길이가 어우러지는 가야금가락, 우리가 즐겨 부르는 노랫가락, 심지어 사람의 손에 끼는 반지를 가락지라고 하고 가야국을 가락국이라고 부르기도 했답니다. 그러므로 젓가락 문화는 세상에 건물이 부서지고 다시 지어지고 모든 것이 변할 때도 꿋꿋하게 젓가락만은 버티어 전승해오며 우리 민족을 먹여 살린 것이 젓가락입니다. 그래서 우리는 신이 나면 젓가락으로 장단을 두드리면서 좋아하지요. 더할 것도 뺄 것도 없는 궁극적인 젓가락을 우리는 소중히 여기고 젓가락 문화를 대대손손 전습을 해야 할 것입니다. 모든 것들은 시대가 바뀌면 진정성이 흐려집니다. 그러나 정체성마저 흐려진다면 그건 심각한 침몰을 자초하는 것임을 국민이 모르니 답답할 뿐입니다. 이런 무사안일한 생각 때문에 우리 조상들이 우리에게 수천 년 전부터 전해준 젓가락 문화를 가지고도 그 문화를 발전시키지 못하고 서양에 뒤지는 이유가 되고 일본에 저항하며 싸워야 했고 중국에 조공을 바치며 살아온 것입니다. 모르면 당합니다. 공부하지 않으면 반드시 노예로 전락하고 맙니다. 우리는 조상 대대로 젓가락으로 목숨을 부지하면서도 그걸 당연하게 너무나 당연하게 여겼습니다. 그 결과 문화를 만들지 못해 모두 빼앗기고 말았습니다. 문화도 역사도 나라마저도 이렇게 침몰당하는 위기에 온 것입니다. 한 가지 예를 들어 볼 게 들어보시오. 우리는 어릴 때부터 젓가락으로 밥을 먹고 배웠습니다. 그런데도 피아노를 치는 전 세계인들이라면 모두 쳐 보았을 '젓가락 행진곡'을 보면 속이 꽉 답답해 옵니다. 어떻게 젓가락 문화도 없고 젓가락질도 못 하는 나라에서 이런 명곡을 작곡해 전 세계인들이 치도록 만들었는지 통탄하고 개탄하지 않을 수 없습니다. 젓가락 행진곡은 1877년 영국의 16살 소녀 유체미아 알렌이 작곡했습니다. 그러나 어린 나이를 감추기 위해 아서 드 륄리라는 예명으로 발표를 했지요. 이 곡은 전 세계로 번져나가는 피아노 명곡이 되었습니다. 이 곡은 두 손가락만 가지고 있으면 누구와라도 함께 칠 수 있는 곡입니다. 곡도 꼭 젓가락을 빼닮았습니다. 우리는 매일 젓가락으로 밥을 먹고 수천 년의 문화를 일상으로 접하고 가지고 놀았는데 왜 노래로 만들지 못했고 우리 문화를 다른 사람들이 먼저 만들도록 무심하기만 했을까요? 그것은 우리의 마땅히 해야 할 일을 하지 않고 편안함만 추구하는 무사안일주의 때문입니다. 그건 무식과 무지가 함께 작용한 것입니다. 무식하면 지혜라도 있어야 하는데 이도 저도 없으니 서양에 뒤지게 되는 원인이 된 것입니다. 우리는 작은 사물을 하찮게 생각하면 안 됩니다. 우리나라 민속놀이 중에 음력 정월 초하루에서부터 보름까지 행하던 민족 전래의 기예(技藝)로 연을 공중에 띄우는 연날리기가 있습니다. 연날리기는 오랜 옛날부터 전승되어 오는 민족 전래의 기예(技藝)의 하나입니다. 그리고 그 놀이는 소년에서부터 노인에 이르기까지 남녀 모두의 흥미를 끄는 놀이입니다. 연날리기는 음력 정초가 되면 해마다 우리나라 각처에서 성행하여 장관을 이루었던 민속놀이인데 연을 날리는 데는 연실을 한없이 풀어내었다가 감았다가를 반복하며 하늘의 기운을 감아 내리며 천기(天氣)를 하강시키고 땅의 기운을 하늘로 띄우며 지기(地氣)를 상승시켜 중찰인사(中察人事), 즉 중(中)은 흔들리지 않는 중심, 도덕적 균형을 의미하고 찰(察)은 자세히 들여다보며 관찰하라는 의미로 중찰은 내 마음을 먼저 바르고 고요하게 해야 타인을 제대로 살필 수 있다는 뜻으로 사람과 사람의 관계 속에서 마음을 살피고 자연과의 조화 속에서 살아가라는 훌륭한 뜻을 가진 놀이입니다. 이것은 사람만이 아니라 자연과 동물까지 모든 생명에게 해당하는 말입니다. 나무는 그 자리에 서서 아무 말을 않지만, 꽃의 향기와 잎의 푸르름과 시원한 그늘과 마지막 열매까지 사람이나 짐승들에게 아낌없이 나누어 줍니다. 사람은 사람들만 통하는 언어가 있지만, 짐승들은 인간에게 언어 대신 형형한 눈빛과 날갯짓과 식물들에게 종을 퍼뜨려주는 역할을 합니다. 이렇게 동물이나 식물 모두를 골고루 살필 줄 아는 사람이 되고 하늘과 땅의 조화를 이루라는 뜻에서 우리 선조들은 연날리기라는 민속놀이로 교육을 해왔습니다. 연을 보세요. 물속에 있는 가오리가 하늘을 날아다니지요. 그 가오리를 높이 헤엄치게 하는 것이 우리 조상의 지혜입니다. 간혹 연실이 끊어지면 서로 다투어 남의 집 담을 넘어 들어갈 때도 있고, 지붕으로 올라가는 일도 있고 끊어져 가라앉는 연을 줍느라고 논바닥 속으로 뛰어가다가 빠져서 옷을 버리기도 하면서 연을 날리지요. 연은 날리는 사람의 솜씨에 따라 포물선을 그리면서 올라갔다 내려갔다 하기도 하고 뒤로 물러갔다 급전진하는 등 자유자재로 날립니다. 또 대보름이 되면 액(厄)연을 띄웁니다. 연에다가 송액영복(送厄迎福)이라 써서 날리고는 얼레에 감겨 있던 실을 모두 풀고는 실을 끊어서 연을 멀리 날려 보내는 것이지요. 연싸움을 잘하면 가끔 양반집이나 부잣집에 불려가기도 하지요. 연날리기는 세계 다른 민족들에게도 있는 풍속이지만, 각기 그 모습이 다르지요. 말레이시아나 태국의 물고기·새모양의 연도 있지만, 우리나라 연은 크고 작은 것들을 막론하고 그 전부가 짧은 장방형 사각(四角)으로 되어 있으며, 바람을 잘 받아 잘 뜨게 되어 있을 뿐더러 연의 가운데에 둥글게 방구멍이 뚫어져 있어 강한 바람을 받아도 바람이 잘 빠지게 만듭니다. 그러므로 바람이 다소 세더라도 연 몸체가 상할 염려가 없습니다. 그리고 좌우로 우회하거나 급강하 또는 급상승, 후퇴나 전진을 마음대로 조종할 수 있습니다. 연 날리는 사람의 솜씨도 솜씨려니와 우리나라 연의 형태는 자유자재할 수 있는 기능을 하고 있습니다. 연날리기는 토(土)의 기운, 즉 땅을 관장하는 금수(金水)의 기운은 상승시키고 천(天)의 기운을 관장하는 목화(木火)의 기운, 즉 하늘을 관장하는 기운은 하강시켜 기운을 골고루 섞이게 하는 조화(造化)를 배우는 놀이입니다.

거인의 퇴장

12

 이는 우주에 가득한 고기압과 저기압의 영향으로 바람을 타고 이동하면 천기라 하고 물과 같이 땅속 맨틀에 의해 움직이면 지기라고 합니다. 풍수지리학에서는 이를 사용하여 천기와 지기를 논하고 신은 팽창과 응축으로 우주의 삼라만상을 교구(交媾)하여 나타나는 현상을 인간의 생활 속에서는 길흉화복(吉凶禍福)으로 논(論)합니다. 우리 백의민족의 경전(經典)인 삼일신고(三一神誥) 원리의 우주 생천설과 천부경의 시종(始終)과 일치되는 원리이지요. 삼일신고란 대종교에서, 단군이 한울·한얼·한울집·누리·참 이치 다섯 가지를 삼천단부(三千團部)에 가르친 말을 뜻하는 것입니다. 이것은 불교의 연기설과 기독교의 창조설 우주의 생성 방법과 상반되는 견해로 우리나라의 풍수지리학은 4차원 세계를 논하는 학문이지요. 음양의 이치로 천문 40자를 선천 후천 정역 시대로 정리하여 선천의 상생과 후천의 상극을 정경에 상생으로 정리한 것입니다. 그리고 연날리기 노래도 흥겹습니다. 한 번 들어보시오. 하고는 노래를 불렀다.

　　에헤야 디야 바람 분다
　　연을 날려보자
　　에헤야 디야 잘도 난다
　　저 하늘 높이 난다
　　무지개 옷을 입고 저 하늘에
　　꼬리를 흔들며
　　모두 다 어울려서 친구 된다
　　두둥실 춤을 춘다
　　에헤야 디야 바람 분다
　　연을 날려보자
　　에헤야 디야 바람 분다
　　우리의 꿈을 싣고
　　모두 다 어울려서 친구 된다

그렇게 노래를 부르고는 또 말을 이어갔다. 우리는 이런 전통문화나 민속에서 문화를 발견하고 세계적인 것을 발견해야 합니다. 그러나 우리 민족은 너무나 당연시하는 게 문제입니다. 봐도 못

본 것과 같고 들어도 못 들은 것과 같고 도무지 생각이란 걸 달아 걸고 살다가 이웃 나라에 자꾸만 침략할 빌미를 제공하는 것입니다. 우리는 지금이라도 우리의 것에 대한 얼을 살리고 거기에 조금 다른 것을 생각해 덧대어 새로운 창조를 해내어야 할 것입니다. 젓가락은 갑골문자를 쓸 때 한자가 생겨나기 전부터 우리 조상들이 써오던 것입니다. 건물이나 모든 것은 다 변하지만, 젓가락은 변하지 않고 끊임없이 생존해 왔습니다. 그럼 왜 그렇게 긴 세월을 견디며 이어올 수 있었을까요? 매일 젓가락으로 밥을 먹는 덕분입니다. 그러나 늘 곁에 있는 것에 대한 고마움을 못 느끼는 것이 문제입니다. 작은 것을 무시하고 큰 것만 생각하고 가진 것에 대한 고마움보다 가지지 못한 것에 대한 부러움으로 욕심을 키우기 때문입니다. 욕구란 인간이 살아가면서 꼭 필요한 것 그러니까 최소한의 먹을 것 최소한의 입을 것 최소한의 잠잘 것 그런 욕구는 인간이 살아가기 위한 것입니다. 그 욕구는 쌀이고 물이고 논밭입니다. 그러나 욕심은 다릅니다. 욕구가 충족되고 나면 인간이 욕심을 부립니다. 예컨대 명품 가방을 가지고 싶고 정원이 달린 집을 가지고 싶고 질 좋은 산해진미를 먹고 싶어 합니다. 그건 다른 말로 사치라고 바꿀 수 있지요. 그러나 그 사치, 즉 욕심은 근본적으로 인간의 마음에 벽을 쌓고 인간들 사이에 위화감을 조성할 뿐입니다. 예를 들면 정원이 달린 별장이 있다고 칩시다. 그 별장을 이고 다닐 것입니까? 지고 다닐 것입니까? 다시 말해 별장은 별장으로 그 자리에 늘 있을 뿐이고 내가 가서 생활하는 시간만 내가 잠시 빌리는 것입니다. 그걸 위해 자신의 마음과 몸뿐 아니라 사람들의 몸과 마음까지 위화감을 조성하는 어리석은 생각 허영심인 것입니다. 그러나 그 허영심은 자신은 물론 주위 사람들까지 불행하게 만들기 때문에 행복한 삶을 살 수가 없습니다. 참된 행복의 삶은 최소한의 욕구와 머리에 쌓아놓은 수만 채의 별장입니다. 그 머릿속 별장은 늘 무겁지 않게 가지고 다니다가 유용하게 쓰고 또 타인에게도 빌려줄 수 있는 별장이기 때문입니다. 그리고 아무리 큰 것이라도 작은 것부터 시작한다는 것을 알아야 합니다. 약한 것과 강한 것이 조화되는 사회, 즉 젓가락처럼 짝을 이루는 사회가 가장 이상적인 사회라는 말입니다. 마음에 별장을 지어놓는 국민이 되어야 하는데 아직 멀었습니다. 윌리엄 블레이크는 이렇게 말했습니다.

'한 톨의 모래알에서 세계를 보고
한 떨기 들꽃에서 천국을 보려면
너의 손으로 무한을 쥐고
한순간에서 영원을 잡아라.'

이 기막힌 말을 우리 대한민국 국민이 얼마나 이해할까요? 젓가락 그 대단한 문화에 날개라도 만들어서 세계로 날려 보내면 좋을 것 같습니다. 우리 젓가락으로 세계를 집어 올리고 우리 젓가락질에서 천국을 보고 우리 젓가락으로 무한을 집어 올리고 젓가락질을 하는 그 순간에서 영원을 잡는 방법을 찾아야 합니다. 아름다움과 기능의 조화란 말인 문질빈빈(文質彬彬)이란 말이 있지요. 우리 조상은 대대로 문질빈빈(文質彬彬)이란 철학으로 시각적 아름다움인 문(文)과 기능(質)의 아름다운 조화(彬彬)를 추구해 단순한 물건이 아닌 삶을 풍요롭게 하는 예술 공간이 되게 했지요. 공간에는 이야기가 있고 디자인에는 철학이 담겨 있는 문화를 개척한 것입니다. 즉 문(文)은 겉모습이고 질은 내면이나 본질이며 빈(彬)은 문과 질을 조화롭게 갖춘 훌륭한 어우러짐입니다. 그래서 조화와 균형을 강조하기 위해 빈빈(彬彬)이라고 빈을 강조했지요. 결론은 겉모습과 내면이 균형을 잘 이루는 이상적인 것을 나타내는 말이지요. 이건 비단 사람에게만 적용되는 것이 아니라 전통문화나 우주 전체의 조화 역시 음양조화(陰陽造化)를 이루어야만 모든 생물이 균형 있게 살아간다는 뜻도 있답니다. 우리 조상들은 무형에서 유형을 창조하는 과정을 잘 보여주는 생활 속의 예술을 실천해 삶의 가치와 질을 높이고자 했던 것입니다. 곧 생활 속에 문과 질이 조화롭게 스며드는 방법을 연구한 겁니다. 논어 옹야 편에는 '질승문즉야 문승질즉사 문질빈빈연후군자(質勝文則野, 文勝質則史, 文質彬彬然後君子)'라고 했습니다. 그 말은 본바탕이 외관을 지나치면 촌스럽고 외관이 본바탕을 앞서면 겉치레만 잘한 것이니, 외관과 본바탕이 잘 조화된 뒤에야 군자라 하겠다.'라고 한 말입니다. 그 말은 아름다움은 조화에서 오는 것이라는 말입니다. 사람도 마찬가지로 그릇은 크나 교양을 쌓지 않으면 촌스럽고 국량은 좁은데 너무 꾸미려다 보면 가분수가 된다는 뜻입니다. 본바탕과 외관은 온화하면서도 절도가 있어야 하고 가난해도 원망하지 말고 부자라고 자랑하지 말며 지나침과 모자람이 없도록 늘 책을 읽어 마음을 평정시켜야 한다는 말입니다. 이 세상 밥 먹는 문화는 민족에 따라 다릅니다. 손으로 먹는 사람과 포크와 칼로 먹는 사람과 젓가락으로 먹는 문화권이 있습니다. 젓가락으로 먹는 문화는 벼를 주식으로 먹는 문화권 사람들이지요. 옛날 젓가락은 갑골문자에도 이미 나와 있었습니다. 그만큼 우리 조상들은 삶 자체가 예술이도록 문화유산을 많이 남겼습니다. 감탄사가 절로 나오는 대단한 것입니다. 나도 조국을 잃지 않았다면 인생이 달라졌을 겁니다. 나의 상상력이나 창조력을 이용해 예술이라는 생명 장치를 만들었다면 얼마나 고요하고 고고하게 살 수 있었겠습니까? 그러나 시대는 나를 그렇게 고고하고 고요하게 살 수 있도록 두지 않았습니다. 시대를 잘 못 타고 태어난 것입니다. 다시 태어나면 내 생각을 쓰고 세상을 모두 잘라다가 글을 쓰는 곳으로 태어나고 싶습니다. 이번 생에 개인을 위해 산 적이 없으니 다음 생엔 내가 원하는 대로 태어나게 해주시겠지요? 그렇게 말하고 남편은 나를 쳐다보았다. 나는 나의 남편은 감성과 이성이 잘 조합된 사람이라는 생각이 들었다.

그렇지 않고 감성만 발달했거나 이성만 발달했다면 절대로 저런 사람이 될 수 없다는 생각을 했다. 왜냐하면, 만약 감성만 있다면 흘러가는 강물을 보면서 저 흘러가는 강물을 보오. 당신의 머릿결은 꼭 저 흐르는 강물처럼 구불구불 싱그럽고 아름답군요. 저 강물 흐르는 소리는 꼭 당신의 감미로운 목소리 같아요. 저 고운 강물의 살결은 꼭 당신의 살결같이 보드레 곱군요. 강물의 등은 꼭 당신의 뒷모습 같구려. 유유히 흘러야 할 강물이 소용돌이쳐야 하니 너무 이른 날씨에 피어나 흐르느라 길을 잘못 택해 애간장이 끊어지는 슬픔 같은 사람, 아! 저 강물의 늑골과 늑골 사이에 얼마나 많은 슬픔이 흐르는지 모르고 부작성 흐르는 사람아! 그렇게 말하고 말았겠지요. 그런데 조금 걷더니 또 대뜸 나를 쳐다보면서 한다는 소리가 저 강물을 막아서 수력발전소를 만들면 얼마나 많은 에너지를 얻을 수 있을까요? 지금 우리 조국은 에너지원이 전혀 없습니다. 저 물로 반드시 조국이 잘 살 수 있는 에너지도 만들어야 하고 할 일이 많은데 저놈의 일본놈들이 나라를 삼키려고 하니… 하던 만난 지 얼마되지 않던 어느 날의 이야기가 달려왔다. 나의 남편에 대해 나는 늘 물음표 같다가 느낌표 같다가 종잡을 수 없는 생각이 오갔었다. 남편은 매일 죽고 태어나는 일상을 오가면서도 두려움이 없던 사람이었다. 매시-업(mash-up) 다시 말해 남편 이승만은 리믹스와 샘플링 같은 음악 혼합 제작 기법을 가지고 있는 뇌를 가진 사람이 틀림없다는 생각을 여러 번 했었다. 어느 날

문득 자신의 나라에는 애국가가 두 개라면서 노래를 불러줄 테니 들어보라고 했다. 그러고는 이 노래는 5천 년 전 배달국 단군조선부터 고구려까지 울려 퍼진 조화의 노래인 제천가 어아가(於阿歌)니 당신도 배워야 하오. 다시 말해 우리 민족의 정체성과 조상 숭배 자연과 하늘 인간의 조화를 담은 정신적 애국가입니다. 이 어아가가 우리나라 최초의 애국가였으니 잘 들어보시오. 이 노래는 단군조선 제2대 부루단군 시기부터 불렸던 노래입니다. 뜻은 어머니 어(於)와 아버지 아(阿)를 따온 상징적 표현으로 조상과 하느님께 바치는 감사의 노래였지요. 어아가는 선사시대 그러니까 환웅 시대로 거슬러 올라가며 고구려 광개토태제 동명성왕 시기에도 국가적 제사와 전쟁 시 불릴 만큼 역사와 전통적인 노래입니다. 하면서 노래를 불러주었다. 남편에게는 언제나 조국에 대한 새로움이 파릇파릇 싹텄다. 나는 이 노래를 듣고 나도 모르게 곡이 너무 애절해 울었다. 너무 구슬프게 잘 불러서 애절했는지, 조국에 대한 애국심에 감동해서 울었는지는 나도 내 마음을 잘 알 수 없었다.

어아가(於阿歌)

어아아 어아~ 어아
우리 조상신의 크나큰 은덕은
배달나라 우리 모두

백백천천 오랜 세월 영원토록 잊지 마세!

어아~어아~
착한 마음 큰활이 되고
악한 마음 과녁이 되네
우리 백백천천 사람 모두
큰활줄로 하나 되어
착한 마음 굳은 화살처럼
한 맘으로 똑같아라

아아아 어아
우리 백백천천 사람 모두
큰활되어 수많은 과녁을
꿰뚫어 버리리라
펄펄 끓는 하나로 된 착한 마음에
악한 마음은 한 덩이 녹아내리는 한 덩이 눈이어라

어아~ 어아아아
아아아아 우리 백백천천
사람 모두 큰활처럼 굳세게 한 맘이라
배달나라 광영일세

백백천천 크고 크신 은덕이시여

우리 크고 크신 조상신이시여

우리 크고 크신 조상신이시여

그러고는 남편은 느닷없이 개미 이야기를 해주었었다. 우리 인간은 개미에게 많이 배워야 합니다. 개미들은 먹이를 찾을 때는 단체로 이동하지 않습니다. 개미들을 각자 어지럽게 다니며 먹이를 구한 다음에 곧장 일직선으로 집으로 향합니다. 무엇을 구하는 일은 논리나 합리로 되는 것이 아니라 이곳저곳 동서남북 돌아다녀야만 구할 수 있다는 교훈을 주는 것입니다. 그렇게 부지런히 홀로 뛰어다니며 먹이를 구한 다음에는 개미들을 불러모으지요. 찾기는 혼자 찾고, 찾고 나면 동료들을 모아 함께 불러모아 먹는 아주 의리 있는 곤충입니다. 인간도 목표를 찾기 위해 방황하다가 찾고 나면 그 목표로 함께할 사람을 모아 사회를 이롭게 하는 일이라면 함께 해야 합니다. 목표를 정하고 어지럽게 다니며 방황하고 헤매고 고통을 겪은 다음에 먹이라는 것을 얻을 수 있습니다. 그러나 우리 대한민국 사람들은 반대로 움직이고 있습니다. 나라를 구할 때는 침묵하며 자신의 이익만을 추구하며 이익 추구만을 위해 일직선으로 가던 사람들이 모두 공산당에 조종 당해 거리로 뛰쳐나와 어지럽게 뛰어다니는 저 모습에 참혹함을 느낍니다. 공산주의가 깔아놓은 방석 위에서 모두 춤추는 사람들을 어찌해야 할지 암담하기만 했던 시절입니다. 새로운 사회, 곧 공산주의자들은 쿠데타를 혁명이란 탈을 씌웠는데 그 가짜 혁명의 탈을 쓰고 저렇게 날뛰니 저 혁명은 또다시 공산주의란 권력에 의해 변질하고 숙청될 것은 불 보듯 뻔한 일입니다. 국민은 왜 이 무상한 공산주의에 대항하지 못하고 파도를 타고 있는 것일까요? 나는 역사의 격동적인 파도에서 역사를 뛰어넘은 역사를 만들려다 이렇게 역사에서 쫓겨나고만 것입니다. 공산당이란 파도와 같아서 파도 하나를 넘고 나면 또 다른 파도가 밀려오는 것과 같은데 우리 국민은 그 파도가 자신의 삶을 나아가서 나라 전체를 삼킬 것이란 상상도 못 하고 있으니 답답할 뿐입니다. 그렇게 죽는 날이 다가오는데도 오로지 조국에 대한 교육을 내게 시키는 남편이었다. 남편은 날이 갈수록 더욱 심해졌고 트리풀러 병원에 입원했었다. 앗니 그리고라 토스라는 그리스계 미국인 주치의는 뇌파 검사를 하고 나서 내게 이제 준비를 해야겠습니다. 더 이상 희망이 없습니다.라는 말에 나는 털썩 주저앉고 말았다. 30년을 마음을 다 바쳐 한결같이 믿고 따르며 지지해 준 남편과 이별이란 말이 믿기지 않았었다. 언제나 강한 나였지만 나도 죽음 앞에서는 주저앉아 울었다. 남편은 아무것도 모르고 나를 몇십 년간 여기 미국에 감금해 둘 거냐? 언제 한국에 갈 수 있느냐, 정 못 가게 하면 내가 걸어서라도 한국에 갈 테다.라며 신발을 찾았고 주치의는 더 이상 하와이에 있다가는 비행기를 탈 수 없을 수 있으니 지금이라도 저렇게 원하시니 조국으로 가시

도록 절차를 밟아보시지요? 하고 나에게 권했었다. 나는 지인들을 통해 한국으로 가기 위해 절차를 알아보았다. 그러나 그것은 헛된 꿈이었다. 잘못된 이념과 사상에 젖은 나라를 찾아서 세운 국부를 한국에서는 거부했었다. *사과도 없이 어떻게 들어올 수 있냐고* 보도했다. 그러나 대부분 국민은 남편의 귀국을 반대하지 않았다. 갑자기 방정맞게 지난날들이 떠올랐다. 국민의 힘은 일부 빨갱이들의 여론을 무마시켰고 이승만 국부, 그러니까 나의 남편의 귀국 준비는 빨라졌었다. 한국의 추운 날씨를 생각해서 겨울 모자와 두꺼운 옷을 준비했었다. 가족의 비행기 표까지 예매하자 휠체어에 앉아서 매일 밖만 내다보고 좋아했었다. 월버트 최 씨도 우리 부부가 거처하던 김말이 키기의 목조 주택을 팔기 위해 내놓았었다. 1962년 3월 17일 출발 전부터 남편은 휠체어에 의지했었다. 하와이 교민들과 교포들에게 귀국 소식이 알려지자 교포들이 달려와 작별 인사를 하자 남편은 어린아이처럼 환하게 웃으며 *우리 서울서 다시 만나세. 내가 서울 가면 당신들을 꼭 초대하겠소.* 하고 손을 흔들며 기뻐했었다. 드디어 출발 당일 식사를 마치고 옷을 갈아입고 소파에 앉아 출발을 기다리고 있는데 9시 30분 검은 세단이 집 앞에 멈추더니 김세원 총영사가 내렸다. 방에 들어온 영사는 최백렬 월버트 최 씨와 우리 부부와 아들과 함께 앉았다. 그리고 무겁게 입을 열었다. *대단히 죄송합니다. 이 박사님, 우리나라를 위해 일 많이 하시고 늘 우리나라 잘 되게 하려고 애쓰신 것을 우리*

가 잘 알고 있습니다. 지금 총영사가 말씀드리는 것을 바다와 같이 넓으신 마음으로 받아들여 주시면 고맙겠습니다. 남편은 무슨 애길 하는 거냐는 듯 불길한 표정을 짓고 있었다. 무슨 말이야 어서 말해 보시오. 하자 본국에서 아직 때가 이르다고 조금만 더 기다려 달라고 하십니다. 하고 정부의 귀국 만류 권고를 전하자 남편의 눈은 붉게 충혈되고 있었다. 아들은 아버지의 싸늘해진 왼손을 계속해서 주무르며 진정시키려 했었다. 아무 말 없이 몸을 아들에게 맡기다시피 있던 남편은 결심한 듯 한마디 했었다. 지금 나라가 어떤가? 예 잘 되어가고 있는 듯하니 조금만 기다리시면 모시러 온다고 합니다. 하자 내가 죽은 다음에 오라고 하시오. 그리고 당신들 잘 들으시오. 지금 공산당 빨갱이들에게 나라를 빼앗기면 당신들은 모두 노예가 되고 말 것이니 명심하고 밥그릇 챙기는 데 정신 쏟지 말고 나라를 잘 챙기시오. 이번에 빼앗기면 우리 후손은 대대로 노예로 살아야 함을 잊지 말고 명심하시오! 잘 전하겠습니다. 하고 대화를 마친 영사가 돌아갔고 남편은 다시 침대에 누웠었다. 허탈함과 서러움에 빠져 넋을 잃은 표정인 아버지를 보며 아들은 단신으로 귀국할 결심을 하고 내게 말했었다. 어차피 모든 준비는 다 되어 있었으니 제가 지금 귀국해서 이 문제를 풀어보아야겠습니다. 아버지는 나라를 위해 이 시간까지 저렇게 나라 걱정만 하는데 빨갱이들에게 조종을 당하는 나라를 그냥 두고 볼 수는 없습니다. 이 길로 귀국해서 일을 풀어볼 테니 아버님 어머님 조금만 기다려 주십시오! 하고 결심을 아버지께 아버지께 말하고 잠깐 다녀오겠습니다.라는 인사를 하고 귀국을 서둘러 돌아갔다. 그리고 집을 떠나기 전 아버님 어머님 조금만 기다려 주세요. 제가 서울에 가서 하루빨리 아버님을 모시러 오도록 하겠습니다. 하고 인사를 하고 집을 나서자 남편도 나도 마당이 젖도록 눈물을 흘렸었다. 그런 악몽 같은 시간이 요양원에 누워 있는 남편을 간호하는 내게 무작정 다가와 앵앵거렸었다. 남편은 그런 생각을 하는 내 속을 꿰뚫어 보기라도 하듯 말했었다. 절망적인 생각을 하는 사람에게는 늘 절망이 눈앞에 와서 기다리고 긍정적인 생각을 하는 사람에게는 희망 문이 늘 열려 있습니다. 절망적인 사람 앞에는 늘 빗장이 걸려 있지만 희망적인 사람에게는 늘 문이 열려 있어 원하는 곳으로 나갈 수 있어요. 지금 당신 생각에 절망의 빗장을 걸고 있군요. 희망은 달려오는 것이 아니라 내 생각으로 맞이하는 것입니다. 절망은 맞이하고 창조해야 한단 말입니다. 당신 생각에 걸려 있는 빗장을 풀어버리면 희망이 달려옵니다. 그리고 희망은 햇살처럼 빛나는 것입니다. 희망의 종소리가 공중에 달려 치지 못한다고 생각하지 말고 공중에 달려 있어도 칠 수 있다고 생각해야 합니다. 칠 수 있다고 생각 문을 열어놓으면 바람이 치거나 까치가 치거나 하느님이 치거나 누가 쳐도 친다는 걸 잊으면 안 됩니다. 희망을 향해 뛰어오르세요. 생각 문을 활짝 열어놓고 두 팔 벌리고 기다리세요. 그러면 희망이 한달음에 달려올 겁니다. 아무 말

없이 듣고 있자 내 말 듣고 있소 자고 있소? 하고 물었었다. 예 잘 듣고 있습니다. 생각의 빗장을 열어두겠습니다. 어서 그만 말씀하시고 좀 쉬세요. 말씀 많이 하시면 기운 빠져요. 하니 나 아직 힘 많아요. 하고 어린아이처럼 해맑게 웃었었다.

봉(鳳)의 귀천

대한민국은 이승만이라는 봉(鳳)을 잡았었다. 봉(鳳)을 잡았으면 잘 지켜야 하지만 봉(鳳) 잡은 것을 알 리 없는 사람들은 봉(鳳)을 그대로 날려 보내고 말았다. 대한민국의 봉(鳳)은 1962년 3월 17일 귀국이 좌절되자 건강이 급속도로 악화하기 시작했었다. 혈압이 급속도로 올라가고 뇌출혈 증상이 생겨 트리풀러 육군병원에 입원하여 응급조치를 받고서야 정상을 회복했었다. 아들마저 서울로 가버려 두 부부만 남게 되었었다. 나는 수족이 자유롭지 못한 남편을 극진히 간호하며 살폈었다. 하와이 교민사회에 남편의 상태가 알려지자 각처에서 동정과 호의가 베풀어지기 시작했었다. 평생을 바쳐 구했던 나라로부터 버림받았지만, 하와이 교민들은 끝내 버리지 않고 열심히 다녀가며 위로와 격려와 걱정을 내려놓고 가곤 했었다. 교포들은 남편을 보면서 한국 정부의 처사에 반발했었다. 분명 공산당의 짓인데 그걸 몰라본다고 분개했었다. 그리고 공산당을 쫓아내지 못하고 나라의 국부를 이 꼴로 만든 한국의 앞날을 걱정하는 사람이 더 많았었다. 국부가 이렇게 뇌출혈과 중풍이 온 것은 나라에 대한 울분 때문이라며 모두가 한마디씩 했었다. 점점 상태가 악화되어 다시 마우나라니(Maunalani) 요양원으로 가게 되었다. 이 요양원 운영자 역시 국부가 독립운동을 할 때부터 이승만을 존경하며 도움을 주던 사람이었다. 하와이에서 5대 재벌인 딜링햄 씨가 운영하는 요양원인데 딜링햄 씨는 국부를 환영하며 옮겨 주었었다. 이 요양원의 후원자들 역시 월버트 최 씨 외 국부와 막역한 사이여서 옮기는 데 어려움은 없었다. 이승만 국부의 자존심을 아는 터라 이들은 서로 의논 끝에 요양원에 와주시면 고맙겠다는 편지를 먼저 보냈었다. 나는 그때 그 편지를 들고 남편에게로 갔었다. 여보, 요양원에서 편지가 왔네요. 하자 남편 조용히 팔을 뻗어 편지를 받아 들고 읽었었다. 우리 모두 존경하는 이 박사님을 저희 양로원에서 모시고 싶습니다. 모든 비용은 무료로 해 드리겠으니, 프란체스카 여사의 수고로움도 덜 겸 모실 수 있도록 허락을 바랍니다. 하루라도 빨리 옮기시는 게 하루라도 조국에 빨리 가시는 길이 된다고 생각합니다. 허락해주시면 감사하겠습니다. 나는 그들의 이 호의가 말할 수 없이 고맙게 느껴져 눈물을 흘렸었다. 남편은 아내의 눈물을 보면서 아내를 한평생 고생만 시켰다는 생각이 들어서인지 왜인지는 모르겠지만 가야겠다고 쉽게 결정을 했었다. 그렇게 남편의 허락이 떨어지고 요양원으로 옮기겠다고 하니 교포들이 모두 와서 도와주었었다. 요양원 병실에는 침대가 하나 밖에 없었지만 병원 측에서 본관 건물 뒤편에 작은 방 하나를 나를 위해 마련해 주었었다. 나는 울보가 되어 고마움에 또 눈물을 줄줄 흘리며 고맙다고 인사를 했었다. 3월 29일 남편과 내가 마우나라니 요양원으로 이사하는 날은 날씨도 화창하고 좋았었다. 나는 날씨가 화창하고 좋음에 마음이 불안했었다. 차라리 비라도 내리면 마음이나 편할 것 같았었다. 그러나 하늘은 무슨 이유에선지 얄밉도록 해맑게 웃고 있었다. 햇빛이 아롱아롱 춤추고 새들의 노랫소리에도 물이 통통하게 올랐다. 늙은 한이 꾸물꾸물 허공에서 맴돌았었다. 낡은 영혼 울타리에 하얀 겨울을 깔고 앉아 덜덜 떨고 있었다. 무엇인가 쌓인다는 말은 소멸한다는 말과 동의어다. 소멸이란 말처럼 아득하거나 부질없는 말도 없다. 강물 소리에서 튕겨 나오는 냄새를 잘라서 꺾꽂이를 한다면 만물이 싱싱하게 자랄 수 있다고 생각하고 강물 냄새 쌓인 곳으로 달려가 보는 내 머리는 바보 멍청이 같은 짓을 했었다. 솜털처럼 송송 솟은 코털들이 강물 냄새를 모두 걸러내고 버들강아지처럼 송송 솟은 귀속에 털이 강물 소리를 모두 걸러내고 있다는 것을 모르는 무지한 생각을 하는 내 머리는 바보 천치인 것 같았다. 괜스레 이 좋은 날씨에 자꾸만 눈물이 울컥울컥 솟아올라 불길한 생각이 들었던 그때 그 날들이었다. 자꾸만 주체하지 못할 과거가 달려왔다.

거인의 퇴장

13

　정체된 생각은 썩는다는 말을 모르는 나는 병신 쪼다다. 담벼락 아래 쌓인 햇살엔 나라 위해 싸우다 죽은 아비의 아들이 산다. 나라 위해 싸우다 죽은 아들이 보고 싶어 날마다 수수밭에 피 토하며 늙은 한을 전쟁에 아들을 잃어보지 못한 사람은 알 수 없다. 늙은 한이 수수 이삭마다 주렁주렁 열려 붉은 애간장으로 말라 가고 있다. 바람으로 일렁이는 붉은 저 애간장은 뼛속을 파고드는 대못이다. 허파 부풀려 공중에서 허허 헛웃음 뿌리는 노인의 눈길이 바람의 눈빛에 다 닳았다. 사그락거리거나 싸그락거리는 소리는 가고 없는 남편이 다 닳아가는 소리 같다. 별빛 쌓인 대나무숲에서는 밤마다 기도가 파랗게 자란다. 그리움이 파랗게 자란다. 그래서 시인들은 대나무와 별빛을 묶어서 시를 쓰는 것 같다. 이제 국부가 삶을 놓아버리고 폐허엔 거미가 집을 짓고 바람이 수시로 드나들며 마당 가에 짙게 깔린 그늘을 흔들며 집을 지키며 고독으로 거미줄을 치며 살아야 하는가? 시간이 쌓인 곳에는 진화가 쌓이고 진화가 쌓인 곳에는 재앙이 쌓인다는 이 평범한 진리를 사람들은 알지 못한다. 잠이 쌓인 곳은 모두 무덤이듯이 진화가 쌓인 곳은 재앙의 무덤이다. 국부인 나의 남편은 거울 보리보다 더 파란 울음을 세상에 남겨 놓고 깜부기보다 검은 정신으로 또 다른 방법으로 조국을 구하기 위해 떠난 것이다. 펑펑 쏟아지는 폭설보다 더 서럽게 쌓이는 슬픔이 발효되는 데는 너무 많은 시간이 필요하다. 전쟁 때 죽은 바람이 매섭게 달려와 오열을 한다. 이 바람은 모두 죄의 바람이다. 죄의 오열이다. 살얼음 언 강물엔 겁이 얼어 있듯 그리움이 쌓인 한은 자꾸 늙어늙어 저세상으로 가는 중이다. 나는 생각에 끌려다니느라 더욱 서글픔을 자꾸 불러들인다. 나의 머릿속으로 또 지난 기억이 우르르 몰려왔다. 남편이 나빠질 때 조마조마했던 시간이다. 조마조마 며칠이 지났지만, 남편이 더 좋아지길 애초에 기대하지 않았기에 더 나빠지지만 않고 있다가 조국에서 귀국해도 좋다는 소식을 들을 수 있으면 좋다는 생각으로 나는 있는 힘을 다해 돌보았었다. 그러나 이미 남편의 혼령은 서서히 저승으로 갈 채비를 하고 있다는 생각이 사실로 다가왔었다. 하루에 멀쩡한 정신이 드는 시간이 점점 짧아지고 있었기 때문이었다. 나는 가끔 혼을 조문하러 오는지 헛소리를 하는 남편이 서럽고 기가 막혀 울음이 밀려오곤 했었다. 헛소리가 잦아졌었다. *언제 서울*

가? 비행기 표는 끊어뒀어? 서울 갈 준비해야지! 자꾸만 헛소리가 허공을 맴도는 시간이 많아지고 헛손질까지 하는 모습을 보며 나는 차라리 내가 대한민국으로 날아가서 따지고 싶었었다. *왜 온 힘을 바쳐 나라를 구하고 나라를 세운 국부를 추방해 죽지도 못하게 하느냐?* 고. 그러나 남편의 말대로 그들도 공산당의 꼭두각시가 되어버렸는데 그 말이 통할 리가 없었기에 포기해야만 했었다. 그렇게 안타깝게 시간은 흘러흘러 갔었다. 그러던 어느 날 나의 남편, 이승만 대통령, 대한민국의 국부가 숨을 거두기 하루 전 조용히 일어나 앉아 침대에 기대어 종이 한 장을 가져다 달라고 했었다. 유언을 남기려나 싶어 나는 공책 한 장을 가지런히 찢어서 만년필과 함께 가져다주었었다. 남편은 힘들게 일어나 앉아 가져다준 하얀 백지로 무언가를 쓰려는 게 아니었다. 만년필은 필요 없다며 떨리는 손으로 종이를 잡을 때 나는 덜컥 겁이 났었다. 혹시 치매가 아닌가 싶어서 의사에게 달려가서 *남편이 이상해요!* 숨이 넘어가듯 말을 했었다. 나의 말에 의사는 아무것도 묻지 않고 함께 병실로 달려왔었다. 의사는 아무 말 없이 남편을 바라다보고만 있었다. 남편은 두 사람이 와도 아무 말도 없이 자신이 하는 일에만 열중하고 있었다. 종이를 접어 침을 묻히더니 잘라내고 있었다. 보다 못한 의사가 박사님 뭐 하시는 겁니까? 어디가 불편하십니까? 하고 묻자 남편은 너무도 태연스럽게 *보면 알아. 아니 당신들은 봐도 몰라. 우리나라 노래를 접고 있어.* 나와 의사는 서로 마주 보며 눈

이 둥그레졌었다. 의사도 이상하다는 듯 다시 물었다. 아니 박사님 노래를 어떻게 접는다고 그러십니까? 어디가 많이 불편하십니까? 제가 누군지 알아보겠습니까? 하자 남편은 당신이 누구긴 의사지. 의사는 병이나 고치지 노래 접는 법을 알 턱이 있나? 내 노래를 어떻게 접어서 날려 보내나 잘 누고 보라고. 이런 건 우리 대한민국 밖에 없는 노래니까. 당신들이 알 턱이 없지. 하면서 웃으며 신이 나서 종이를 접는 모습을 조용히 바라보며 서로를 쳐다볼 뿐 아무 말도 못 했었다. 한참을 지켜보던 의사가 말했었다. 아무래도 병세가 더 악화하고 심각해지는 것 같습니다. 조국에 대한 애국심이 워낙 강하던 분이라 이제 죽음 앞에 기운이 다 쇠하니 저렇게 치매로 나타나는 것 같습니다. 그럼 어떻게 치료를 해야 하나요? 약은 없습니까? 어서 약을 구해서 치료해 주세요. 오늘 처음으로 저런 증세가 나타나니 아직 초기일 겁니다. 그러니 얼른 치료를 시작하면 나을 수 있어요. 의사 선생님 부탁합니다. 어서 치료해 주세요. 저건 약으로 될 일이 아니고 조국으로 돌아가지 않으면 어려울 병입니다. 대한민국으로 간다고 해도 이제는 다시 돌이킬 수는 없을 듯하니 지켜보는 수밖에 달리 방법이 없습니다. 의사의 말을 들은 나는 나도 모르게 눈에서 다시 눈물이 주르르 흘러내렸었다. 내가 우는 걸 본 남편은 너무도 아무렇지 않게 아니, 내가 우리나라 노래 접어서 날리고 노래 불러준다는데 울기는 왜 울어? 울지 말고 잘 보라고. 그렇게 자꾸 조그만 일에 울면 내가 죽고 나면 혼자 이

험한 세상을 어찌 살아가려고 하오. 조국이 나도 버렸는데 당신을 돌봐줄 리는 없고. 아니 아니 아니지. 내가 죽어서 천상에 가면 우리 조상님들이 당신을 조국으로 초대해서 편안하게 잘 살 수 있게 해줄 거야. 내가 그렇게 부탁할 테니 걱정하지 말고 이 노래 접어 날리는 거나 잘 보시오. 어서 이리 가까이 와요. 이게 마지막일지도 모르니 신부는 신랑 말을 잘 들어야 정이 붙는 법이오. 프란체스카 당신이 처음부터 나한테 반했잖아. 그러면 처음하고 똑같이 마지막까지 반해서 내게 잘해야 하오. 어서 이리 가까이 와서 내 마지막 유언을 잘 들어야지. 했었다. 나는 처음 사랑하던 생각을 하고 신랑 가까이에 떨리는 마음으로 다가갔었다. 신랑 이승만은 신부가 가까이 가자 잘 보시오 하고는 *하나, 둘 셋 넷* … 하고 어린 아이처럼 숫자를 세면서 종이를 접었었다. 나 프란체스카는 신부가 되어 이승만 신랑 가까이 다가갔었다. 마지막이라는 말에 가슴이 철렁 내려앉았었다. 세상은 온통 깜깜하고 아득했었다. 깜깜함만 안개처럼 가득 퍼졌었다. 어둠 가운데 더 어둠이 몰려들어 어둠끼리 끌어당기며 집어삼키며 다시 어둠을 낳고 또 낳고 그렇게 어둠이 사방천지를 지배하고 있었었다. 세상에 어둠 아닌 것은 존재하지 않는 듯했었다. 쉬지 않고 확장해 가는 어둠의 극한에서 더 어두워 버린 채 발견된 어둠은 어둠의 사체이거나 어둠의 뱃속이거나 어둠의 선구자이거나 어둠의 조상이었을지도 몰랐었다. 어둠도 세상 일부로 당당하다면 받아들여야 할 것인데 나는 잘 몰랐었다. 절반은 어둠으로 점철된 것이 세상이니까? 사라진 어제까지는 모두 어둠이니까. 어쩌면 어둠이 더 많은 면적을 차지할지도 모른다는 생각을 했어야만 했었다. 늘 앞서가는 어둠은 늘 앞서가는 뒤쪽으로 사라지고 마는 것이었다. 어둠의 채도와 명도는 무엇보다 넓이나 부피나 깊이가 다른 어둠이었있다. 그렇다고 어둠이 사라진다고 하면 밝음 역시 사라질 것이 뻔한 이치인데 어둠과 밝음 조화의 깊이도 넓이도 부피도 알 수 없는 인간으로 태어난 이유는 무엇이란 말인가! 불안했었다. 어둠이란 생각 자체가 무의미하거나 불필요한 것인지도 모를 일이었다. 결과적으로 사람들은 어둠 속으로 모든 것을 탕진하고 마는 것인데 광활한 영공과 광활한 우주에 생명이란 이름으로 생을 소진하고 버려지고 죽어 사라지는 생명. 어둠은 어둠으로 태어나고 어둠으로 죽는 것인데 어둠 속에 묻혀서 태어나고 어둠 속으로 다시 사라지는 생명체를 가지고 어둠은 장난을 치고 있고 우린 거기에 유린당하고 있단 말인가! 태어날 때도 죽을 때도 처음과 마지막까지 모두 어둠에 싸이고 마는 인간은 인간이 아니었으면 무엇이었을까? 무엇으로 태어났어야 어둠을 지배하고 어둠을 없앨 수 있었는지 알지 못했었다. 어둠은 형체도 모양도 냄새도 없는 것이 아무리 보아도 보이지 않는 것이 어디 한 귀퉁이라도 허점을 보이지 않고 어둠기만 했었다. 어둠과 밝음이 지금까지 싸웠겠지만, 전쟁은 끝나지 않고 지속되는 것 같았었다. 늘 어둠과 밝음은 반복하며 엎치락뒤치락, 끝나지 않을 싸움을 하고 있다고 느꼈었다. 이 싸움에 생명체 옆구리만 터진다고 생각했었다. 그렇게 많은 생명체가 죽어서 어둠에 끌려가도 눈썹 한 올 까딱하지 않는 저 잔학무도한 어둠. 저 어둠을 밀어낼 방법을 연구한다면 가히 인간이 신을 이겼다고 말할 수 있겠지!라고 교만 비슷한 생각을 했었다. 그러나 어둠은 흙 속에 바람 속에 어디든지 파고들어 도저히 밝음이 승리할 확률은 기대하기 어렵다는 결론을 냈었다. 그냥 함께 사이좋게 이렇게 죽이고 죽고를 반복하며 살아가야 하나? 나, 프란체스카 신부가 이승만 신랑의 손을 잡고 잠시 생각을 어둠 속으로 침몰시키고 있는 순간 이승만 신랑이 스르르 잠이 들었었다. 신부의 손바닥은 조용히 신랑의 얼굴을 쓰다듬었다. *참으로 대단한 신랑이여! 누가 뭐래도 당신은 이 세상에서 가장 멋진 삶을 살아온 분입니다.* 그렇게 말하고 이불을 덮어주고 밖으로 나오려는 순간 신랑은 말했었다. *신부가 신랑을 혼자 두고 어딜 가면 못써. 내 다시 노래 접어 날려줄 테니 이리 와요!* 이 치매 같은 말에 신부는 또 왈칵 눈물이 쏟아졌지만 어쩐지 마지막일 거라는 예감 때문에 다시 발길을 돌려 신랑 옆으로 갔었다. 신랑은 아주 신이 나고 재밌다는 표정으로 사각 종이로 비행기를 접어 신부 손에 쥐어주며 말했었다. *이게 비행기요. 이 비행기를 타고 대한민국에 가주오.* 하면서 비행기를 공중에 휘리릭 날렸었다. 비행기가 갑자기 금방이라도 우주를 날아오를 듯이 날아가 문 앞에 떨어지자 신랑은 신부에게 말했었다. *인생은 이렇게 백지로 태어났*

227

지만, 이걸 잘 접으면 어디든 날아갈 수 있는 비행기가 되는 법입니다. 그리고 이 비행기를 날리면 이 세상 어디든 날아갈 수 있으니 당신도 이 비행기를 타고 대한민국에 날아가서 나의 이 노래를 나 대신 불러주길 바라오. 하고는 목을 가다듬는 모습에 신부인 나는 또 눈물이 흘렀었다. 눈물을 손가락으로 닦으면서 내 이제부터 노래를 부를 테니 당신이 이 노래를 배워서 내가 죽은 뒤 대한민국에 가서 꼭 불러주오. 눈물을 닦는 신랑의 손에 온기가 없어서 눈물이 자꾸 쏟아지는데 신랑은 아무것도 모르고 악보 대신 신부의 손을 잡고 노래를 불렀었다.

떴다 떴다 대한민국
날아라 날아라
높이 높이 날아라 우리 대한민국

내가 만든 우리 대한민국
날아라 날아라 우리 대한민국
멀리멀리 날아라 우리 대한민국

그리고 손을 꼭 쥐어 힘을 주며 말했었다. 내가 가라앉는 나라를 죽을힘을 다해 건져 올리고 공산주의의 총알을 가슴으로 받아내어 건져놓고 한미 상호 보호조약으로 튼튼하게 안전장치를 해

두어 우리나라를 북한뿐 아니라 중국 일본 어느 나라도 넘보지 못하게 보초를 세워 놓았으니 이제 조상을 만나 뵐 면목은 서겠습니다. 조상님들 곧 찾아뵙겠습니다. 했었다. 나, 프란체스카 신부는 이승만 신랑의 손을 잡고 유언 같은 말을 끝까지 들으며 가슴이 아려와 울음이 강물처럼 흘렀었다. 눈물이 줄줄 흘러 신랑 신부의 손을 다 적셨었다. 신부와 자신의 손이 눈물로 다 젖었는데도 아는지 모르는지 신부의 손을 놓은 신랑은 침대 밑에 하얀 홑이불을 걷더니 무언가를 꺼냈었다. 그리고 하얀 편지 한 장을 손에 쥐어주었는데 편지에는 이렇게 적혀 있었다.

불요파(不要怕): 두려워하지 마시오

불요기(不要棄): 대한민국에 가는 것을 포기하지 마시오

불요회(不撓悔): 나와의 삶을 후회하지 마시오

내가 먼저 죽는다고 두려워하지 말고 나의 시체라도 조국에 묻어주는 것을 포기하지 말고 나를 위해 인생을 다 써버렸다고 후회도 하지 마시오. 어떤 일이든 두려워하지 않고 하려고 생각하면 길이 생기니 두려워 마시오. 두려워하다가 보면 모래 한 알도 옮길 수 없음이니 걱정조차도 걱정할 필요가 없다는 뜻이오. 걱정한다고 걱정이 없어진다면 무슨 걱정이겠습니까? 걱정은 쓸모없는 일입니다. 그러니 당신의 남은 생 두렵게 생각하지 말고 포기도 하지 말고 후회하지도 말란 말이오. 후회하는 시간에 벌나비 춤이라도 보고 나의 조국에 가서 무궁화 한 포기라도 심어서 물을 주어 싱

싱하게 자랄 수 있도록 키워주길 부탁하오. 미안하오. 고맙소. 이 말밖에 당신에게 줄 유산이 없음에 또 미안하오. 죄스럽소. 이제 마지막 남은 힘을 길어 올려 이 유언을 다 적고 나면 나의 육신은 조국에 거름이 될 것이고 혼령은 천상의 조상님 품으로 돌아가니 부디 슬퍼도 말고 울지도 말고 원망은 더더욱 하지 말고 어깨 쭉 펴고 내가 못다 한 일을 당신이 해주면 고맙겠소. 내가 없으면 나의 조국에 진딧물들이 바글거릴 것이니 그 진딧물 제거하도록 나의 조국 관료들을 잘 훈육해 주오. 당신은 대한민국의 국모였으니까. 이만 안녕히… 편지를 다 읽고 고개를 들자 남편은 육체만 남겨 두고 정신은 이미 나의 곁을 떠나 처음에 명령을 받고 내려왔던 고향으로 돌아가고 없어졌었다. 나는 지난 시간을 되돌아가고 또 되돌아보고 되씹어보지 않으면 도저히 남편의 죽음을 견딜 수 없었는지도 모른다. 그래서 또 지난날을 당겨보고 일기를 보고 또 당겨보고 남편의 빈자리를 견디기 위해 그 방법밖에 없었는지도 몰랐다. 또다시 팔을 들어 시 한 수를 짓는다.

봄산, 장례식

숲이 장례를 치르는 중이다

여기저기 검은비닐관이 안치되고

형형색색 생화들이 조문하고 있다

새들 곡소리 푸르게 울리고
나뭇가지마다 망자의 길을 밝히는 조등이 환하다

곧 다비식이 거행되려는지
진달래 불을 놓고
봄비 조등을 하나둘 끄기 시작한다

얼마나 오랫동안 방치해 두었는지
시체 썩는 냄새 진동하고
땅바닥에 떨어진 꽃잎들 슬픔을 굴리고 있다

봄비는
시체에 향기로운 냄새 키우고
바람은
주파수 올려 부패 말리고
왁자지껄한 봄산은
죽은 나무들에게 애도하는 기간이다

그 사이

나무들은 늙고
잎들은 무성해진다

푸른향기 잘라다
망자를 꽁꽁 묶는 바람

아쉬움에 목쉰 나무들
고개 축 늘어뜨리고
장승처럼 서 있다

슬픔도 다 삭지 않았는데
허공엔
상엿소리가 신명 나게 지나간다

죽기 전에 본 것들은
다
헛일이다

　남편이 떠났는데 나는 멍하니 앉아 지나간 일들을 떠올리고 있었다. 어쩌자고 지난 과거로 돌아가 살고 있는지 아무도 아는 이가 없었다. 나, 프란체스카도 모를 일이었다. 나는 또 과거 생각으로 기억 회로를 돌린다. 어느 날 남편은 집 안에 있는 가구를 모두 원래 주인들에게 돌려주시오. 맨몸으로 들어와 이렇게 고맙게 빌려썼으니 이제 주인에게 돌려주며 고맙다는 말도 함께 전해야지요. 하고 각자에게 돌려주도록 하고 그 가구 주인들이 온 다음에야 그동안 참으로 고마웠소! 하며 울음 섞인 말을 하며 휘즐휘즐 휠체어에 앉아 인사를 하고야 요양원을 향했었다. 그렇게 요양원 생활이 시작되었었다. 낮에는 나의 도움으로 휠체어에 앉아 창밖에 펼쳐진 바다를 보기도 하고 마당으로 나가 새싹을 보여주었었다. 남편은 새싹을 보면서도 말했었다. 언제 서울에 가나? 빨리 가야 하는데? 아들놈은 어찌 소식이 없나? 일이 잘 안 되었나? 또 공산당에 속아 나라가 혼란에 빠졌는데 내게 숨기는 게 아니야? 그러면 안 돼. 빨갱이는 반드시 척결해야 하는데, 내가 어서 서울에 가야 하는데. 아직도 정부 관료들이 빨갱이 손에 조종되고 있음이 분명해. 큰일이네. 내가 어서 서울에 가서 알려 줘야 해! 매일 반복하고 있어 나는 매일 가슴이 아파 눈물만 흘렸었다. 너무 딱한 마음에 나는 조국 생각을 못 하도록 성경을 읽어주고 찬송가를 불러주면서 주물러 주었었다. 그 시간만은 조국 걱정을 안 하고 조용히 듣고 있었다. 생각하다 못해 나는 친정에 도움을 요청했었다. 남편이 조국에서 죽는 것이 소원인데 저러다가 타국에서 죽음을 맞이할까 두려운데 내가 대한민국의 국모였으나 누구에게도 도움을 청할 수 없어서 그럽니다. 도움이 필요해요. 나는 친정에 도움을 요청하는 편지를 띄웠었다. 비공식적으로라도 어떻게 방법을 찾기 위해서였다. 친정에서 요구한 돈과 옷을 보내왔었다. 남편은 잠은 잘 못 잤으나 식사는 잘했었다. 의사소통은 잘 됐고 의식도 분명해 늘 나라 걱정 기능만 살아 있는 듯해 나는 더욱 괴롭고 힘들었었다. 그래도 한 줄기 희망을 주는 것은 주치의가 약해지긴 했지만 오래 살 수 있을 것이라는 희망을 주어서 간호하는 게 힘든 줄 몰랐었다. 그래도 내 몸이 괴롭고 고달플 때도 있었었다. 그래도 나는 남편에게 아리랑이나 도라지 타령을 불러주며 서울로 갈 테니 조금만 더 힘내라고 위로를 주었었다. 병원 음식에 질려 하면 나는 김치찌개나 김칫국 콩나물국 된장찌개 등을 손수 끓여서 간간이 입맛을 돋워주었다. 어느 날은 말했었다. 당신의 삶은 나 때문에 바람에 흔들리고 구부러지고 상처가 나는데도 쓰러지지 않고 꿋꿋이 살아내는 식물 같소. 식물 안에 보이지 않는 힘이 있듯이 꼭 당신의 안에도 식물 잎처럼 3.5. 8.13장 피보나치 수열을 따라가는 불규칙 속에 완벽한 균형이 있는 삶 같구려. 나에게 완벽한 균형이 무엇인지 몸소 실천하며 알려준 유일한 사람이 당신이었소. 겉으로 보기엔 한 여인이지만 속마음엔 완벽한 균형을 이루고 있는 당신이 있어 참으로 고마웠소. 남편의 말에 내가 고작 대답한 건 피보나치 수열은 13세기 이탈리아 수학자 피보나치가 자신의 저서 『산반서(Liber Abaci)』에서 토끼 번식 문제를 설명하며 소개한 그 유명한 수열은 단순한 정의에도 불구하고, 수학, 컴퓨터 과학, 경제학, 생물학, 예술 등 다양한 분야에서 활용되고 있는 엄청난 정의인데 어찌 이 불규칙의 완벽함을 저에게 비교하시다니 너무 과찬입니다. 하고 말할 뿐이었었다. 그러자 남편은 아니에요. 잘 보세요. 피보나치 수열은 수학에서 첫째와 둘째 항이 각각 1이며, 그 뒤의 모든 항은 바로 앞 두 항의 합으로 이루어진 수열은 0, 1, 1, 2, 3, 5, 8, 13, 21, 34, 55, 89, 144… 로 계속되는데 당신은 항상 불규칙한 내게 재물도 보태고 정신도 보태고 마음도 보태고 모든 걸 보태어 부족한 내가 조국을 찾는 데 늘 규칙적인 것들을 보태주어 재물도 정신도 마음도 그 숫자처럼 불어나게 해주었소. 그리하여 비율을 잃어가는 내게 황금비(약 1,681)에 가까워지도록 나를 지탱해준 은인이었소. 나는 더이상 할 말을 잃었었다. 천 마디의 고맙다는 말보다 만 마디의 칭찬보다 완벽한 사랑 같았었다. 세월엔 약이 없다든가. 그렇게 세월이 흘러 1964년이 되자 점차 병세가 악화되었었다. 나는 아들에게 연락을 넣었고 아들은 곧바로 비행기로 날아와 아버지의 손과 발을 주물러주며 조국은 지금 괜찮다고 안심을 시켰었다. 그렇게 아들이 오고 열흘 정도 지났을 때 남편은 또 멍하니 초점 잃은 얼굴을 하고 있었었다. 아들이 아버님 어디가 불편하세요? 하고 묻자 남편은 언제 서울 돌아갈 수 있냐? 여비는 있어? 서울로 돌아갈 비행깃값 말이야? 했었다. 아들은 애처롭고 안쓰러운 생각에 아버지, 곧 돌아가시게 될 겁니다. 하고 안심 섞인 말을 던지자 남편은 짐승도 죽을 때는 제 굴을 찾아간다는데, 어서 서울 가서 공산당을 부숴

버리고 남북통일을 해서 자유민주주의를 세워 놓기 전에는 눈을 감을 수가 없어. 하고 말했었다. 우리 모자는 남편이 없는 밖에서 남편 걱정을 했었다. 그러나 남편은 나에게 저 녀석이 공부를 더 해야 할 텐데 내 곁에서 허송세월을 보내면 어쩌나? 미국에서 공부를 더 해야 해. 한국에서 공부해서는 멍청이가 되고 말 거야. 그러니 내 낫고 나면 어떻게든 하버드 대학교에서 공부하도록 해야 해. 내 그만해지면 미국 지인들한테 부탁해서 하버드에 입학을 시켜야겠어. 하며 아들 교육 문제를 걱정하곤 했었다. 그 당시 아들은 이미 대학을 졸업하고 한국에서 대학원 석사과정에 있었지만 어떻게든 아들을 미국에서 공부를 더 시켜야 나라를 살릴 수 있다며 걱정을 놓지 않았었다. 그렇게 병문안을 마친 아들은 다시 서울로 돌아갔었다. 어떻게든 아버지를 서울로 모시고 와서 돌아가시게 하고 싶은 마음이었으나 뜻대로 되지 않아 걱정하고 있는데 이듬해 6월 20일 남편이 피를 심하게 토하고 위급해졌었다. 급히 퀸즈 병원으로 이송해서 응급처치하고 긴급 수혈로 혈압을 조절하고 안정을 찾았었다. 호놀룰루 텔레비전 방송 등 하와이의 모든 언론은 남편의 병세를 자세히 보도했었다. 치료를 끝내고 다시 국부가 있던 요양원 202호실로 돌아왔었다. 기억도 하기 싫은 6.25일이었었다. 남편의 아들은 급하다는 연락을 받고 호놀룰루 공항에 내려 요양원으로 달려왔었다. 펌프가 작동 중인 호스를 입에 꽂고 연명하고 있었었다. 가래를 뽑아내고 가끔 우유를 호스를 통해 주입해야 하는 걸 본 아들은 돌아서서 흐느끼며 서럽게 울었었다. 나는 손수 이 모든 일을 했었다. 뼈만 앙상한 남편의 양팔에는 주삿바늘 자국으로 인해 검게 변해 있어 누가 봐도 가슴이 서늘하도록 아리게 보였었다. 다행스럽게 얼굴 혈색은 그다지 나쁘진 않았었지만 죽음은 시시각각 다가옴을 직감했었다. 7월 18일, 위에서 너무 많은 피가 뿜어져 나오는 바람에 혈압이 급격히 떨어졌었다. 아들은 미련없이 팔을 걷어붙이고 자신의 피를 뽑아 아버지에게 수혈했었다. 수혈을 받은 아버지가 안정을 찾자 아들은 나의 방으로 와 누웠었다. 헌혈을 너무 많이 해서 핼쑥해진 아들의 곁에 최백렬 씨가 담담한 표정으로 조용히 이야기했었다. 지금까지 친부모님처럼 생각해온 이 박사님의 마지막을 보고 싶습니다. 잠시 뵙도록 허락해 주시면 고맙겠습니다. 나는 고마운 마음에 대답했었다. 그렇게 하시지요. 그동안 친부모님처럼 모셨으니 당연히 보고 싶으시겠지요. 하고 흔쾌히 승낙하고 오후에 그 사람을 데리고 남편의 병실로 들어갔었다. 최백렬 씨를 보고 무슨 말인가를 계속하는 표정이었지만 한 마디도 알아들을 수 없었었다. 남편은 말이 되지 않자 눈물을 주르르 흘렸었다. 그날 밤 열한 시가 넘자 주치의 토마스 민(독립운동가 민찬호 목사의 아들) 박사는 조심스럽게 말했다. 이제 마음의 준비를 하셔야겠습니다. 아무래도 오늘을 넘기기가 어려울 것 같습니다. 다른 방법이 없습니다. 아마도 하느님께서 너무 고생하셨다고 하늘나라로 와서 쉬라고 데리고 가시려는 것 같습니다.

거인의 퇴장

14

하고 묵례하고는 목이 메는지 손으로 입을 막고 미처 병실 문도 닫지 않고 밖으로 나갔었다. 나는 마음에 당황이 침범해 급히 남편이 아는 교포들에게 연락을 취했었다. 그러나 토요일 밤이라 연락이 닿는 사람은 얼마 되지 않았었다. 남편의 침대 곁에는 나와 최백렬 씨 그리고 아들이 나란히 앉아서 숨을 죽이며 남편의 모습을 지켜보고 있었었다. 눈이 부시도록 하얀 옷을 칼날처럼 날이 서게 다려입은 간호사가 가끔 맥박을 점검했었다. 병실 밖에는 그 새 연락을 받고 달려온 오중정 씨, 월버트 최 씨, 그리고 조선일보 통신원 차지수 씨 등이 도착했었다. 모두 숨죽이고 안타까움에 눈물을 참으며 보고 있었었다. 남편은 기적으로 다시 정신을 차렸었다. 호흡이 거칠어지더니 큰 한숨을 내쉬었었다. 이상하리만큼 정신을 차려 병원에서는 기적이 일어났다고 했었다. 그렇게 사람들이 다녀간 다음 하루 동안 정신이 멀쩡해 나는 희망을 가졌었다. 지난 시간을 다녀오느라 옆에 남편이 있다는 것도 잊고 있는데 의사가 들어왔다. 백의의 천사가 맥박을 재고 나서 의사가 아무런 감정도 없이 말했었다. *7월 19일 0시 35분 임종하셨습니다.* 향년 90세였었다. 얼굴에는 공산당에 나라를 빼앗기면 안 된다는 듯 무언가 말을 써 놓고 하늘로 훠이훠이 떠났었다. 오로지 국가와 민족을 위해 독립운동으로 건국을 성취해 나라를 세웠고, 전쟁으로부터 민족을 구원해 내며 전 생애를 아낌없이 불살랐던 위대한 한국인 대한민국의 아버지 국부 이승만이며 나의 남편은 이역만리 떨어진 땅 하와이섬에서 고국을 그리다 너무나도 쓸쓸하게 하늘나라로 떠났다. 나는 오열도 하지 않았다. 아들이 오열하고 최백렬 씨도 오열을 터뜨렸다. 울고 있는 사람을 멍하니 보고 있는데 밖에서 시끄럽게 떠드는 소리가 들린다. 아들이 울고 있는데 아버지의 음성이 들렸다. 절대 남 앞에서 눈물을 보이지 말아라, 아가야. 눈물을 보이면 나라를 지킬 수 없다. 너는 내 아들이니 내가 세운 나라를 반드시 자유민주주의로 굳건하게 세워야 한다. 공산주의자들에게 결코 나라를 빼앗겨서는 안 된다. 하고 꾸짖는 소리가 들려 눈물을 소매로 닦았다. 눈물을 닦고 있는 아들을 두고 나는 늘 들고 다니던 낡고 찢어진 비닐쇼핑백에 성경책과 찬송가 책을 담아 들고 총총히 병실을 나섰다. 병실을 나서다 문 밖에서 기다리던 손님을 보았었다. 나는 아무 말도 없이 걸어나왔었다. 그리고 마당으로 나가 하늘을 쳐다보며 두 손을 모았었다.

하나님, 남편은 피와 살과 영혼을 모두 소진해 대한민국을 일본에서 찾았습니다. 공산주의인 북한군에게 맞서 싸워 나라를 건져놓았습니다. 그리고 미국이란 강대국과 한미상호조약을 맺어 천세만세 만만세 이어갈 기틀을 마련해 놓았습니다. 그리고 이제 당신 곁으로 돌아갔습니다. 그의 삶은 오로지 조국밖에 없었습니다. 그런 그의 삶이 하도 기특해 접근했다가 부유한 가정에 태어난 저도 가파르고 힘든 풍랑을 함께했습니다. 사랑한 죄의 대가로 대한민국의 국모가 되었던 저는 친정 재산의 거의를 대한민국 독립을 위해 썼고 지금까지 지원을 받고 있었지만, 남편은 곁에 있는 저보다 조국이 우선이었습니다. 가끔 서운할 때도 있었지만 내가 선택한 길이기에 남편을 위해 최선을 다했습니다. 그렇게 조국을 애타게 사랑했지만 결국, 북한 붉은 괴수들에게 이용당한 조국은 아이러니하게도 북의 말을 듣고 자신들의 국부를 타국에 내쫓는 데 동참했습니다. 비극입니다. 처참한 배신입니다. 황당한 이율배반입니다. 이제 그이를 하나님 곁에서 단 하루라도 편하게 쉴 수 있고 제대로 먹을 수 있게 해 주십시오. 공산주의가 될까 봐 의식이 흐린 속에서도 걱정만 하다가 돌아가셨습니다. 그의 기도를 들어 주시옵소서. 그리하여 이 나라 대한민국이 자유민주주의로 영원하도록 도와주시옵소서. 그이가 편히 눈을 감지 못하고 종이비행기처럼 세상에 날아다니며 나라를 발전시키라는 그 유언을 헛되게 하지 말아 주소서. 공산주의가 되면 미래가 없다며 오로지 조국 걱정만 했습니다. 남편의 유언인 그 말씀 제가 한국에 돌아가서 힘쓰도록 힘을 주시옵소서. 그리고 그이의 육신이나마 그토록 애타게 사랑하던 조국 땅에 묻힐 수 있게 도와주옵소서. 남편의 육신이 태어난 곳으로 가서 편안하게 잠들 수 있도록 도와주옵소서. 남편과 함께 기도하던 마음으로 나는 그러니까 대한민국 초대 국모의 마음으로 간절하게 손을 모아 기도했었다. 하늘은 천둥 번개가 치고 세찬 바람이 불고 비가 쏟아져 사람들이 거리에 나오기조차 두려웠지만, 나는 그 천둥 번개와 세찬 바람과 폭포수처럼 쏟아지는 비를 다 맞으며 기도하였었다. 그렇게 흐느끼며 기도를 하고 있는데 누군가 곁에 와서 조용히 말했다. *기도하는 모습이 꼭 성모 마리아 같아요.* 그러고는 팔을 부축해 일으켜 주었다. 남편의 유해 수습은 윌버트 최 씨가 관련되어 있던 누와누 장의사가 맡아 주었다. 보스웍 씨에게 미안했다. 그러나 우리 부부가 미국에 있는 내내 신세를 진 윌버트 최 씨에게 부탁하는 것이 조금이나마 은혜를 갚는다고 생각을 했기 때문이었다. 그리고 보스웍 씨께 정말로 고마웠습니다. 그렇지만, 저의 입장을 이해해주시면 감사하겠습니다. 하고 말했다. 그러자 고맙게도 보스웍 씨는 *괜찮습니다. 당연하게 그렇게 하시는 것이 맞습니다. 우리는 국부를 이렇게라도 해 드릴 수 있어서 행복했습니다. 부디 국모께서도 힘내시길 바랍니다. 그나저나 국부를 조국으로 모셔야 할 텐데 그것이*

걱정입니다. 그래서 저도 하느님께 간절히 기도를 올렸으니 그렇게 마지막 소원은 들어주지 않겠습니까? 이제 공산주의자들에게 피해를 끼칠 염려가 없으니 받아주리라 생각합니다. 남편의 영구는 영결식장인 한인기독교회로 옮겨졌다. 21일 오후 4시 44분 하와이의 방송 매체들이 남편을 떠나보내는 방송을 하며 애도했고, 하와이 모든 교민도 애도했다. 남편의 서거 소식을 들은 사람들은 교회에 다 들어오지 못하도록 현지인들과 교민이 몰려들었다. 유해는 남편의 상반신을 볼 수 있도록 관 뚜껑의 반을 열어놓았다. 그리고 조국의 얼이 가득한 얼굴은 얇은 베일로 살짝 가려져 있었다. 보스윅 씨는 사람들 사이로 들어와 관 앞에 서서 얼굴에 덮여 있는 베일을 벗기고 얼굴을 손바닥으로 문지르며 짐승처럼 꺼이꺼이 울었다. 한참을 울었고 그 많은 사람도 다시 울었다. 교회가 떠나가도록 울었다. 하늘도 울고 땅도 울고 산천초목도 울었다. 그렇게 한참을 울고 난 보스윅 씨는 국부의 얼굴을 쓰다듬으면서 말했다. 나는 누구보다 자네를 잘 아네. 으음, 잘 알고말고. 한평생 조국을 위해 헌신하며 자기 자신은 없었지. 그렇게 조국을 구하느라 자네가 얼마나 고생했는지 내가 아네. 바로 그런 애국심에 눈에 보이는 것이 없었지. 이 거대한 미국의 관료들을 뛰어다니며 만나고 독립 미치광이 소리를 들으며 인맥을 쌓아 나라를 찾았지. 자네가 그토록 온갖 조소와 비난받으며 고난의 가시밭길을 걸어온 것은 내가 알아. 암 알고 말고, 너무나 잘 알아. 또 자유민주주의를 만들어 자자손손 평화롭게 살게 해 놓고 죽어야 한다며 제대로 먹지도 못하고 잠도 못 자서 몸은 약해질 대로 약해져 폐병이 걸렸지. 병원에서 쉬지 않으면 죽는다고 해도 내 목숨 하나 죽는 게 문제가 아니라 나라가 죽게 생겼다면서 죽기를 무릅쓰고 피를 토하며 죽기 직전까지 자신을 돌보지 않았음을 내가 왜 모르겠는가! 나는 자네가 폐병에 걸려 피를 토할 때 자네가 죽을까 봐 얼마나 겁이 났던지 지금 생각해도 진땀이 나네. 또 자네 사랑하는 아내를 독립을 위한 도구로 쓸 정도의 그 애국심. 그 애국심 때문에 공산당 수괴들은 자네를 죽이려고 얼마나 눈을 붉히며 추격했는가. 무일푼으로 끼니도 거르면서 국민이 배워야 한다며 온갖 수모와 오해를 받으면서도 학교를 짓고 자신은 굶으면서도 어린이들을 먹여야 한다며 발이 부르트도록 교민들을 찾아다니며 구걸해 먹였지. 그렇게 구하고 건져놓은 조국이 또 같은 민족에게 총부리를 겨눌 때 자네 심정이 어땠을까? 감히 상상도 못 하겠지만 그 가슴이 뭉그러짐은 알았네. 대통령직을 내려놓으면서 나라를 구한다면 죽어도 좋다고 하와이에 건너와서 내게 조국을 위해서라면 그까짓 대통령이 무슨 소용이 있나? 그렇지만 공산주의로 넘어갈까 두렵다고 말할 때 나도 그날 밤 한숨도 못 자고 뒤척였네. 그리고 기도했다네. 자네의 조국이 제발, 공산당에 영원히 짓밟히는 일이 없도록 말일세. 자네의 간절한 기도와 피와 살을 갈아서 세운 대한민국. 하늘에 가서 또 그렇게 뛰어다닐 거라 생각하니 또 가슴이 먹먹하네. 내 소중하고 사랑했던 친구여 부디… 보스윅 씨의 서사시 같은 절규에 참석한 사람들은 모두 빗줄기처럼 눈물을 쏟아냈다. 그렇게 눈물을 쏟아낸 후 영결 예배가 한 시간 동안 진행되는 사이에 나는 기력이 약해져서 쓰러지고 또 졸도를 하였다. 프란체스카 국모는 병원차에 탑승했고 국부의 영구는 검은 리무진에 탑승했다. 그리고 국모는 응급처치를 받으며 병원으로 달렸고 국부는 하와이 경찰의 에스코트를 받으며 히컴 공군기지로 천천히 미끄러지기 시작했다. 하늘나라로 가는 길이었다. 이 세상에 올 때는 용마를 타고 오더니 갈 때는 검은색 리무진을 타고 서서히 하늘나라로 올라가기 시작했다. 오후 9시 44분 히컴 공군기지에 도착했다. 히컴 공군기지에서는 국부를 하늘나라로 보내기 위해 미국 의장대가 나와서 사열했다. 육군 해군 공군 의장대 6명이 조포를 발사하며 영결식을 진행했다. 국부를 존경하던 미군 장군들의 추도사와 의장대원의 진혼 나팔소리가 하와이의 여름밤을 집어삼켰다. 진혼 나팔소리에 맞춰 하늘에서 천사들이 내려와 혼을 모시고 하늘로 유유히 날아갔다. 하와이 여름밤은 잠시 통째로 하늘나라로 옮겨지고 있었다. 국부의 유해가 의장대원들에 의해 C-118 군 특별기에 실리자 밴플리트 장군도 국부와 함께 한국에 가기 위해 비행기에 올랐다. 국부의 마지막을 함께 동행한 사람은 24명이었다. 1965년 7월 21일 밤 11시 44분 히컴 공군기지로부터 국부는 활주로에서 이륙해 밤하늘을 달렸다. 국부의 영혼은 하늘나라로 이송하기 위함이었고 국부의 육신은 조국 땅으로 국부의 땅으로 돌아가기 위해서였다. 공산당의 계책에 국민이 속아 대통령직을 하야하고 하와이섬으로 간 지 5년 2개월 만이었다. 국부는 그렇게 하늘에서 회의 끝에 세종대왕의 현신으로 와 이승만이란 이름을 달고 대한민국을 건져놓고 다시 하늘나라 조상님께 임무 완수를 보고하러 떠나고 있었다. 국모는 쓰러지는 바람에 결국 남편의 장례식에 참석하지 못하고 말았다. 그녀는 정신을 차리자 눈이 짓무르도록 울고 혼절하며 시간을 보냈다. 나라를 잃고 고아로 미국이란 나라에서 나라를 구하려는 이승만과 함께 자청해서 독립운동을 도우며 부유한 친정의 재산을 가져다 독립운동에 쓴 우리의 국모 프란체스카 여사는 궁핍한 생활을 묵묵히 견디며 오로지 대한민국 국민만 위해 살았다. 양말을 꿰매 신을 정도로 청빈한 생활을 하면서 남편을 존경하듯 대한민국을 존경했다. 국모는 세계 여성들에게 찾아보기 어려운 어질고 숭고한 지식인이었고 늘 한복을 입으며 우리의 전통마저 외국에 알리는 최고의 국모였다. 국부의 죽음에 몇 번을 까무러치고 기절을 해 병원에서 입원 치료를 하고 조금 기운을 차린 후 바로 한국에 남편 곁으로 가야 한다며 재촉했다. 아직 기력이 비행기 탈만큼 회복되지 않아서 위험하다고 말렸다. 그러나 국모는 **한국으로 돌아가다 죽어도 괜찮아요. 그러면 남편을 만날 거니까, 걱정하지 말고 저를 한국으로 보내주세요.** 끈질긴 고집을 부리며 위험을 무릅쓰고 국모 프란체스카 여사는 비행기에 올랐다. 비행기에서 그녀는 잠을 자는지 죽었는지 주위에서 의심을 할 정도로 기운을 차리지 못했다. 주위 경호하는 사람의 걱정을 타고 서울로 돌아와 일주일이 지난 다음 조금 기력을 회복했다. 우리의 국모는 정신을 차리지 못하고 간혹 헛소리도 했다고 한다. 남편의 죽음을 받아들이지 못하고 가끔 남편은 어디 있냐고 찾고 언제 집에 들어오느냐 물어 주변 사람들의 걱정을 만들었다. 대한민국 건국의 국모는 이화장에서 돌아가실 때까지 자신은 한국 사람이기를 소원하며 한국이 공산당에 짓밟히면 안 된다며 정부 관료들을 초청할 때마다 국부보다 더하면 더했지 덜하지 않았다고 입을 모았다. 프란체스카 국모는 서울에 돌아와 정신을 차린 후에는 너무나 허탈해했다. 쓸쓸히 텅 빈 것 같은 이화장에서 햇살이 너무 좋아도 비가 와도 눈이 와도 새들이 노래를 불러도 꽃이 피어도 그리움을 삭힐 수가 없었다. 남편을 향한 그리움을 시로 지어 이화장 벽에 걸어놓고 아침저녁으로 읽으며 남편을 생각했다. 도나우강보다 푸르고 아름다운 눈을 가지고 부유한 가정에서 태어난 프란체스카 여사는 대한민국을 위해 살다 대한민국 땅 이화장에서 1992년 3월 19일 국부의 곁으로 갔다.

물 神

남편은 물과 같이 살았다

바다였다
구름이었다
안개였다
비였다
눈이었다
세상문 얼렸다 녹였다 결로 결박하는 물 神

식물피
동물피
사람피
이리저리 휘며 스미다 흐르다 증발했다

수억 년
물찬제비 물때 물걸레 되어
달리고 멈추고 닦으며 환생 거듭하는 물 神

가끔 물집 짓기도 하지만

사람처럼 명당을 찾지 않는다

입술 발뒤꿈치 손바닥 가리지 않고 터 잡는다

물집은 옹이 박힌 나무를 쓰지 않는다

물천장

물마루

물무늬 잘 어우러져 집의 내장 환히 들여다보이는 집

거센 비바람 휘몰아치면 잠시, 아주 잠시,

물은 집 지어 바람을 가둔다

물이 집 지으면 무감각하던 마음 파문이 인다

파문 이는 건

몸속 갇혀있는 댐물이 더는 견디지 못하고 넘치는 것

꽃잎 눈물 지느러미

몸속 댐 물때 지느러미

출렁이다 잠잠하다

아무리 사납고 강하고 거친 폭풍 해일과도 싸우는 일 없다

전쟁도 화산도 용암도 물 뿌리면 조용해진다

때로는 배 깔고 가장 낮은 곳으로 흐르고

때로는 매 되어 가장 높은 창공을 날고

가장 낮아서 가장 높은 물 神

남편은 물의 신처럼 평생을 살다가 갔다

봉 황 꽃

처음부터 날진 못했다
용포(龍袍)에
일편단심을 가두기로 결심했다

남편을 사모했던 옛날이
봉황으로 피어나
손톱마다 초승달로 뜨고 지며
붉은전설 피우고 있다.

꽃대궁 속엔 천둥 한 알
바람 한 종지
햇살 한 톨 피돌기하다
봉황 神으로 피어나 전설 엮고
한 나라를 펄럭이게 했다.

툭툭, 터지는 외로움에 술약 같은
상사알맹이들 쏟는다.

왕의 흔적이 땅거미로 내릴 때면
날개는 놀빛울음으로
허궁에 길을 낸다.

미처 뜨지 못하고 날아간
봉황새 눈알
울밑에서 울울한 비바람 맞으며
봉황經 소리가 봉숭봉숭 우는 여름
뱁새도 황새도
서로의 속내를 몰라 운다.

걸음이 버리고 간 발자국들,
계절 한 채 끌고 간다.

한 계절은 늘
한 계절을 거슬러준다.
또 다른 계절을 거슬러줄 발걸음이 성큼성큼 다가오고 있다.

봉이여 황을 두고 날갯짓을 어이 하려고 날아가셨나이까?

봉은 하늘나라에서
황은 이화장에서
날개 펄럭이며
대한민국이여 영원하라!
기도하기 위해 훌쩍 가셨나이까?

새가 살아있을 때는 개미를 먹는다. 그러나 새가 죽으면 개미가 새를 뜯어먹는다. 인생이란 이렇게 먹이사슬로 이어져 있음을 인간들은 정녕 모른다는 말일까? 소백의 굳은 기상 국망봉 높이 떠 있는 달녀의 아들 이계절의 일기가 젊음의 소망을 싣고 우뚝 솟았다. 한 페이지 한 페이지 하얀 지면을 메워 젊음의 소망으로 여기까지 왔다. 무에서 유를 창조하고 있는 것이다. 먼 훗날 지상에 있을지 천상에 있을지 소식을 모르는 아들이 지상에서든 천상에서든 꼭 한 번쯤 읽어 주리란 간절한 희망을 꿈꾸며. 천상에 있다면 내가 한 줄을 쓰면 한 줄을 바로 읽어내려가겠지만 지상에 있다면 먼 훗날 누렇게 변한 일기장을 아버지의 체취로 맡을 수 있으면 좋겠다는 생각에 잉크를 묻히면서 써 놓았다. 계절은 자신은 수천 년을 살아온 연대기를 기록한 것 같다는 생각이 든다. 파랑으로 뒤덮인 계절 속에서 종일 뛰어다니며 자료를 수집하느라 발에 물집이 생기고 굳은살이 손바닥만하게 잡혔다. 그래도 아내와 아들을 생각하며 연필을 깎아서 써내려갔다. 그렇더라도 엄마가 살아온 세월을 생각하면 이건 고생이란 '고'자도 꺼내면 엄마에게 너무 미안할 것 같아, 이승만 국부의 일생을 다 마무리한 계절은 멍하게 팔을 베고 누워 휘파람 한 줄기를 입 밖으로 밀어낸다. 휘파람이 어딘가로 날아가 아들 소식을 전해주길 간절하게 빌면서.

까마귀 이빨/ 이계절

일기를 모두 덮는다

머리가 멍하다
모두가 자유롭게 움직일 수도 없이 부족한 땅
아내도 아들도 기별은 없다

세상은 분주하고
살았는지 죽었는지
안부 한 장이라도 받으면 좋으련만
이 일기를 아들을 찾아야 전해 줄 것 아닌가!

답답함이 먹구름처럼 밀려온다

그래 아들을 만나면 돌려줄 일기를
내가 써 두었다가
아들에게 주어야지
죽음으로 모든 것이 정리되는 것은 아니다

무엇인가를 남겨 두고
혹, 사후에 흔적이라도 남겨야겠다

눈앞에 없는 아들을 위해서
아무리 혼란스러워도
일기를 쓰리라 다짐한다

세월이 수천 번의 옷을 갈아입더라도
핏줄은 당기는 법
아들아 어디서라도 제발
아버지의 일기를 읽어주길 부탁한다

오체투지의 긴 여정을 살아온
아버지의 기록을 보아야

너의 뿌리를 알 수 있으리라

삶의 여정에서
이 일기 속에서 뿌리의 삶을 유추하고
귀납법이 되어 아들의 정신을 공중부양시킬 수도
아니면 공중부양하고 있는 정신을
고요한 강물이 되게 할 수도 있음이다

아직도 끊이지 않는 욕심이
나라를 국민을 혼란의 도가니에 넣고
지글지글 끓이고 있음에
모란꽃물 같은 붉은혈을 뚝 뚝 떨구고 있다

집으로 돌아온 계절은 도무지 세상 돌아가는 것이 깜깜해 견딜 수가 없다. 무엇인가는 잘못되었고 무엇인가는 잘못되어 가고 있는 아수라장 같은 나라. 나의 삶은 현역이고, 아직 태어나지 않은 사람은 예비역이다. 현역에 투입되었을 때 비로소 삶이 되는 이 신비로운 삶. 인간 뼈에 붙은 살들은 확신할 수 있는 맛일까?

12권으로 계속